속
삭
임,

너에게 전하고
싶은 말

속삭임,
너에게 전하고 싶은 말

1판 1쇄 찍음 2015년 12월 9일
1판 1쇄 펴냄 2015년 12월 16일

지은이 | 문언희
펴낸이 | 고운숙
펴낸곳 | 봄 미디어

기획·편집 | 정수경 박혜진

출판등록 | 2014년 08월 25일 (제387-2014-000040호)
주소 | 경기도 부천시 원미구 소향로17, 304(두성프라자) (우)420-864
영업부 | 070-5015-0818 **편집부 |** 070-5015-0817 **팩스 |** 032-712-2815
E-mail | bommedia@naver.com
소식창 | http://blog.naver.com/bommedia

값 9,000원

ISBN 979-11-5810-162-6 03810

속삭임,

너에게 전하고 싶은 말

문언희 장편 소설

c o n t e n t s

프롤로그

"이해란 씨, 그럼 수고 좀 해."

해란은 마지막으로 퇴근을 하며 얄밉게 손을 흔드는 오 대리를 향해 고개를 숙였다. 어느 직장을 막론하고 사내 막내인 게 죄라지만 오 대리는 볼수록 비호감이었다.

"꼭 저가 할 일을 나한테 시키더라."

텅 빈 사무실에 혼자 남아 내일 있을 마케팅팀 회의 자료를 몇 번이고 점검한 해란은 최종적으로 확인을 끝낸 뒤 그것을 프린트했다.

"나는 내 밑으로 들어오는 사람한테 잘해 줘야지."

어깨를 두드리던 해란은 프린트된 자료를 들고 복사기 앞에 섰다. 회의 인원수에 맞게 복사를 하고 종이를 정갈하게 모은 후 스테이플러 또한 일정한 간격으로 찍었다.

"후우. 다 됐다."

깔끔하게 정리된 서류들을 뿌듯하게 내려다보다 기지개를 켜던 해란은 데스크 위에 놓인 휴대폰 진동이 울리자 발신인을 확인했다.

〈울 한호.〉

이미 한 시간이나 늦어 버린 퇴근 시간을 확인한 해란은 어리광을 부리듯 입술을 삐죽 내밀며 전화를 받았다.

"흐어엉."

—토닥토닥.

말로 해 주는 토닥임에도 마치 바로 옆에서 어깨를 두드려 주는 것처럼 위로가 되었다. 처음 만났던 열여덟 그 시절부터 오랜 시간을 함께해 온 연인의 음성은 편안함, 그 자체였다.

—저녁도 못 먹고 아직 회사야?

"응."

—우리 해란이 이러다 살 더 빠지겠네.

"안 그래도 배고파 죽겠어. 넌 어디야? 아직도 과제 못 끝냈어? 그러게 4학년 고학번이 왜 조장을 맡아서 그래. 졸업 예정자들은 취업 준비하느라 과제 신경 못 쓸 텐데 조장까지 맡아서 PPT 준비하고, 하여튼 고생을 사서해. 그러니까 얼굴도 잘 못 보잖아, 요새."

—8년을 지겹게 봐 왔는데 아직도 그렇게 내가 보고 싶나?

"흥. 누가 그렇대?"

—그러길 바라는 거지.

노트북 전원을 끄고 자리를 정리하는 해란의 입술이 슬며시 올라갔다.

—조금만 기다려라. 나도 대명그룹에 입사할 날이 머지않았다. 그때가 되면 지겹도록 볼 거야.

"대명그룹 외식사업본부 입사 경쟁률이 어마어마한 건 알고 있지? 그 경쟁 속에서 살아남은 여자가 네 여자 친구, 이해란이야."

—호오, 또 어깨 뽕 들어간다. 네가 그랬지? 사내 커플 해 보는 게 로망이라고. 스릴 있고 재미있을 것 같다고. 딱 기다리고 있어. 스릴 있고 재미있는 거 내가 해 줄 테니까.

백을 챙겨 사무실을 빠져나온 해란은 피식 웃으며 엘리베이터로 향했다.

"나 완전 딱 기다리고 있을 거다. 입사 못 하기만 해 봐."

—이해란이 있는데 정한호가 없으면 되나.

"뭐, 그건 그래. 어쨌든 오늘은 못 본다는 거지? 알았어. 너도 저녁 챙겨 먹고, 응. 이따 집에 들어가서 전화할게."

통화를 끝낸 해란은 지친 몸을 이끌고 회사를 빠져나와 버스 정류장으로 향했다. 퇴근 시간보다 한 시간이나 늦어졌건만 정류장엔 여전히 사람들이 많았다. 오늘도 어김없이 만원 버스에 올라타야 할 모양이다.

"저녁은 또 뭘 먹나."

목을 길게 빼고 버스가 오길 이제나저제나 기다리는데 웬 낯선 세단 한 대가 멈춰 섰다. 무심코 슥 쳐다보다 이내 다시 고개를 돌리는데 익숙한 음성이 새 나왔다.

"여어, 살아 있네."

유명한 영화 대사를 악센트까지 정확하게 따라 하는 남자의 음성에, 주위에 있던 사람들과 함께 해란의 시선도 세단으로 향했다.

"살아 있네. 우리 이해란이."

해란은 슬며시 허리를 숙여 운전석에 앉아 있는 남자의 얼굴을 확인했다. 영화 속 배우의 껄렁한 말투를 따라 하며 멋들어지게 입꼬리를 올리고 있는 남자는 다름 아닌 한호였다.

"쥑이네. 우리 이해란이. 멀리서도 니밖에 안 보이더라."

"한호야, 너 여기 어떻게……. 차는 또……."

"타라, 마. 쪽팔린다."

작게 속삭인 한호가 얼른 타라고 고갯짓을 하자 해란은 그제야 잽싸게 차에 올랐다.

"놀랐나."

"놀랐지."

"그래서 싫나."

"아이다."

"그럼 좋나."

"맞다."

"맞나."

"그만해라. 이제 지겹다 아이가."

해란의 말을 끝으로 영화 따라 하기 사투리 놀이가 끝이 났다. 눈이 마주친 두 사람은 비식 웃음을 토해 냈다.

"하여튼 뭐 하나 히트 치면 그거 따라 하느라 바쁘지. 그 영화 괜히 봤어. 너 배우병 걸린 것 같아. 벌써 몇 달째 그 말투를 따라 하니."

"언젠 멋있다더니."

"하여튼 무슨 말을 못 하지. 그나저나 진짜 뭐야? 못 볼 것처럼 얘기하더니 갑자기 차는 또 뭐고……."

해란은 난데없이 눈앞에 내밀어진 네모난 케이스를 얼떨결에 받았다.

"표정을 보니 오늘이 무슨 날인지 새카맣게 잊고 있나 보네."

"응? 오늘 무슨 날이야?"

"아무리 오래된 연인이라도 그냥 지나갈 수는 없잖아. 8주년인데."

"응? 8주년?"

"그러게. 벌써 8주년이다. 너랑 나랑 연인이 된 지. 시간 참 빠르지? 우리가 벌써 스물여섯이라니."

해란은 깜빡 잊고 있었던 기념일을 잊지 않고 챙긴 한호를 기특하게 바라보았다.

"오오, 정한호~"

그의 옆구리를 쿡 찌른 해란이 입매를 올리자 그녀의 뺨에 볼우물이 깊게 팼다.

"뭘 이 정도 가지고. 나 이런 놈이야. 설마 몰랐어?"

장난치며 우쭐대는 그에게 엄지를 척 들어 올린 해란은 조심스럽게 케이스를 열어 보았다.

"허억, 웬 목걸이야?"

해란은 황금빛으로 반짝거리는 목걸이를 꺼내 들었다.

"나름 엄청 고심해서 고른 건데, 마음에 들어?"

"아니, 학생이 무슨 돈이 있다고 이런 걸 사. 목걸이가 한두 푼 하는 것도 아닌데."

"하여튼 우리 이해란이 무드 깨는 데 뭐 있다니까. 거기서 꼭 돈 얘기를 해야겠냐."

"너 설마 이거 사려고 어머니한테 손 벌린 건 아니지? 나 그러면 하나도 안 기뻐……."

"알바해서 매달 조금씩 모은 돈으로 산 거야. 너는 잊었을지 모를 오늘을, 나는 진즉부터 기억하고 준비한 선물이다 이거지. 차도 특별히 오늘 기분 좀 내 보려고 준비한 거고. 알겠습니까, 여친님?"

그가 해란의 이마에 살며시 꿀밤을 먹였다.

"지금은 14k지만, 돈 열심히 벌어서 내년엔 더 좋은 걸로 해 줄게."

"한호야……"

"설마 감동받은 거야? 아아, 하여튼 나란 놈은 너무 멋있어서 탈이야. 적당히 쳐다봐라. 이 오라버니 부담스럽다."

"푸…… 푸후후."

자칫 진지해질 수 있는 분위기를 재치 있게 넘긴 그로 인해 다시 웃음꽃이 피었다.

"이왕이면 목에 직접 걸어 주지 그랬어. 드라마 보면 다 그러던데."

"아아, 인간적으로 그건 못 하겠다. 손발 오그라들어."

"풉. 그건 그래. 우리 8년차 커플이란 걸 잠시 잊었어."

해란은 콧노래를 흥얼거리며 바로 목걸이를 착용한 채 그를 향해 몸을 돌렸다.

"어때? 예뻐?"

"살아 있네."

"살아 있나."

하하, 웃음소리와 함께 누구랄 것도 없는 배꼽 알람 시계가 시끄럽게 울려 댔다.

"배고프지? 뭐 먹고 싶은 거 있어?"

"오늘은 고기가 당기네. 삼겹살에 소주?"

"겨우? 칼질 한 번 하게 해 줘야 하는데."

"아니야. 그건 아껴 뒀다 나중에 할래. 너 취직하고 첫 월급 탔을 때, 그때 할래. 그리고 오늘은 정말 삼겹살이 먹고 싶어서 그래. 코딱지만 한 고기 한 덩이 나오는 건 내 체질 아니야. 우리 잘 가는 단골집 있잖아. 거기 가자. 고고싱!"

해란의 손을 채가 꼭 쥔 그가 손등에 입을 맞췄다.

"에휴. 우리 해란이."

"그런데 진짜 나는 아무것도 준비 못 했는데……."

"너 하나면 돼."

1초, 2초, 3초.

"으아악! 닭살!"

동시에 양팔을 비벼 댄 두 사람은 도리질을 하며 쿡쿡거렸다.

"오늘 특별한 날이라고 평소 안 하던 멘트 너무 날린다."

"아아, 나도 후회 중이다."

"뭐…… 그래도 나쁘지 않네."

눈이 마주친 두 사람의 입가에 만개한 미소가 번졌다.

"하아. 어떡해. 저녁을 너무 많이 먹었나 봐."

욕실에서 씻고 나온 해란은 큰 타월을 몸에 두른 채 칭얼거렸다. 3인분에서 멈췄어야 했는데 마지막 2%의 허전함을 이

겨 내지 못하고 1인분을 더 시켜 먹은 탓이었다. 둘이서 4인
분을 먹었으니 많이 먹긴 했다.

"배 하나도 안 나왔어."

"아니야. 올챙이배처럼 볼록 나온 거 안 보여?"

"화장실 한 번 다녀오면 다시 쏙 들어가면서 괜히 엄살이
지. 너 어디 가서 그런 소리 하지 마라. 여자들이 시기해."

한호는 168센티미터의 늘씬한 키에 가늘게 쭉 뻗은 그녀의
팔다리를 응시하며 말을 이었다.

"넌 체질상 살이 안 찌잖아. 그거 모든 여자들의 워너비인
거 알지? 게다가⋯⋯."

먼저 씻고 침대에 누워 있던 한호가 손을 쭉 뻗어 해란을
낚아챘다.

"어맛!"

"희한하게 여기는 살이 또 많아."

뒤에서 끌어안아 젖가슴을 움켜쥔 그가 어깨에 고개를 묻
었다.

"흐음. 해란이 냄새."

성감대인 귓불을 할짝거린 그가 더운 숨결을 훅 불어 넣었
다. 해란이 어깨를 움츠리며 찡긋 눈을 감았다. 몸을 감싸고
있던 타월을 슬며시 잡아 내리자 팽팽하게 솟은 뽀얀 젖가슴
이 드러났다.

큼지막한 손을 가득 채우는 풍만한 젖가슴을 움켜쥔 그가

유두를 살짝 비틀었다. 선홍빛 유두가 점차 단단해지며 동그
랗게 달아올랐다. 왼쪽 손을 슬그머니 내려 타월을 아예 풀
어 헤친 그는 검은 수풀에 숨겨져 있는 도톰한 살점을 살며
시 비볐다.

"하웃……."

손가락을 좀 더 깊숙이 넣어 꽃잎을 갈라 문지르자 은밀한
동굴이 점차 습해지며 미끈거리는 애액이 흘러나왔다. 그는
거치적거리는 타월을 침대 아래로 던져 버린 뒤 그녀가 무릎
을 꿇고 앞으로 몸을 숙이게 했다.

"다리 좀 더 벌려 봐."

그녀가 침대 발치 시트를 짚고 다리를 벌리자, 가슴 못지
않게 탐스러운 엉덩이가 그의 눈앞에 내밀어졌다. 그녀의 상
체를 지그시 눌러 팔꿈치가 시트에 닿게끔 납작 엎드리게 한
그는 반면 더 높게 치켜든 엉덩이를 쓰다듬었다. 부끄러움
없이 벌려진 엉덩이 사이로 고개를 숙인 그가 촘촘하게 주름
진 애널을 혓바닥으로 슥 핥았다.

"하아앗."

바르르 몸을 떤 그녀가 다리를 움츠렸다. 그는 자신의 타
액을 오른손 엄지에 묻힌 뒤 다시금 애널을 부드럽게 문질렀
다. 그리고 그와 동시에 중지를 슥 뻗어 붉게 타오른 꽃잎을
갈라 동굴 안으로 삽입했다. 천천히 밀어 넣던 손가락의 움
직임을 빨리하자 내벽이 점차 습해졌다. 질퍽거리는 애액이

손가락을 감싸며 흘러나오자 그녀의 다리 사이에 고개를 넣어 누운 그가 엉덩이를 지그시 잡아 내렸다.

하늘을 향해 있는 그의 얼굴 위로 그녀의 은밀한 부위가 맞닿았다. 혀를 길게 내민 그가 꽃잎을 건드리며 할짝거렸다. 천천히 부드럽게 혀를 날름거리다 점차 깊숙이 고개를 박으며 빠르게 혀를 놀리자 그녀가 더욱 심하게 몸을 떨며 비틀었다.

"흐읍. 하앗……."

옴짝달싹 못하도록 단단하게 엉덩이를 움켜쥔 그는 허벅지를 타고 주르륵 흐르는 샘물을 모조리 다 받아먹었다. 열에 달뜬 그녀의 엉덩이가 들썩거렸고 꽃잎이 더욱 피어오르며 어서 가득 채워 달라고 입을 벌렸다.

그녀의 골반을 잡아 허리춤으로 내린 그는 말랑한 젖가슴을 거칠게 쥐었다. 그와 상체가 맞닿게 고개를 숙인 그녀가 엉덩이를 치켜들었다. 곧게 솟아오른 남성을 꽃잎에 대며 살살 문지르자 그가 아득한 신음을 흘렸다. 침대 머리맡에 미리 준비해 놓았던 콘돔을 집어 익숙한 솜씨로 남성에 씌운 그녀는 타액으로 젖은 서로의 혓바닥이 뒤엉킴과 동시에 단단한 남성을 다리 사이로 가득 삼켰다.

"아흑!"

"하앗!"

단번에 깊숙이 남성을 삼킨 그녀가 천천히 엉덩이를 뒤로 빼며 다시금 콱 조여 삼키기를 반복했다. 애태우듯 느릿하게 움직이는 그녀의 골반을 잡아챈 그는 엉덩이 근육에 힘을 주며 거세게 허리를 튕겼다.

"아앗!"

뜨거운 동굴 안으로 깊숙이 찔러 오리자 그녀가 전율에 몸을 떨며 쉴 새 없이 말간 애액이 흘러나왔다. 미끈거리는 애액으로 덮인 남성이 더욱 빠르게 그녀의 안으로 침투했다. 젖가슴을 그러쥔 그의 손에도 힘이 들어가고 하얗던 그녀의 피부가 점차 벌겋게 달아올랐다.

"하아, 하아."

그녀의 뽀얀 피부와 대조되는 건강미 넘치게 그을린 그의 피부 역시 뜨거운 열기에 점차 붉게 달아오르며 송골송골 땀이 맺혔다. 집요하게 그녀를 탐하며 놓아주지 않던 그가 자세를 바꾸기 위해 몸을 일으키자 애액으로 흠뻑 젖은 성난 남성이 쑥 빠져나왔다.

"하아. 배란일 지나지 않았나? 콘돔 빼면 안 될까?"

생리 주기가 규칙적인 편이라 하루 이틀 후면 생리를 할 거긴 했다. 언제나 확실하게 피임을 하는 데다 그 역시 조절을 잘하기 때문에 지금까지 단 한 번도 실수를 한 적은 없었다.

그녀는 대답 대신 콘돔을 벗겨 내 던져 버린 뒤 남세스러울 정도로 부풀어 오른 남성의 뿌리를 잡아 깊게 빨아 물었다.

"하읍!"

남성을 입에 문 그녀의 고개가 천천히 앞뒤로 움직이다 점차 속도를 붙였다. 그녀의 풍성한 머리칼을 살며시 움켜쥔 그가 몸을 떨며 신열을 토해 냈다.

더 이상 참지 못하겠다는 듯 그녀를 일으켜 침대에 뉘인 그가 다리 사이에 자리를 잡았다. 늘씬하게 뻗은 다리를 모아 만세 하듯 머리 위로 들어 올린 그는 망설임 없이 꽃잎 사이를 가르며 깊게 파고들었다.

"하아앗!"

그녀의 아랫배가 저릿할 정도로 좁은 길목 끝까지 밀어 올린 그가 능숙하게 허리를 움직였다. 몸을 밀착시키며 남성을 깊게 넣었다 빼기를 반복하자 그녀의 신음 소리가 더욱 야하게 새 나왔다. 얇은 막이 사라진 단단한 남성이 직접적으로 주름진 내벽을 자극하자 절로 눈이 감기며 몸이 떨렸다.

방 안의 공기는 후끈하게 달아올랐고, 그 열기만큼이나 서로의 체온도 뜨거웠다.

촉촉하게 젖은 동굴 안을 수없이 침범하며 탐하던 그가 절정에 다다른 듯 서서히 피치를 올렸다. 시트를 말아 쥔 그녀의 눈이 질끈 감기고 그 역시 마지막으로 깊숙하게 찔러 넣고는 사정하기 직전 남성을 빼냈다.

"하아, 하아."

그녀의 배 위로 희뿌연 분신이 쏟아졌다. 마음 같아서는 안에다 하고 싶었지만 혹시나 모를 일을 대비해 질외 사정을 한 그가 각 티슈를 가져다 분신을 닦아 주었다. 아직도 열기에 젖어 숨을 몰아쉬고 있는 그녀의 이마에 입을 맞춘 그가 속삭였다.

"오늘 그냥 자고 갈까?"

"으음. 그럼 좋지. 그런데 피곤하지 않겠어? 과제 아직 다 못 했다며."

"해란아, 나 졸업하면 우리 그냥 같이 살까?"

감겨 있던 해란의 눈이 천천히 떠졌다.

"너나 나나 혼자 사는데 굳이 따로 살 이유는 없잖아. 그럼 며칠씩 못 볼 이유도 없고."

"음…… 설마 결혼을 하자는 얘기는 아니지?"

피식 웃으며 해란의 볼을 꼬집은 그가 입을 열었다.

"설마 프러포즈를 이런 식으로 하겠냐. 나도 다 계획이 있어. 자리 잡고 너 하나쯤 충분히 먹여 살릴 수 있을 때 청혼할 거다. 기다려 줄 수 있지?"

해란은 슬며시 입매를 올리며 그의 품으로 파고들었다.

"우리 이제 스물여섯이야. 아직 시간은 많아. 보금자리 하나 만들 준비는 해 놓고 결혼하자. 음, 그리고 동거하는 건 말이야. 네가 대명그룹에 입사하면 그때 합치자. 직장이 멀면 어쩔 수 없이 떨어져 살아야겠지만, 직장이 같은 곳이라면 동거해도 나쁠 건 없을 것 같아. 오히려 방값도 아끼고 좋지, 뭐. 8년을 연애했어도 동거는 또 다를 테니까 뭔가 색다를 것 같기도 해."

"두말하기 없기다."

"물론이지."

"내 기필코 입사한다. 딱 기다려라."

"얼마든지."

이마를 맞댄 채 웃음을 쏟아 내는 연인의 밤은 사랑으로 충만했다.

첫 번째 속삭임

"기대되네요. 오늘 인턴사원 첫 출근하는 날 아닙니까? 하하. 소문으로는 굉장한 미모의 소유자라고 하던데 부디 3개월을 잘 버텨 정직원이 되면 좋겠네요. 뭐, 그래도 설마 이 대리님만 하겠습니까?"

오늘도 일찍 출근해 여유 있게 티타임을 가지던 해란이 피식 입매를 올렸다.

"조막만 한 얼굴과 사슴 같은 눈망울, 무엇보다 웃을 때마다 쏙 들어가는 그 보조개! 몸매는 또 어떻고요? 캬! 이건 진심으로 하는 말인데요. 대리님이 제 이상형입니다."

"여자 친구가 들으면 서운해하겠어."

"없으니까 하는 얘기죠."

준석이 눈매를 늘어뜨리며 천진난만하게 웃었다.

"이래서 남자들은 안 돼. 여자 친구가 옆에 없다 하면 딴 꿍꿍이지."

"아이, 딴 꿍꿍이라뇨. 그저 대리님이 그만큼 출중하시다 그런 얘기죠. 제 진심을 왜 이렇게 몰라주십니까. 대명그룹 외식사업본부 마케팅팀에서, 아니, 사내 전체로 따져 봐도 이 대리님만 한 미모는 없지요."

해란은 자신도 어쩔 수 없는 여자인지 칭찬은 언제나 좋은 거라고 생각하며 머그잔을 내려놓았다. 준석이 이 녀석은 사회생활 능력을 타고난 게 분명했다.

"그것보다 출근할 때가 됐는데 안 오네요. 이거 첫날부터 지각하는 거 아닌가 모르겠어요."

"차가 밀리나 보지. 서울 교통 체증이 하루 이틀 일인가, 뭐. 아직 10분 전이야."

"역시 대인배, 이 대리님."

"나는 그보다 내달 1일부터 새로 부임하는 본부장님이 더 궁금한데."

"아, 회장님 아들이라는 유학파 재벌 2세요? 솔직히 전 별로 안 궁금해요. 뻔하죠, 뭐. 어떤 부류인지."

"왜 이렇게 꼬였어? 혹시 알아? 인재일지."

"에이, 그럴 리가요."

"여긴 왜 이렇게 분위기가 좋아?"

똑똑. 파티션을 두드리는 큼지막한 손이 두 사람의 시선을 사로잡았다. 해란과 동시에 고개를 든 준석이 벌떡 일어나 허리를 숙였다.

"정 대리님, 안녕하십니까! 이해란 대리님은 제가 오늘도 잘 보살펴 드리겠습니다!"

"내가 있는데 네가 왜."

"에이, 팀이 다르잖아요. 정 대리님은 상권개발팀이고, 저희는 마케팅팀이고. 으흥."

한호는 준석이 귀엽다는 듯 고른 치열을 보이며 입매를 올렸다. 그가 손에 들고 있던 커피 한 잔을 데스크 위에 내려놓으며 살짝 뻗친 해란의 머릿결을 정돈했다.

"나 벌써 마셨는데."

"벌써?"

"또 마시지, 뭐. 커피 좋아하니까."

"아아, 됐어. 받아, 고준석."

한호가 커피를 내밀자 준석이 배시시 웃으며 넙죽 종이컵을 받아 들었다.

"감사합니다, 정 대리님. 정말이지 빈말이 아니라 보고 또 봐도 선남선녀이십니다. 저희 회사 비주얼 대표 두 분이 연인이라니. 남녀 직원들이 서로 얼마나 안타까워하는지 모르시지요? 그럼 전 잠시 실례하겠습니다."

눈치 백 단 준석이 커피를 들고 재빠르게 자리를 피했다.

한호는 주위를 슥 둘러본 뒤 고개를 숙이며 해란의 귓가에
대고 속삭였다.

"나를 깨웠어야지, 혼자 그렇게 홀랑 가 버리면 어째? 지
각할 뻔했잖아."

"그러게 깨웠을 때 바로 일어났어야지. 뒹굴뒹굴한 게 누군
데 그래? 같이 지각이라도 하면 사람들이 뭐라고 하겠어. 그
렇지 않아도 대놓고 연애하는 사내 커플 1호인데, 동거하는
것까지 걸리면 퍽이나 좋은 말 나오겠다."

해란은 곱게 눈을 흘기며 입술을 삐죽 내밀었다. 아직도
채 마르지 않은 그의 검은 머리칼에서 자신과 같은 샴푸향이
진하게 풍겼다. 전에 쓰던 제품은 향이 은은했는데 이번에
바꾼 건 마치 향수를 뿌린 것 같았다.

"이따 퇴근할 때 마트 좀 들르자."

"뭐 떨어졌어?"

"샴푸 다시 사야겠어."

"왜?"

"야야, 정한호, 이해란! 아침부터 딱 붙어서 깨 볶고 있냐?
정 대리, 너는 출근을 왜 네 부서로 안 하고 여기로 하는 거야?"

박 과장의 음성에 화들짝 놀라 고개를 든 한호가 멋쩍게
웃었다.

"둘이 10년이나 사귀었다며. 이제 질릴 때도 되지 않았어?
아직도 그렇게 좋아?"

"그러게요. 그렇게 좋나 봅니다."

출근 시간을 체크한 한호는 손을 살짝 들어 보이며 서둘러 발길을 돌렸다.

"자자, 주목! 여기는 오늘부터 우리와 함께하게 된 인턴, 조은영 씨. 텃새 부리지 말고 잘 가르쳐 봐."

어디선가 들어 본 이름이라고 생각하며 걸음을 재촉하던 한호의 고개가 슥 돌아갔다. 동시에 그녀의 고개 역시 돌아갔고, 눈이 마주쳤다.

"……어?"

"어?"

서로 알은체를 하려던 찰나 이어지는 박 과장의 음성에 일단 사무실을 빠져나온 한호는 다시금 창문 너머로 은영의 얼굴을 쳐다보았다.

"내가 아는 조은영 맞는 거지? 서울 바닥 진짜 좁네. 어떻게 여기서 만나냐."

"정 대리! 외근 나갈 준비해야지!"

신기하다는 듯 입매를 올리던 한호는 저를 향해 손짓하는 같은 팀 이 과장을 향해 바쁘게 달려갔다.

"또 이 대리부터 보고 온 거야? 하여튼 못 말리는 커플이야. 어서 준비해."

"Yes, Sir!"

이 과장의 핀잔에도 경쾌하게 거수경례를 하는 그의 미소는 근사했다.

　몇 시간째 앉아 있던 터라 찌뿌듯해진 몸을 일으킨 해란이 화장실로 향했다. 뻐근한 목과 어깨를 풀어 주며 텅 빈 화장실 빈 칸으로 들어서는데 낯선 목소리가 울려 퍼졌다.

　"분위기는 괜찮은 것 같아. 사람들도 다 좋아 보이고."

　'은영 씨구나.'

　오늘 첫 출근한 은영일 거라는 생각에 해란은 그녀를 떠올렸다. 준석의 말마따나 소문이 거짓은 아니었다. 저도 키가 큰 편인데 그녀 역시 눈높이가 맞을 정도로 늘씬했다. 거기다 이목구비가 얼마나 또렷한지 굉장히 서구적인 미인이었다.

　"아, 그런데 진짜 신기한 일 있었다? 정한호 선배 알지? 우리 대학 동아리 선배 말이야. 인기 갑이었던."

　해란은 익숙한 이름이 거론되자 자신도 모르게 멈칫했다. 어쩐지 인기척을 내기가 애매한 타이밍 같았다.

　"그 선배를 여기서 만났지 뭐야? 와, 깜짝 놀랐어. 낯선 곳에서 아는 얼굴 만나니까 얼마나 반갑던지. 그러고 보면 나도 참 대책 없어. 저 차 버린 남자 다시 만난 게 뭐가 좋다고 이리 호들갑인지. 여자 친구 있다고 단칼에 거절했던 게 생각나네."

　통화 내용에 해란은 괜스레 기분이 좋아져 입술 끝을 슬쩍 올렸다.

저렇게 한 미모 하는 후배의 고백도 거절했단 말이지. 역시 정한호가 의리는 있다.

서로 같은 대학을 다니긴 했지만 한호가 군대를 가자 사귄 이래 처음으로 오랫동안 떨어져 지내게 되었다. 남들은 2년을 어떻게 기다리느냐고 했지만 그리 어려운 일이 아니었다. 사실 너무도 당연한 일이었으니까. 곁에 한호가 없다는 건 생각해 본 적도 없었다.

한호가 군대를 다녀오는 동안 자연스레 자신이 먼저 졸업을 하고 사회에 뛰어들게 되었다. 그가 복학했을 때 자신은 취직을 하고 돈을 벌었다.

일부 친구들은 너무 한호에게만 올인하지 말라는 조언 아닌 조언을 하기도 했었다. 어느 세월에 한호가 졸업을 하고 취직을 하냐는 나름의 걱정이었지만 그런 말들 따위는 흘려들었다.

여전히 한호는 제 남자 친구였고 사랑이었다. 각자의 환경이 조금 바뀌었다 하여 바로 발을 빼 버릴 만큼 얕은 관계가 아니었다. 함께한 시간이 얼마인데, 함께한 추억은 또 얼마인데.

"한호야, 우리 약속 하나 하자."

"무슨 약속?"

"만약에, 만약에 나중에 헤어질 수도 있잖아."

"야, 넌 왜 헤어질 생각을 해? 이제 사귄 지 100일이거든?"

"우리 아직 열여덟이야. 사람 일을 어떻게 알아?"

"아아, 그래서 뭐?"

"적어도 의리는 지키자. 다른 이성을 좋아하게 돼서 헤어지는 일은 만들지 말자."

"그게 말이 돼? 헤어지는 이유가 그것 말고 뭐가 있어. 가만 보니 너 이런 식으로 미리 프러포즈하는 거냐? 영원히 함께하자, 뭐 그런 거야?"

"하여튼 무슨 말을 못 해."

"걱정 마라, 이해란. 나 그렇게 의리 없는 놈 아니니까. 이래 봬도 제법 심지 굳은 놈이야."

장난처럼 던진 말이었지만 무의식 속에 깊게 각인이 됐었던 것 같다. 익숙함이 때로는 지루하게 느껴져 소홀해질 때가 있었지만, 그 오랜 시간을 연인으로 함께하며 한 번도 다른 이성에게 흔들린 적은 없었다.

우리는 여전히 변함없이 서로의 곁에 머물렀고 2년 전, 어쩌면 자신은 별로 대수롭지 않게 했던 약속을 위해 악착같이 노력한 한호는 정말로 대명그룹에 입사를 하는 쾌거를 이뤄냈다.

이해란은 입사 2년 반 만에 단 대리를, 정한호는 1년 앞당겨 달았다. 겉으로는 질투하는 척했지만 뿌듯했었다. 한호가, 우리 한호가 인정받는 사람이구나. 역시 내 남자구나 싶어서.

"그런데 유정아. 한호 선배 그때보다 더 멋있어진 거 있지? 진짜 남자 같다고 해야 하나? 지금도 여자 친구 있나 모르겠어."

조은영이라.

해란은 아무리 생각해 봐도 제 기억 속에는 없는 이름을 되새겼다. 아마도 한호가 복학을 하고 나서 알게 된 후배인 듯했다.

"아무튼 나 오래 통화 못 해. 지금도 화장실 간다고 하고 잠깐 나온 거야. 이따 만나서 얘기해."

달칵.

해란은 은영이 사라지고 나서야 조심스럽게 문을 열고 나왔다. 세면대에서 손을 닦고 머리를 매만진 뒤 입꼬리를 슬쩍 올렸다.

'정한호는 아직도 여자 친구가 있는데. 그때나 지금이나 내 남자 친구인데 어쩌니.'

✳   ✳   ✳

"상권이 썩 좋지 않은데요?"

한호는 빈 상가 건물을 한 번 바라보고는 연방 주변을 살폈다.

우수한 점포 관리로 최근 3년 동안 30여 개의 매장을 신규 오픈한 반면 폐점은 연평균 1~2개 수준을 유지했고, 지난해부터 현재까지는 단 하나의 매장도 폐점하지 않았다. 무조건 점포 늘리기에 급급해 이윤만 취득하는 타사와 다르게 확실한 철칙이 있었고, 그만큼 신규 매장을 오픈하기까지의 절차도 까다로웠다.

"걸어서 15분 이내에 아파트 단지가 형성되어 있고, 그 외에 눈에 띄는 별다른 건물은 없습니다. 2~30대 젊은 연인들을 주 고객층으로 잡은 저희 레스토랑과는 어울리지 않는다는 거죠. 오히려 타사 패밀리 레스토랑이 더 먹힐 상권입니다. 일주일 동안 밤낮 시간대별로 지켜본 결과 전체적으로 유동 인구가 너무 적습니다. 주차 공간도 매장에 비해 너무 협소해 컨펌 나기 힘들겠는데요? 예, 일단 들어가서 자세하게 보고드리겠습니다."

통화를 끝낸 한호는 상가 건물을 비롯해 주변 상권까지 세밀하게 찍어 놓은 사진을 다시 한 번 확인했다.

"오케이."

아직 본격적인 여름은 시작도 되지 않았는데 벌써부터 한낮에는 비지땀이 흘러내렸다. 사무실에 가만히 앉아서 키보드만 두드리는 건 체질상 맞지 않아 상권개발팀을 지원했는데 올 여름은 또 어떻게 나야 하나 걱정이었다.

"하아."

담배 한 대를 빼 물며 신호등 앞에 선 한호는 무심코 길 건너를 응시했다. 교복을 입고 서 있는 여학생이 고개를 떨 어뜨린 채 손잔등으로 자꾸 눈시울을 닦아 내고 있었다.

"해란이 생각나네."

한호는 어렴풋이 떠오른 아주 오래된 옛 기억에 희미하게 미소를 머금었다.

"어어, 이게 누구야."

하굣길 외진 골목에 쪼그리고 앉아 담배를 피우던 해란을 발견했을 때의 충격은 지금도 생생했다. 그저 공부 잘하는 모범생 반장인 줄 알았던 해란이 담배를 피운다는 게 실로 놀라웠으니까. 당황한 얼굴로 서둘러 담배를 비벼 끄던 그녀 에게 어쩐지 관심이 생겼다.

누군가의 비밀을 알게 됐다는 건 흥미로운 일이었다. 소위 날라리로 분류되는 문제아 정한호에게 예쁘장한 공부 벌레 반장 이해란이 담배를 피우다 걸리다니, 정말 기가 찰 정도로 재미있지 않은가.

"소문내지 말아 줘."

"내가 왜 그래야 하는데?"

"……부탁이야."

"부탁은 맨입으로 하는 게 아니야."

이 상황이 못마땅해서 입을 앙다무는 그녀가 어쩐지 귀여
웠다. 아마 그때부터였을 거다. 그녀에게 빠져 정신 못 차리
고 쫓아다녔던 게.

약점을 쥐고 있다는 핑계로 그녀의 곁을 맴돌았다. 맨 뒷
자리에 앉아 수업 시간마다 그녀의 뒤통수를 쳐다보고 있노
라면 시간 가는 줄을 몰랐다.

"우리 사귀자."

"내가 왜?"

"내가 좋으니까."

"네가 좋으면 다 되는 거야? 미안하지만 난 아니야. 허구한 날
농땡이나 치고 졸기만 하는 문제아는 내 취향이 아니라는 소리
야. 너랑 어울리는 거 알면 우리 엄마 기절할 거야. 나는 엄마에
게 자랑스럽게 내 남자 친구라고 소개할 수 있는 그런 애를 만날
거야."

"그게 성적이라는 거지? 네가 자랑할 수 있는 남자 친구의 조
건이."

자존심이 상했다. 하면 되는 놈이란 걸 보여 주고 싶었다.

어울리지 않게 매일같이 공부에 매달리며 늦은 시간 집으로 향하던 어느 날, 신호등 길 건너에 혼자 서 있는 해란을 발견했다.

주변이 어두워 표정이 자세히 보이지는 않았지만 손등으로 자꾸 눈가를 훔치는 게 울고 있는 것 같았다. 순간 무슨 일인가 싶어 가슴이 다 철렁했다. 아직 신호가 바뀌지 않았음에도 급하게 걸음을 뗐다.

타이어가 미끄러지는 소리와 함께 클랙슨이 시끄럽게 울렸다. 그제야 정신을 차리고 고개를 돌리자 바로 코앞에서 차가 멈춰 서며 운전자가 욕지거리를 내뱉었다.

죄송하다는 인사도 잊은 채 서둘러 길을 건너 해란의 얼굴을 살폈다. 그녀가 놀란 얼굴로 괜찮으냐고 물었지만 그건 중요하지 않았다.

"너 왜 울어? 무슨 일 있었어? 삥 뜯기기라도 했어? 뭐야, 뭔데 도대체! 씹……! 무슨 일인지 말을 해야 족치든 뭐든 할 거 아니야!"

흥분해서 식식거리는데 해란이 여전히 눈시울을 붉힌 채 입을 열었다.

"도대체 무슨 말이야. 눈에 뭐가 들어가서 그런 건데. 눈 많이 빨개?"

별일 아니라는 생각에 안도의 한숨과 함께 한 가지를 확실하게 깨달았다.

스스로 인지하고 있는 것 이상으로 이해란을 좋아하고 있구나.

그래서 그때부터 더 악착같이 이를 악물고 공부에 매진했던 것 같다. 해란과 같은 길을 가고 싶어서. 같은 대학에 가고, 계속 그녀 옆에 머물고 싶어서.

한호는 초록불로 신호가 바뀌자 옛 추억에서 돌아와 길을 건넜다. 여학생이 가까이 스칠 때 힐끔 얼굴을 쳐다본 한호는 자신이 먹으려고 샀던 청량음료 하나를 그녀의 손에 쥐어 주었다.

"힘내, 학생."

한호는 얼떨떨한 얼굴로 음료수를 받아 든 여학생을 뒤로한 채 손만 살짝 들어 보였다. 오랜만에 열여덟 해란의 기억을 떠올리게 해 준 고마운 대가치고는 약소했다.

좁은 골목 한쪽에 세워 두었던 차에 오른 한호는 다시금 휴대폰을 들어 번호 하나를 찾았다.

〈신월동 어머니.〉

"예, 어머니. 저 한호예요. 무슨 일은요. 외근 나왔다가 갑자기 어머니 생각나서 전화드렸죠. 해란이요? 네, 잘 지내요. 조만간 같이 찾아뵐게요. 요새 가게는 좀 어떠세요? 어머니 집 족발 진짜 맛있는데, 너무 걱정 마세요."

통화를 하는 내내 한호의 입매는 도통 내려올 줄을 몰랐다.

오후 늦게 다시 회사로 돌아온 한호는 외근 보고서를 작성한 뒤 잠시 휴게실을 찾았다. 오는 길에 마케팅팀을 살짝 들여다봤지만 해란은 눈이 빠져라 노트북을 들여다보며 집중 모드라 그냥 혼자 온 터였다.

처음부터 대놓고 사내 연애 중이라고 알릴 생각은 없었다. 대기업이다 보니 직원들의 눈도 있고 해서 연인인 걸 비밀로 하자고 입을 맞췄다.

한데 세상에 숨길 수 없는 세 가지 중에 사랑도 포함되어 있다는 사실을 간과했다. 본인들은 완벽하다고 생각했지만 타인의 눈에는 뭔가 심상치 않은 분위기가 드러났던 모양이었다.

지나가다 마주치기라도 하면 남몰래 눈을 찡긋거리며 인사를 건네던 어느 날, 더 이상 참지 못한 직원 한 명이 직격탄을 날렸다.

"그냥 대놓고 연애해. 두 사람만 빼놓고 다 알아, 둘이 연인인 거. 그렇게 티를 내는데 모를 리가 있겠어?"

그 순간에는 민망함에 얼굴이 다 시뻘겋게 달아올랐지만 오히려 마음은 편안해졌다. 그리고 결국 정직원이 된 지 겨우 한 달째에 자진 납세를 했다.

고등학교 때부터 사귄 오래된 연인이 한 회사에 입사했다는 흔치 않은 일에 직원들의 입이 벌어졌지만, 특별히 나쁘게 여기는 사람은 없었다. 그도 그럴 것이 공공연한 사내 커플이기에 혹시나 뒤처지면 손가락질을 받을까 봐 오히려 더욱더 일에 매진했기 때문이다.

"선배님!"

자판기 커피 한 잔을 뽑아 홀짝거리던 한호는 난데없이 들리는 낯선 음성에 고개를 들었다.

"정한호 선배 맞죠? 와, 너무 신기해요. 어떻게 여기서 다 만나요?"

한호는 잠시 잊고 있던 은영이 망막에 맺히자 반가운 얼굴로 일어섰다.

"그러게. 내가 아는 그 조은영 맞아?"

"넵. 아마 그럴 겁니다."

은영이 무장해제된 얼굴로 생글거렸다.

"선배님. 저도 커피 한 잔 뽑아 주시면 안 돼요?"

"아, 그래."

주머니에 있던 동전을 넣어 커피를 뽑아 건넨 한호는 은영과 함께 다시 자리에 앉았다.

"회사가 너무 커서 걱정했는데 이렇게 선배님 만나니까 너무 다행인 거 있죠. 아는 얼굴이 있다는 게 이렇게 반가운 건지 처음 알았어요."

은영의 말에 그저 피식 웃은 그가 종이컵에 입술을 갖다 댔다. 단정하게 빗어 넘긴 검은 머리칼 아래로 미끈한 이마를 지나 곧게 솟은 콧대는 칼날로 다듬어 놓은 듯 정교했다. 선이 뚜렷한 도톰한 입술이 커피를 마시기 위해 살짝 벌어졌고, 흰 셔츠 소매를 걷어 올려 드러난 피부는 탄력 넘치게 그을려 있었다.

"아, 참. 은영아."

저도 모르게 한호의 얼굴을 훔쳐보고 있던 은영이 화들짝 놀라며 눈을 크게 떴다.

"왜 그렇게 놀라? 그렇지 않아도 큰 눈이 더 커졌네. 쏟아지겠어."

"네? 아, 아뇨."

"다른 게 아니라, 사내에서는 선배님이라고 하지 마. 대리님이라고 불러. 나도 이제 은영 씨라고 할 테니까."

"왜…… 그래야 하는데요?"

"겪으면 알겠지만 보는 눈이 많다 보니 말도 많아. 오랜만에 만난 건 반갑지만, 사내에서 공과 사는 구분했으면 좋겠다."

커피를 다 마신 한호가 먼저 일어섰다.

"그럼 수고해요, 은영 씨."

손을 들어 보이며 슬쩍 입매를 올린 그가 먼저 휴게실을 떠났다. 잠시 그대로 멍하니 앉아 있던 은영은 두 손을 모아 쥐며 발을 동동 굴렸다.

"수고해요, 은영 씨래. 아앙, 난 몰라. 왜 이렇게 섹시하게 들리지? 진짜 남자가 다 됐어. 그때도 남다른 리더십으로 인기 짱이었지만 지금이랑 비교할 바가 아니야. 하아. 역시 학생과 직장인의 차이는 어마어마해. 여자 친구가 제발 없어야 할 텐데."

은영의 부푼 가슴은 좀처럼 진정되지 않았다.

✳   ✳   ✳

해란은 생각보다 한산한 대형 마트를 둘러보며 발길을 재촉했다. 자신들이야 늦은 퇴근 후 들른 거지만 보통 가정집은 지금쯤 이미 저녁 준비를 할 시간이었다.

"안 돼. 불필요한 거잖아."

해란은 원래 사려고 했던 물품 이외의 것은 단박에 거절했다. 한호가 입술을 삐죽거리며 불만을 표출했지만 받아 주지 않았다.

"그럼 이거는?"

"안 돼."

"그럼 이건?"

"정한호."

"알았다, 알았어."

한호는 졌다는 듯 혀를 내두르며 들고 있던 냉동 돈가스를 내려놓았다.

"애처럼 인스턴트식품을 왜 그렇게 좋아해?"

"아직 애인가 보지."

"게다가 이걸 그 좁은 집에서 튀겨 먹으면 기름 냄새는 어쩔 거야."

"문 열어 놓으면 다 빠져."

해란은 한호의 얼굴을 힐끔 쳐다보다 이내 냉정하게 발걸음을 옮겼다. 배고플 때 마트에 오면 꼭 충동구매를 하게 되어 배를 두둑이 채우고 오려고 하는데, 오늘은 퇴근길에 바로 들른 게 잘못이었다.

"샴푸 아직 있는데 왜 또 사? 나더러는 아껴라, 아껴라 난리를 치더니."

"예전에 쓰던 걸로 다시 사려는 거야. 앞으로는 네가 이거 써."

"왜?"

"생각해 보니 너나 나나 향수를 뿌리는 것도 아닌데 똑같은 샴푸향이 강하게 나잖아. 아무리 사귀는 거 다 안다지만 동거하는 것까지 알려지게 되면…… 아얏."

해란은 제법 아프게 이마에 꿀밤을 먹인 한호를 노려보았다.

"샴푸향 가지고 들킬 거였으면 벌써 들켰겠지. 게다가 너랑 나랑 부서도 다른데 뭔 상관이야."

"그래도 혹시나 조심하자는 거지."

"그 정도로 예리한 사람 없다. 그리고 난 지금 쓰는 제품이 더 좋아."

한호는 해란의 손에 들린 샴푸를 다시 제자리에 갖다 놓았다.

"우리 이해란이, 참 쓸데없이 걱정도 많지."

한호는 그녀의 엉덩이를 톡톡 두들겼다.

"더 살 거 없으면 빨리 집에 가자. 외근 나가서 점심도 대충 때웠더니 배고파."

카트기를 끌며 앞서 나가는 한호를 빤히 바라보던 해란은 그가 들었다 놓았던 냉동 돈가스를 쳐다보았다. 저게 뭐라고 먹고 싶어서 난리일까.

"하여튼 진짜 어린애 입맛이라니까."

해란은 돈가스를 언제 한번 직접 만들어 볼까 생각하며 잰

걸음으로 그를 쫓았다.

"같이 가!"

"생각할수록 신기하지 않아? 어떻게 이런 우연이 다 있지?
대학 후배가 우리 회사 인턴사원으로 들어오게 될 줄이야. 이
런 거 보면 사람은 죄짓고 살면 안 돼. 언제 어디서 다시 만날
지 모르니까."

고봉밥을 두 그릇이나 비우고 나서야 개운하게 씻고 나온
한호가 젖은 머리칼을 털어 냈다. 방금 전에 잔뜩 밥을 먹었
음에도 그의 배는 별다른 변화 없이 매끈했다.

"진짜 아무리 생각해 봐도 신기해."

"그래서 좋아 죽겠어?"

해란은 입고 있던 루즈핏 티셔츠를 머리 위로 벗어 내며
침대에서 일어났다. 나체로 물기를 털어 내며 서 있는 한호
를 지나 욕실 안으로 들어서는데 뒤에서 그가 그녀를 끌어안
았다.

"오랜만에 씻겨 줄까?"

"됐네요. 왜 이러세요."

해란은 젖가슴을 주무르는 한호를 뿌리쳐 내며 칫솔을 입에
물었다. 집에 들어오자마자 브래지어부터 벗어 버린 탓에 몸
에 걸친 거라고는 팬티 한 장뿐이었다.

"가만, 오늘 며칠이지?"

군살 하나 없는 해란의 뒷모습을 쳐다보던 한호는 협탁 위에 놓인 탁상 달력을 집어 들었다. 그러고 보니 어머니 생신이 얼마 남지 않았다. 생각난 김에 바로 휴대폰을 쥔 한호는 어머니에게 전화를 걸었다.

"김 여사, 나야."

―이 시간에 웬일이야. 무슨 일 있어?

"무슨 일 있어야만 전화하나?"

―해란이 목소리보다 아들 목소리 듣기가 더 힘드니까 그러지. 엊그제인가도 전화 왔었다. 너보다 더 자주 해, 이놈아.

해란이, 요 녀석.

한호는 욕실 문을 바라보며 기분 좋게 입술 끝을 올렸다.

―그나저나 너희는 언제까지 그렇게 살 건데. 그러지 말고 그냥 결혼을 해. 너네 벌써 10년이야. 연애도 너무 오래 하면 못쓰는 건데 왜 그러고 살아. 차라리 결혼을 해 버리지.

"돈 좀 더 모으고. 해란이랑 나랑, 훗날 태어날 우리 아이랑 셋이 도란도란 살 수 있는 전셋집 하나 정도는 마련해야 하잖아. 내가 남자인데."

―전세금 정도는 엄마가…….

"김 여사 쌈짓돈 좀 있나 봐? 서울 아파트 전셋값이 얼마인지 알고 하는 소리야? 거기 수원이랑은 차원이 달라. 수원 아파트 집값이 서울 전세금으로도 모자랄걸? 나 회사에서 제법 인정받고 있고, 똑순이 해란이 덕에 돈 많이 모으는 중이니까 너무 걱정 마. 우리 돈 없어서 원룸에서 사는 거 아니야. 최대한 아끼느라 그런 거지. 결혼할 때 되면 알아서 다 해."

—해란이 나이가 벌써 스물여덟이야. 남자 나이하고는 달라.

"해란이도 지금은 결혼 생각 없어. 요새 결혼 적령기가 얼마나 늦춰졌는지 모르지? 다들 서른 넘어 한다고. 아무튼 전화한 용건은 이게 아니고, 김 여사 생일 선물 뭐 갖고 싶은지 생각해 놔. 내려갈 때 사 갈 테니까."

—생일 아직 한참 남았는데 뭘 벌써부터 난리야. 얼마나 대단한 선물을 하려고.

"우리 김 여사는 미리 챙겨 줘도 난리지. 아무튼 생각해 놓으셔."

더 잔소리를 듣기 전에 후다닥 통화를 끝낸 한호는 물끄러미 천장을 바라보았다.

사실 어머니의 걱정을 이해 못 하는 건 아니었다. 동거 중인 걸 양가에서 다 알고 있으니 결혼도 안 하고 왜 저러나 싶으실 터였다.

한호는 수증기가 뿜어져 나오는 욕실을 힐끔 보았다. 타월을 두른 해란의 양 볼이 발그스름하게 물들어 있었다.

"너 그거 아냐?"

"뭘?"

44

"씻고 나왔을 때 제일 예쁜 거."

해란은 닭살이라는 듯 콧잔등을 찡그리며 팔뚝을 문질렀다.

"뭐래."

"해란아, 우리 좀 더 큰 집으로 이사 갈까?"

"뭐하러. 이사하면 다 돈이야."

"좁잖아, 여기."

"먹고, 자고, 싸는 데 아무 문제 없는데 왜?"

해란이 화장대 거울 앞에 앉아 화장 솜에 스킨을 적셔 얼굴에 보드랍게 문질렀다.

"너한테 미안해서 그러지. 나 적금 든 거 깨면 여기보다는 좋은 곳으로……."

"쓸데없는 소리. 적금을 왜 깨. 지금 당장 더 넓은 집으로 이사 가야 하는 이유 같은 건 없잖아. 나중에 너랑 나랑 결혼이란 걸 하게 됐을 때, 그때 더 좋은 집으로 이사 가면 되지. 지금은 차곡차곡 돈 모으는 데만 신경 쓰자. 알았지?"

내내 거울만 쳐다보며 화장품을 바르던 해란이 슥 고개를 돌리며 싱긋 웃었다. 그런 해란을 빤히 바라보던 한호가 중심부를 덮고 있던 이불을 들췄다.

"해결 좀 해 주라."

그가 남세스럽게 솟아오른 녀석을 가리키며 씩 웃었다.

"아, 나 오늘 피곤한데."

"피곤하다고 사랑을 못 하지는 않는다는 게 내 지론이야."

"그건 네 지론이고."

"아니, 우리의 지론이지."

벌떡 일어난 한호가 앉아 있는 해란을 번쩍 안아 올렸다.

"어맛! 왜 이래!"

"1분 안에 안 젖으면 포기."

한호는 침대 위에 그녀를 눕힌 채 다리 사이를 벌려 손가락을 더듬었다. 중지로 꽃잎 사이를 가르며 문지르다 은밀한 동굴 안으로 밀어 넣었다. 아직은 뻑뻑한 내벽을 천천히 자극하던 그가 손놀림을 빨리하며 젖가슴을 움켜쥐었다.

"아우, 진짜. 피곤하다니까."

해란의 머리칼을 쓸어 넘긴 그가 귓불을 빨아 물며 속삭였다.

"보면 알지. 네 말이 참인지, 거짓인지."

혀를 뾰족이 세워 귓바퀴 모양을 따라 핥자 해란이 눈을 질끈 감으며 어깨를 움츠렸다. 짓궂게 입술 끝을 말아 올린 그가 주름진 내벽을 더욱 강하게 자극했다.

"이해란 성감대 집중 공략 실시."

그가 뜨거운 숨결을 귓바퀴에 토해 내며 연방 귓불을 할짝거렸다. 해란의 몸이 서서히 비틀어지나 싶더니 이내 동굴 안이 젖어 들었다. 그는 애액이 묻은 손가락을 빼내 들어 보이며 음흉스럽게 눈썹을 꿈틀거렸다. 해란이 못 말리겠다는 듯 고개를 내저으며 그의 목에 팔을 걸어 확 잡아당겼다.

"한번 해 보자 이거지?"

"호오. 얼마든지."

"각오해라."

"바라던 바야."

두 사람의 입매가 동시에 올라갔다.

그들의 밤은 그 누구보다 솔직하고, 노골적이고, 뜨거웠다.

두 번째 속삭임

"그래도 이 대리가 갑이지."

오늘 역시 활기찬 얼굴로 사무실에 들어서던 한호는 먼저 출근해 수다를 떨고 있는 동료들에게 다가갔다.

"좋은 아침……."

"아니야. 마케팅팀 인턴이 갑이라니까. 아마 그 인턴이 키도 더 클걸?"

"이 대리는 비율이 좋잖아. 팔다리도 길쭉길쭉하고. 바스트랑 골반은 또 얼마나 알차? 엊그제인가 블라우스 입은 거못 봤어? 단추가 다 벌어지더라. 힙도 얼마나 빵빵한데. 아무리 잘빠졌어도 엉덩이가 납작하면 옷태 안 나거든. 생김새도 그 인턴은 너무 또렷해서 부담스럽지만, 이 대리는 좀 날

카로워 보여도 웃을 때 그 싹 패는 보조개가 너무 귀엽지 않아?"

"아이, 참. 그래도 인턴이 갑이라니까. 스커트는 일부러 짧게 입는 건지 무릎 위로 반이 올라가 있잖아. 사내 식당에서 자리에 앉을 때 자세히 보면 속옷이 보일랑 말랑 한다니까. ……엇? 정 대리 왔어?"

신나게 떠들어 대던 직원들이 뒤늦게 한호를 발견하고 입을 다물었다.

"좋은 아침입니다, 최 대리님."

"아, 응. 그래, 좋은 아침이야."

여느 때와 다름없이 인사를 건네며 자리에 앉았던 한호는 허둥지둥 흩어지는 사람들 중 유독 해란의 몸매에 열을 올리던 최 대리를 가만히 바라보다 몸을 일으켰다.

어느 부서건 구멍은 있기 마련이다. 입사한 지 7년, 대리 3년 차 상권개발팀 최 대리가 그중 하나였다. 자신이 입사하고 2년도 채 되지 않아 대리를 달았을 때 제일 못마땅해했던 사람도 최 대리였다. 그는 4년이나 걸려 단 대리를 자신은 반도 걸리지 않아 달았으니 질투를 할 법도 하긴 했다.

"최 대리님, 커피 한 잔 하십시오."

"아, 그래. 고마워."

"최 대리님."

모니터로 시선을 돌리던 최 대리가 다시금 고개를 들었다.

"남자들이 다 그렇긴 하죠. 제 여자가 아닌 남의 여자를 쉽게 입에 올리며 떠드는 것 말입니다."

"흠흠."

"없는 데서는 대통령도 욕하는 법이니 그걸 제가 뭐라고 할 수는 없지만 앞으로는 조심 좀 해 주십시오. 굳이 최 대리님까지 어여삐 봐 주지 않으셔도 됩니다. 제가 충분히 예뻐해 주고 있으니까요."

저를 똑바로 쳐다보는 한호의 시선에 기가 죽은 최 대리가 비쩍 마른 몸을 더 움츠리며 괜한 헛기침을 해 댔다.

"그럼 좋은 하루 되십시오."

깍듯하게 고개를 숙인 한호는 자리로 돌아와 컴퓨터를 부팅했다. 남자 직원들이 여직원에 대해 이러쿵저러쿵 떠드는 건 어쩌면 당연한 거였다. 해란 역시 그 이야깃거리 대상에서 제외될 수는 없겠지만, 그래도 같은 부서에 버젓이 남자친구가 있는 걸 알면서 조심하지 않는 일부 직원들이 못마땅한 건 어쩔 수가 없었다.

담뱃갑을 들고 사무실을 나선 한호는 실외 흡연실을 찾았다. 오늘 해란이 무슨 옷을 입었나 생각하다 타이트한 블라우스 대신 좀 헐렁한 걸로 몇 개 사 줘야겠다고 생각했다.

"선배님!"

대충 담배를 태우고 흡연실에서 나오던 한호는 갑자기 눈앞에 내밀어진 캔 커피를 보며 뒷걸음질을 쳤다.

"깜짝이야."

"헤헤."

아침부터 은영이 여긴 어쩐 일인가 싶었다.

"지난번에 선배님이 커피 사 주셨잖아요. 제 거 뽑는데 선배님이 생각나서 하나 더 뽑은 거예요."

"내가 그때 얘기하지 않았던가? 사내에서는 선배님이라 부르지 말라고. 대리님이라고 부르세요."

은영은 존대를 쓰며 제법 단호하게 얘기하는 한호의 모습에 잠시 당황하다 이내 배시시 웃었다. 무표정하게 있으면 거만할 정도로 도도해 보이는 인상이, 입매를 올리는 순간 마치 다른 사람처럼 강아지상으로 변했다.

"아, 맞다. 습관이 돼서."

"그리고 흡연실 앞에서 괜히 얼쩡대지 마요. 여직원이 이런 데 얼쩡대면 괜히 구설수 오르니까."

"저 걱정해 주시는 거예요?"

"괜히 구설수 올라서 좋을 건 없다는 소리죠."

"걱정 맞는 거죠?"

"조은영 씨가 아닌 누구라도 이 정도 오지랖은 떨었을 겁니다. 말 많은 곳이니까. 그리고 말인데요."

한호는 연방 생글거리는 은영에게 한 걸음 더 다가가 낮은 목소리로 얘기했다.

"사회생활 처음이라 뭐가 뭔지 모르겠죠? 웃으면서 살갑

게 구는 건 좋은데 뭐든 적당해야 하는 겁니다."

"네? 그게 무슨……."

"그렇게 무턱대고 생글거리고 다니면 남자 직원들은 착각의 늪에 빠져 허우적거릴 거고, 그러다 보면 본의 아니게 어장 관리녀가 될 수도 있을 거고, 결국 은영 씨도 모르는 사이 모든 여직원들의 적이 돼 있을 거라는 뜻이죠. 그렇게 되면 사회생활 하기 얼마나 힘들어지는지 압니까? 남자들은 어떻게든 조은영 씨가 구워삶을 수 있겠죠. 그런데 여자는 아닙니다. 같은 여자는 절대 적으로 두면 안 되는 거예요."

"그럼 대리님은요? 대리님도 남자잖아요. 제가 어떻게든 구워삶을 수 있는 사람에 속하는 건가요?"

한호는 당돌하기까지 한 은영의 말에 꽤나 황당했는지 얼빠진 얼굴로 이마를 짚었다.

"헤헤. 대리님이 너무 딱딱하게 말씀하시니까 장난 좀 친 건데 놀라셨어요? 제가 설마 아직도 좋다고 할까 봐요? 음, 그런데 갑자기 궁금해지네요. 만약 그렇다면 뭐라고 대답하실 건지."

"방금 전에 얘기했는데 제대로 인지를 못 했나 봐요. 그런 말을 쓸데없이 함부로 하지 말라는 소리입니다. 그리고 난, 그때나 지금이나 여자 친구 있습니다. 지금 은영 씨가 속해 있는 마케팅팀 이해란 대리가 내 여자 친구니까 앞으로 까불지 마세요. 알았냐, 요놈아?"

한호는 오른손 검지로 은영의 이마를 슬쩍 밀며 돌아서다 다시 멈칫했다.

"아, 커피는 잘 마실게요. 그런데 다음부턴 내 거까지 안 뽑아도 됩니다."

캔 커피를 흔들어 보인 한호가 서둘러 걸음을 옮겼다. 충격에서 벗어나지 못하던 은영은 멍한 얼굴로 생각을 정리했다.

"그러니까 뭐야. 그때부터 지금까지 사귀고 있는 사람이 이해란 대리라는 거야? 게다가 사내 커플? 헐."

은영은 뭐 이런 일이 다 있나 당혹감을 감추지 못했다. 다시 만난 건 하늘이 내려 주신 인연이라고 생각하며 들떠 있었는데 웬 날벼락 같은 소리인가 싶었다.

대학교 때 한호를 보고 첫눈에 반했었다. 눈길을 끄는 훤칠한 외모 탓도 있었지만 알면 알수록 성격이 시원시원해서 좋았다. 하지만 고백과 동시에 차였고, 한호가 졸업을 하며 연락이 끊겼었다.

은영은 동안에 저만큼이나 늘씬하게 키가 큰 해란을 떠올렸다.

"다시 만났다고 좋아했더니 이게 뭐야. 하아. 속상해. 그런데 요놈아? 대리님이라고 부르라더니 자기는 왜 갑자기 요놈야? 완전 애 취급이잖아. 이렇게 성숙한 몸을 가진 애가 어디 있어? 세 살 차이밖에 안 나는데 오빠인 척해."

불만을 토로하던 은영은 기운 없는 얼굴로 사무실을 향했다.

넌지시 장난처럼 속내를 드러내긴 했지만 그때나 지금이나 또다시 뭘 해 보지도 못하고 차인 꼴이었다. 같은 남자에게 두 번이나 거절당한 셈이니 아마 조은영 인생에 다시없을 일일 거였다. 자존심에 금이 간다.

"너무 가혹해."

"불고기 진짜 맛있겠다."

한호는 식판 한가득 불고기를 퍼 온 해란을 보며 혀를 내둘렀다. 쉴 새 없이 바지런을 떨며 에너지 소비를 하기도 했지만, 정말이지 저렇게 잘 먹는데 살이 안 찌는 걸 보면 타고난 체질인 것 같았다.

식판에서 눈을 뗀 한호는 의자를 당겨 앉은 해란의 옷매무새를 살폈다. 역시나 몸에 꼭 맞는 블라우스가 라인을 드러내고 있었다.

"해란아. 오늘 퇴근하고 밖에서 저녁 먹고 들어갈까? 쇼핑도 좀 할 겸."

"웬 쇼핑?"

다른 여자들이라면 환장을 하며 달려들었겠지만 해란의 반응은 시큰둥했다. 워낙 근검절약이 몸에 배서인지 정말 꼭 필요한 게 아니면 굳이 지갑을 열지 않았다.

"너 옷이나 몇 벌 살까 했지."

"아직 다 입을 만한데 왜?"

"블라우스 말이야. 그렇게 꽉 끼는 거 입으면 갑갑하지 않아?"

해란은 웬 생뚱맞은 소리냐는 듯이 눈썹을 치떴다.

"여자는 옷이 헐거워지는 순간 살이 찌는 거야. 나라고 뭐 처음부터 이런 옷이 편했겠어? 나름 다 이유가 있는 거라고."

"살쪄도 상관없어, 난. 네 몸매를 보고 만난 게 아니니까. 그러니까 편하게 입어."

"흥. 말은 다 그렇게 하지. 내 몸매를 보고 만나진 않았어도, 날씬한 여자가 더 좋은 건 사실이지 않아? 막상 내가 살찌면 싫어할 거면서."

"흐음. 아니라니까 그러네."

"아무튼 알았어. 네 셔츠나 몇 개 사자, 그럼. 소매 낡은 게 몇 개 있더라."

휴식 시간을 늘리기 위해 빠르게 식사를 끝낸 두 사람은 자리에서 일어났다. 먼저 나간 해란을 따라 걸어가던 한호는 뒤늦게 식당으로 들어서는 은영을 발견했다. 무심코 지나치려는데 은영이 들고 있던 숟가락을 놓치며 바닥으로 떨어뜨렸다. 그녀가 숟가락을 줍기 위해 허리를 굽히자 짧은 스커트가 더 올라가며 아슬아슬한 장면을 연출했다.

때마침 오전에 은영과 해란을 두고 떠들던 직원들이 보이자 한호는 자연스럽게 은영의 뒤에 서서 몸을 가렸다.

"조심 좀 해요."

"예?"

"여자는 남자랑 옷차림이 다르잖아요. 그만큼 조심해야 할 게 더 있지 않을까 싶은데. 그럼 맛있게 들어요."

은영이 대답하기도 전에 한호는 걸음을 옮겨 식당 입구에서 기다리고 있던 해란에게 다가갔다.

"반가운 후배님 아는 척한 거야?"

"왜 이렇게들 조심성이 없나 몰라."

"이젠 대놓고 친하게 지내기야? 너, 나 너무 의식 안 하는 거 아니니?"

"아는 후배일 뿐이야. 날 뭐로 보고. 아무튼 해란이 너도 스커트 입고 아무 때나 허리 숙이고 하지 마라. 그런 건 내 앞에서만 해."

"뭐래. 오늘따라 왜 이리 보수적이야. 그리고 왜 네 앞에서는 그래도 되는 건데?"

"정말 몰라서 묻나?"

한호가 고른 치열을 보이며 시원하게 웃었다. 은영을 흘깃 쳐다보던 해란이 이내 따라 웃으며 화제를 바꾸었다.

"그러고 보니 이제 며칠 안 남았네? 본부장님 말이야."

"아, 그런가."

"외식사업본부장으로 오는 거니 우리 더 피곤해지는 거

아닌가 몰라. 준석이는 아예 고개를 절레절레 흔들더라고. 분명히 콧대만 잔뜩 높은 부르주아일 거라면서. 한호 너도 그렇게 생각해?"

"글쎄. 좀 부담스럽긴 하지. 직속상관으로 오는 거니까. 회장님 아들이라는 스펙을 무시할 수도 없고. 그래도 뭐, 지금까지 해 왔던 것처럼 우리 일만 잘하면 되지 않을까? 괜히 미리 신경 쓰지 마."

"역시 그게 편하겠지?"

"당연한 걸."

믿음직스러운 그의 말에 해란의 표정 역시 한결 부드러워졌다.

"하암. 나른해. 점심 먹고 나서는 늘 이게 문제야."

"아직 30분 남았어."

해란을 끌고 비상구로 향한 한호는 아무도 없는 걸 확인하고는 계단 벽 쪽으로 그녀를 기대 앉혔다. 그리고 구두를 벗겨 제 무릎 위로 다리를 뻗게 해 능숙하게 주물렀다.

"안 그래도 되는데. 너도 좀 쉬어야지."

"이게 쉬는 거지, 뭐."

해란은 흐뭇한 얼굴로 한호를 응시하다 이내 다리를 바로 한 뒤 그의 곁에 앉았다.

"난 이게 더 좋아."

그에게 팔짱을 끼며 어깨에 기댄 그녀의 눈꺼풀이 느릿하게 감겼다.

빡빡한 현실 속에 연인과 함께하는 잠깐의 휴식은 달콤했다.

✻　　　✻　　　✻

"이 매정한 것. 엄마 보고 싶지도 않았어?"

2년 만에 밟는 한국 땅이었다. 신우는 오랜만에 보는 어머니와 가볍게 포옹을 했다. 이제 그만 한국으로 들어오라는 부모님의 청을 끝까지 거절할 수가 없어 오긴 했는데, 아직도 모든 게 그대로였다.

아직도 연우가 그립고, 아직도 연우 때문에 가슴이 아팠다.

"이렇게 앞당겨 올 줄 알았으면 미리 연락이라도 주지 그랬어. 그랬으면 공항에 마중 나갔을 텐데. 아무튼 잘 생각했다. 너무 늦었지만 이제라도 회사 경영에 참여해야지. 자식이라고는 너 하나뿐인데. 일단 올라가서 좀 쉬어라. 당장 월요일부터 출근하려면 시차 적응이 좀 필요할 테니."

"예, 어머니."

캐리어 하나를 끌고 2층으로 올라간 신우는 익숙한 방 안을 둘러보다 데스크 제일 아래 서랍을 슬며시 열어 손을 더듬었다. 서랍 깊숙이 넣어 두었던 반지 케이스가 주인을 잃은 채 그대로 놓여 있었다.

한국에서 대학을 졸업하고 미국에서 경영학 석사 과정을 밟기 위해 유학길에 올랐다. 그때 나이가 스물일곱이었고, 타지에서 홀로 외롭게 지내던 연우를 만났다.

전공 분야가 같고 같은 한국인에다 여러모로 공통분모가 많아서인지 자연스럽게 그녀와 연인이 되었다. 뒤늦게 알고 보니 그녀 역시 아버지가 건설업을 하시는 꽤 부유한 집안의 자제였고, 그래서 더 마음이 편했던 것도 사실이었다.

드라마에서나 볼 법한 집안의 반대 같은 시련은 없어도 될 테니까.

MS 과정을 마치기까지 2년이 걸렸다. 서른이 돼서야 그녀와 함께 나란히 한국으로 입국했고, 서로의 집안에 인사를 드리며 결혼의 뜻을 비쳤다.

양가 모두 별다른 반대 없이 흔쾌히 승낙했기에 결혼 준비는 속전속결로 이루어졌다. 그렇게 무탈하게 서로의 반려자가 될 줄 알았다.

"하아."

신우는 아직도 선명하게 떠오르는 옛 기억에 한숨을 내쉬며 반지 케이스를 다시 서랍에 넣었다.

방 곳곳에 연우의 흔적이 아직도 많이 남아 있었다. 그녀와 함께 찍었던 사진들, 물건들이 아직도 박스 안에 깊숙이 담긴 채였다.

신우는 오랜 비행으로 지친 몸을 침대 위에 뉘였다.

언제까지 이렇게 연우를 그리워할 수는 없다는 걸 알았다. 머리로는 이미 충분히 알고 있었다.

가늘게 떠져 있던 그의 눈꺼풀이 스르륵 감겼다.

모처럼 단잠이 쏟아졌다.

여자의 살결은 보드라웠다. 간지럼에 까르르 웃는 여자의 웃음소리는 해맑았다. 하얀 시트를 몸에 두른 채 도망 다니는 그녀의 표정은 더없이 행복해 보였다. 햇살에 비치는 검은 머리칼엔 윤기가 가득했다.

"사랑해요, 신우 씨."

그녀의 뜨거운 숨결이 귓가에 와 닿았다. 열기로 달아오른 복숭앗빛 뺨을 쥐며 입술을 찾았다.

"나도…… 사랑해."

바싹 마른 입술을 달싹이던 신우의 눈꺼풀이 천천히 떠졌다. 꿈과 현실이 구분되지 않을 정도로 너무도 선명했다.

신우는 아직도 연우의 꿈을 꾼다는 사실에 망연자실한 얼굴로 몸을 일으켰다. 시간을 확인하니 오전 7시였다. 분명 눈을 감았을 때가 오후 5시쯤이었던 것 같은데 오래도 잤다.

신우는 샤워를 끝내고 단정하게 옷을 차려입은 뒤 아래로 내려갔다. 멍청하게 집에 있다간 연우 생각으로 숨이 막힐 것만 같았다. 식사를 하기 위해 앉아 있던 아버지 이 회장을 비롯해 자리에 앉으려던 어머니가 깜짝 놀란 얼굴로 그를 응시했다.

"죽은 듯이 자기에 일부러 안 깨웠는데 일어났니? 그런데 아침부터 어디를 가려고……."

"아버지. 오늘 회사에 가 보고 싶은데 가능합니까? 먼저 둘러보고 싶어서요."

"나쁠 건 없지. 네가 쓸 차는 따로 준비해 놨다."

"감사합니다."

간단히 식사를 끝낸 신우는 이 회장의 차를 뒤따라 직접 운전을 했다. 40여 분 정도 차를 몰아 회사에 도착한 그는 지하 주차장에 직접 주차를 한 뒤 로비로 올라왔다.

이 회장이 경비실에 미리 연락을 해 둔 덕분에 어느 누구도 사원증이 없는 그를 제지하지 않았다.

반짝반짝 윤이 날 정도로 깨끗한 로비를 둘러보던 신우의 시선이 엘리베이터 앞에 서 있는 한 여자에게 꽂혔다. 옆모습이긴 했지만 어쩐지 낯설지 않은 모습에 무언가에 이끌리듯 그녀를 쫓았지만 엘리베이터 문이 먼저 닫혀 버렸다.

뭔가 괜히 다급해진 신우는 서둘러 옆의 엘리베이터에 올라 층층마다 서며 사무실을 둘러보았다.

며칠 후 자신이 부임할 외식사업본부가 있는 8층에서 내

린 그는 가장 먼저 눈에 들어오는 마케팅팀 팻말을 발견하고
는 조심스럽게 안을 둘러보았다.

"이 대리!"

"네, 과장님."

신우는 결재판을 손에 들고 자리에서 일어나는 한 여자에
게 시선을 고정시켰다. 머리칼을 쓸어 올리며 고개를 들던
그녀와 그대로 눈이 마주쳤다.

"……연우야."

아직도 꿈에서 깨지 않은 것 같았다.

연우가…… 살아서 움직이고 있었다.

✳   ✳   ✳

"영화관에 오는 건 진짜 오랜만이다."

해란은 모처럼 데이트다운 데이트를 하는 것 같은 기분에
한껏 들뜬 얼굴을 했다. 일에 치이다 보면 주말에 데이트는
커녕 집에서까지 업무의 연장이거나 그저 한없이 늘어지기
마련이었다.

"귀찮아하더니 좋아 죽네."

"막상 나오니까 그러네? 으흥."

"영화 시작했겠다. 얼른 들어가자."

팝콘을 집어 먹는 해란의 뒷머리를 쓰다듬은 한호는 서둘

러 어두운 영화관으로 들어서며 그녀의 손을 꼭 잡고 앞장섰다.

"조심해."

수월하게 자리를 찾아 해란을 먼저 앉힌 그는 스크린을 보며 착석했다.

"이거 되게 야하다던데."

해란이 그의 귓가에 대고 속닥거렸다.

"우리만큼 야하기야 하겠어?"

"으음. 그런가? 풋."

영화가 본격적으로 시작되자 지방 방송을 끄고 영화에 집중하던 해란은, 초반부터 나오는 러브신에 또 한호의 귀에 대고 속닥거렸다.

"같은 여자가 봐도 몸매 장난 아니다. 가슴 좀 봐. 진짜 예쁘지?"

한호는 말없이 피식 웃으며 해란의 머리칼을 부스스 흐트러뜨렸다. 연애 초창기 때 이런 대화는 상상도 하지 못했다. 청소년 관람 불가 영화를 처음 같이 봤을 때 그 어색했던 순간은 아직도 기억이 날 정도였다.

"난 이런 영화 볼 때마다 궁금한데, 어떻게 연기가 저렇게 리얼하지? 진짜 하는 거 같잖아."

"해란아."

"응?"

"영화 안 볼 거야?"

한호가 오른손 검지를 입술 위에 갖다 댔다.

"쉿."

"아, 응. 쉬잇."

두 시간에 가까운 영화는 가볍게 웃으면서 보기에 딱이었다. 엔딩 크레딧이 올라가고 상영관에 불이 밝혀지자 사람들이 서둘러 자리를 빠져나갔다. 한호는 사람들이 나갈 때까지 느긋하게 기다리다 일어섰다.

"기억에 남는 건 여자 조연 몸매뿐이네. 주연은 하나 벗지도 않고 개런티는 훨씬 많이 받았겠지? 그런데 진짜 몸매 예쁘더라."

"그러게. 예쁘더라."

"그래서 그렇게 집중했구나? 아주 침 떨어지겠더라?"

한호는 슬쩍 해란의 표정을 살폈다. 그 오랜 시간 연애를 했지만 여자들은 여전히 참 아리송했다. 솔직하면 솔직해서 욕먹고,

"그래도 너만 하려고."

"입술에 침이나 바르셔."

듣기 좋은 말을 해 주면 솔직하지 못하다고 또 욕을 먹는다.

한호는 어깨를 으쓱이며 피식 웃었다.

"화장실 안 가도 되겠어?"

"아, 다녀올래."

한호는 해란의 가방을 대신 들며 화장실 입구에서 조금 떨어진 곳에 섰다. 바로 앞에 서 있으면 다른 여자들이 드나들기 불편해하는 게 보이기 때문이었다.

해란이 나오길 기다리던 그는 휴대폰 진동이 울리자 발신인을 확인했다.

"여어, 오랜만이다. 네가 어쩐 일이냐. 지금? 아, 지금은 좀 곤란한데. 해란이랑 같이 있거든. 안 돼, 인마. 오랜만에 데이트 나온 거란 말이야. 흐음. 몇 시까지 있을 건데? 알았어. 봐서 전화할게."

"어디로 내빼시려고?"

고새 화장실에서 나온 해란이 곱게 눈을 흘겼다.

"대충 저녁이나 때우고 친구들 만나려는 거지?"

"얼굴은 잠깐 비쳐야 할 것 같아. 여자 친구 만난다고 친구 녀석들 안 보면 따 당한다."

"넌 친구 많아서 따 좀 당해도 돼."

"그래서 가지 말라는 거야?"

"가지 말라고 해도 갈 거면서."

그는 입술을 삐죽 내밀고 있는 해란의 어깨를 감쌌다.

"아니면 같이 가지, 뭐. 어차피 너도 다 아는 녀석들인데."

"됐거든. 눈치 없는 여자 될 일 있니. 술이나 많이 먹지 마. 내일 월요일이잖아."

"알겠습니다, 마님. 그나저나 저녁 뭐 먹지?"

웃는 얼굴에 침 못 뱉는다 하였다. 한호의 웃는 얼굴을 보며 금세 표정이 풀려 버린 해란은 그와 함께 나란히 걸었다.

"그냥, 아무거나."

한호는 세상에서 가장 어려운 그녀의 대답에 속으로 끄응, 앓는 소리를 냈다.

"스파게티 먹을까?"

"아니, 그건 말고. 느끼할 것 같아."

"그럼 국물 있는 거? 감자탕이나……."

"아니, 그것도 별론데."

이쯤 되면 그냥 본인이 고르면 안 되나 싶다. 정말이지 여자들 속은 알다가도 모를 일이었다.

한호는 심호흡을 한 번 하며 다시 물었다.

"음. 그러니까, 해란아. 국물이 있는 게 싫은 거야, 감자탕이 싫은 거야?"

"감자탕이 싫은 거야."

"아, 그래? 음, 그럼 부대찌개? 너 얼큰한 거 좋아하잖아."

"음……."

한호는 마른침을 삼키며 해란의 입술만 쳐다보았다. 수능 합격 발표를 기다리는 것 같은 긴장감이 흘렀다.

"그래."

한호는 안도의 한숨을 내쉬며 가슴을 쓸어내렸다. 이 정도면 일찍 끝난 편이었다.

"접수했습니다. 가시죠."

흡족한 표정으로 걸음을 옮기는 해란을 보며 한호는 슬며시 입매를 올렸다.

여자 친구 비위 맞춰 메뉴 고르기란 언제나 어려운 일이지만 어쩔 수 없는 남자의 숙명이었다.

"사리는 라면 말고 당면 넣을까? 너 당면 좋아하잖아."

그렇다면 반기를 들기보다는 꼬리를 살랑거리는 편이 현명할 거다.

"좋은 생각이야."

해란이 흐뭇하게 미소를 머금었다.

손가락으로 오케이 표시를 해 보이는 한호의 얼굴에도 미소가 번졌다.

세 번째 속삭임

"드디어 오늘이네요. 긴장됩니다."

여느 때와는 사뭇 다른 월요일 아침이었다. 박 과장을 비롯해 직원들의 표정엔 긴장감이 역력했다. 아무리 신경 쓰지 않는다 해도 어쨌든 회장님 아들이 본부장으로 부임하는 날이니 어쩌면 당연한 변화였다.

"이 대리님도 떨리지요?"

해란은 입을 잠시도 가만히 두지 않는 준석을 향해 설핏 웃어 보였다.

"그렇긴 한데, 그렇다고 뭐가 달라지나."

"역시 멘탈 갑."

해란은 탁상 달력을 한 장 넘겨 6월로 바꿔 놓았다. 월요일인 오늘 날짜 1일에 동그라미가 쳐져 있었다. 아무렇지 않은 듯해도 자신 역시 어쩔 수 없이 긴장된다는 증거였다.

"그나저나 우리 회사 여직원들 난리 나겠네요. 아직 미혼이라잖아요. 뭐, 설마 외모까지 받쳐 주지는 않겠지만요. 그럼 너무 불공평……."

"여기가 외식사업본부 마케팅팀, 맞습니까?"

듣기 좋은 중저음의 목소리에 사내 모든 직원의 시선이 그에게 쏠렸다. 굳이 누구냐고 묻지 않아도 풍기는 이미지로 알 수 있었다.

'이 회사 대표 아들'이라고 얼굴에 대문짝만 하게 쓰여 있었다.

딱 보기에도 값비싼 정장을 단정하게 차려입은 남자를 발견한 박 과장이 서둘러 다가가 넙죽 고개를 숙였다.

"어떻게 여기까지 오셨습니까. 제가 먼저 인사를 드리러 갔어야 하는데."

"부서별로 따로 인사드리는 중이었습니다. 반갑습니다. 외식사업본부 총괄 책임자로 부임한 이신우입니다."

그가 내민 손을 두 손으로 맞잡은 박 과장이 더욱 고개를 조아렸다.

"세상은 불공평하군요."

해란은 옆에서 소곤거리는 준석의 음성에 귀를 쫑긋거렸다.

"이게 지금 말이 됩니까. 여직원들 정말로 난리 나겠네요."

같은 생각이라는 듯 슬쩍 웃은 해란은 다시금 신우에게로 시선을 돌렸다.

보통 현실적으로는 배 나오고 머리 벗겨진 안경잡이인 게 맞았다. 그래야 좀 공평하니까.

대명그룹 이 회장의 외동아들. 나이 서른셋. 아직 미혼.

자신을 포함한 직원들이 알고 있는 정보는 이 정도였다. 한데 오늘부로 한 가지 정보가 더 추가되었다. 얼굴까지 귀공자처럼 멀쩡하게 잘생긴 이기적인 유전자라는 것.

준석의 말마따나 정말이지 세상은 불공평하다.

"......?"

무슨 남자가 저렇게 피부가 희고 고울까 물끄러미 바라보던 해란은 순간 그와 눈이 마주치자 멈칫했다.

기분 탓일까.

자신을 보는 그의 시선이 너무도 애틋하게 느껴져 당황스러웠다.

아무래도 아직 잠이 덜 깬 모양이다.

"저요?"

해란은 어리둥절한 얼굴로 박 과장을 응시하며 몸을 일으켰다. 오늘 새로 부임한 본부장님이 따로 저를 보길 원한다니 놀랄 수밖에 없는 일이었다.

"왜요?"

"긴장 풀어. 좋은 일이야."

해란은 영문을 알 수 없다는 듯이 눈만 끔뻑거렸다.

"내가 이 대리한테 부탁한 거 있었잖아. 본부장님이 검토하실 3개년 각 지점별 실적하고 마케팅 비교 분석한 자료 보고서 좀 올리라고."

"네. 그것 때문에 이틀 밤을 지새웠는데, 뭐가 잘못됐나요?"

"아니, 내가 이래서 이 대리를 좋아해. 일을 너무 잘하니까 자꾸 맡기게 되잖아."

"아아, 그런 말씀 마세요. 업무 과부하로 저 죽겠어요."

"대신 눈도장 확실히 찍었잖아? 알아보기 쉽게 정리 잘해 놨다고, 보고서 누가 올린 거냐고 칭찬하시던데? 다 내 덕인 줄 알아. 뭐해? 어서 가 보지 않고."

해란은 얼떨떨한 얼굴로 사무실을 나섰다. 대명그룹 외식 사업본부 마케팅팀에 입사한 이래 본부장 집무실을 가 보는 건 오늘이 처음이었다. 대리직을 달고 드나들 수 있는 영역이 아니란 소리다. 그래서 더 그의 호출이 의외이고 낯설 수밖에 없었다.

"이 대리, 이해란."

골똘히 생각에 잠겨 있던 해란은 자신을 부르는 낯익은 음성에 고개를 들었다. 상권개발팀 팻말이 보임과 동시에 한호의 얼굴이 슥 다가왔다.

"무슨 생각을 그렇게 해?"

"어? 아. 또 외근 나가는 거야?"

"내가 하는 일이 그렇지, 뭐. 상권 조사하고 오픈 준비하려면 발로 뛰어야지."

"그럼 오늘 점심 같이 못 하겠네? 외근 나가면 제때 못 챙겨 먹을 텐데."

"하루 이틀 일인가. 그런데 넌 나 보러 온 거야?"

"아, 본부장실 가는 길이었어."

한호의 눈썹이 의아하게 치켜 올라갔다.

"보고서 올린 게 있었는데 잘했다고 칭찬받으러 가는 길이야."

"호오. 진짜?"

해란이 브이를 그리며 새치름하게 웃었다.

"정한호 분발 좀 해라. 이러다 내가 먼저 승진하면 어쩌려고 그래?"

"얼씨구, 좋단다. 어깨 뽕 빼라."

한호가 해란의 머리칼을 풀썩이며 설핏 웃었다.

"예쁘네."

해란에게 기어이 블라우스 몇 벌을 새로 사 준 한호는 만족스러운 얼굴로 옷매무새를 바로잡았다.

"어서 가 봐. 이따 톡 해."

"응."

해란은 주먹을 쥐고 파이팅을 외치며 다시 걸음을 뗐다. 그런 그녀의 뒷모습을 빤히 바라보던 한호는 입매를 올리며 엘리베이터로 향했다.

"어어! 잠깐만요! 같이 좀 타요!"

"애썼어요."

해란은 가까이에서 마주한 신우의 얼굴을 제대로 보지도 못한 채 고개를 숙였다. 집무실의 고급스러운 인테리어에도 기가 죽긴 했지만, 회장 아들이자 본부장인 그의 얼굴을 똑바로 쳐다보기가 어쩐지 불편했다.

"별말씀을요. 해야 할 일을 한 것뿐입니다."

"덕분에 많은 도움이 됐어요."

"그렇게 생각해 주신다면 감사합니다."

"이해란 씨."

"예, 본부장님."

"고개 좀 들어 볼래요?"

얼떨결에 고개를 든 해란은 아무런 말없이 한참 동안 자신을 바라보는 신우의 시선이 부담스러워 괜한 헛기침을 했다.

"흠흠."

굳은 얼굴로 하릴없이 그녀를 바라보던 신우는 그제야 정신을 차리며 슬며시 주먹을 쥐었다.

"혹시…… 말입니다. 언니나 여동생이…… 있습니까?"

뜬금없는 질문에 잠시 머뭇거리던 해란은 고개를 가로저었다.

"아뇨. 외동딸입니다."

"……그렇군요."

그의 입매가 씁쓸하게 슬쩍 올라갔다 제자리로 돌아왔다.

"제가 좀 흔하게 생겼죠?"

어색해진 분위기에 어쩔 줄을 몰라 하던 해란이 머릿결을 자꾸 손가락으로 빗어 내렸다. 그런 그녀의 행동을 유심히 바라보던 그의 표정이 급격히 더 어두워졌다.

당황하면 괜히 머릿결을 쓸어내리며 입술을 깨무는 버릇까지 연우와 꼭 닮아 있었다.

"알겠습니다. 보고서 올리느라 고생했어요. 앞으로도 잘 좀 부탁합니다. 실무에 뛰어드는 건 처음이라 이해란 대리 같은 직원들의 도움이 절실합니다. 이 말이 하고 싶어서 부른 거였습니다. 그럼 이만 나가서 일 보세요."

"예, 본부장님."

"아, 잠깐만."

해란은 고개를 숙이며 돌아서려다 멈칫했다.

"머리, 왼쪽에."

"예?"

그의 손가락이 정수리 부분 머리칼을 매만지는 시늉을 했다. 해란은 그제야 조금 전 복도에서 한호가 머리칼을 풀썩였던 게 생각났다. 아무래도 단정하지 못하게 헝클어져 있었던 모양이다.

해란은 민망한 얼굴로 머릿결을 정돈하며 다시금 인사를 했다. 숨 쉬는 것도 잊은 채 본부장실을 나선 그녀는 문을 닫자마자 크게 심호흡을 했다.

"후우……. 불편해 죽는 줄 알았네. 그냥 칭찬 안 받는 게 낫겠어."

고개를 내저으며 손부채질을 한 해란은 화장실로 향했다. 얼마나 긴장을 했는지 이마에 땀이 다 송골송골 맺혀 있었다.

"그런데 생각보다는 꽤 첫인상이 좋네. 회장 아들이라는 스펙을 가지고 있는 사람처럼 보이지 않아. 준석이가 예상하던 것과는 전혀 다른 부류 같아. 그런데 내가 누구 아는 사람이랑 닮았나?"

고개를 갸웃거리며 화장실로 들어선 해란은 이내 콧노래를 흥얼거리며 거울 앞에 섰다. 한호가 기어이 새로 사서 입힌 블라우스가 하늘거렸다. 긴장은 했지만 느낌이 좋았다. 좋은 분일 것 같다는 예감에 경쾌하게 화장실을 나서는 그녀의 뒤로 낯선 시선 하나가 꽂혔다.

해란의 모습이 보이지 않을 때까지 그녀를 좇던 신우의 시선은 혼란으로 가득 물들어 있었다. 그의 얼굴에 드리워진 그늘은 좀처럼 걷히지 않았다.

＊　　　＊　　　＊

"그냥 집에서 지내라니까 굳이 왜 따로 나가 살겠다는 거냐?"

신우를 바라보는 이 회장의 눈살이 마뜩찮게 찌푸려졌다. 그렇지 않아도 오랜 시간 떨어져 살다가 이제야 한국으로 돌아와 안심이 됐는데, 그런 마음을 알지도 못한 채 아들 녀석은 또다시 나가 살겠다는 중이었다.

"혼자 있는 게 버릇이 돼서 그런지 그게 편해요."

"네 엄마가 서운해할 거다."

"이해 좀 해 주세요."

"하여튼 고집은."

그사이 회사 앞에 부드럽게 정차한 검은 세단의 양쪽 문이 닐렸다. 이 회장과 함께 뒷좌석에서 몸을 내린 신우는 회전문을 지나 로비로 들어섰다.

직원들의 90도 인사를 받으며 엘리베이터로 향한 그는 한 층, 한 층 내려오는 숫자를 바라보다 무심코 고개를 돌렸다. 크림색 블라우스에 몸에 꼭 맞는 검정색 투피스를 차려입은 낯익은 얼굴이 막 회전문을 통과하며 들어서고 있었다.

또각또각, 경쾌한 구두 굽 소리와 함께 그녀의 얼굴에 웃음꽃이 피더니 마주치는 동료마다 산뜻하게 인사를 건넸다.

"좋은 아침입니다."

그녀가 고개를 숙일 때마다 윤기 나는 검은 머리칼이 흩날렸다.

신우는 무거운 한숨을 내뱉으며 바르르 떨리는 손을 살포시 쥐었다. 그날 마케팅팀 앞에서 해란을 처음 본 순간을 잊을 수가 없었다.

닮아도 너무 닮아 있었다. 마치 연우가 살아 돌아오기라도 한 것처럼.

혹시 연우에게 쌍둥이 자매가 있었나, 의심이 들 정도로 모든 게 닮아 있었다. 얼굴 생김새는 물론이거니와 차분한 목소리, 체형까지도 흡사했다.

도플갱어가 존재한다는 걸 믿게 되는 순간이었다. 손끝이 떨려 왔다. 심장이 그때처럼 미친 듯이 뛰었다. 진정하라고, 그저 닮은 사람일 뿐이라고, 저 여자는 연우가 아니라고 며칠 동안 제 자신을 다독였지만, 어제 본부장실에서 다시 마주한 해란을 보고 나서는 오히려 더욱 혼란스러워졌다.

흘러내린 머리칼을 귀 뒤로 쓸어 넘기며 엘리베이터로 다가오던 그녀의 동공이 커졌다. 꾸벅 허리를 숙이는 그녀에게 간단히 고개를 끄덕여 보인 그는 1층에 도착한 엘리베이터 문이 열리자 걸음을 옮겼다.

"직원들은 타면 안 되는 겁니까?"

닫힘 버튼을 누르던 김 비서가 움찔했다.

"그런 게 어디 있냐. 불편해서들 안 타는 거겠지."

"안 되는 건 아니란 말씀이시죠?"

이 회장이 간단하게 고개를 끄덕였다. 신우는 금속 문 밖에서 한 걸음 물러서 곧게 서 있는 해란을 응시했다.

"타요."

해란을 포함한 주위의 직원들이 눈을 동그랗게 떴다.

"더 타도 괜찮은데 왜 안 타는 겁니까? 다들 타세요."

누구 하나 선뜻 나서지 못하고 우물쭈물거리는데 해란이 먼저 한 걸음 내딛으며 고개를 숙였다.

"감사합니다."

한쪽 구석으로 바짝 몸을 붙인 그녀의 뒤에 서 있던 그가 나직이 얘기했다.

"좀 더 들어와도 됩니다."

"아, 네."

어느새 만원이 된 엘리베이터 문이 닫히고 불편한 침묵이 이어졌다. 해란 역시 숨을 죽이며 갑갑함에 머리칼을 쓸어 목뒤로 넘겼다.

사라락.

그녀의 움직임에 머리칼이 살랑거리며 향기로운 샴푸향이 코끝을 맴돌았다. 머리칼을 한쪽으로 넘겨 드러난 매끈한 목덜미엔 금목걸이 하나가 반짝이고 있었다.

엘리베이터가 층마다 멈춰 서며 하나둘씩 빠져나가고, 외식사업본부가 있는 8층에서 다시금 멈춰 섰다.

해란은 뒤에 있는 신우가 먼저 내릴 수 있게끔 몸을 비켜섰다. 이 회장에게 목례를 한 그가 먼저 내리고 나서야 뒤따라내린 해란은 가늘게 숨을 토해 냈다.

두 번만 같이 탔다가는 숨이 막혀 죽을지도 모르겠다고 생각하며 고개를 드는데 앞서 걷던 그가 멈춰 서며 돌아봤다. 얼떨결에 눈이 마주치자 어색하게 웃어 보인 해란이 시선을 내려뜨리며 조심스럽게 그의 곁을 지나갔다.

"이해란 씨."

해란은 갑자기 제 이름이 불리자 소스라치게 놀라며 멈칫했다.

"예, 본부장님."

"인사과엔 내가 얘기해 놓겠습니다."

"예?"

"내 비서 해 볼 생각 없습니까?"

"예에?"

해란이 놀란 토끼 눈을 하고 그를 멍하니 쳐다보았다. 때마침 다른 쪽 엘리베이터 하나가 또다시 멈춰 서며 직원들이내렸고, 그중엔 한호도 섞여 있었다.

"없습니까?"

발길을 재촉하던 한호는 눈앞에 그려진 상황에 걸음을 멈췄다. 이신우 본부장과 마주 서 있는 사람은 해란이었다. 무슨 말을 들은 건지 입이 턱까지 벌어진 채 놀란 얼굴을 하고 있는 제 여자 친구였다.

"선배님! 아니, 정 대리님!"

한호는 등 뒤에서 들리는 음성에 고개를 돌렸다. 은영이 밝게 웃으며 손을 흔들고 있었다.

"정 대리님, 굿모닝."

그녀가 코를 찡긋거리며 인사를 건넸다.

"아, 굿모닝."

돌아선 한호의 뒤로 해란의 시선이 꽂혔다.

입사와 동시에 사내 남자 직원들의 마음을 훔쳐 버린 조각 미녀 조은영과 마주 서 있는 건 자신의 남자 친구였다.

점심시간이 되기 무섭게 우르르 몰려드는 인파에 사내 식당은 시끌벅적했다. 먼저 내려와 자리를 맡아 놓은 한호는 입구로 들어서는 해란이 보이자 손을 번쩍 들어 휘휘 저었다.

"아직도 그렇게 좋아?"

지나가던 팀 동료가 대단하다는 듯 혀를 내둘렀다. 한호는 식판을 들고 순서를 기다리고 있는 해란을 힐끗 쳐다보며 속 닥거렸다.

"제가 사는 방법입니다. 한 번 삐치면 오래 가요."

"하긴, 이 대리 같은 미인을 여자 친구로 두고 살려면 이 정도는 해야 하나?"

"에이, 미인은 뭘요."

말은 그렇게 했어도 내심 기분이 좋았다.

한호는 사람들 틈에 섞여 서 있는 해란을 유심히 쳐다보았다. 오래 사귀다 보면 외모에 관한 것은 무감각해지기 마련이다. 다른 사람들의 눈엔 아직도 매력적인 여성임이 분명할 텐데도, 그걸 인지하고 살기는 힘들다.

"와아, 오늘은 카레네."

식판을 내려놓으며 사원증까지 풀어 놓은 해란이 함박웃음을 지었다.

"그렇지 않아도 점심 메뉴 보고 너 입 찢어질 줄 알았다."

"많이 먹으면 안 되는데."

"많이 먹을 거잖아."

"넌 나를 너무 잘 알아. 그래서 마음에 안 들 때가 있어."

"나는 안 그러겠냐."

토라진 듯 보이던 해란은 카레를 한 숟갈 듬뿍 떠서 오물거리더니 이내 황홀한 표정을 지었다.

"그래, 이거거든. 난 카레는 매일 먹을 수도 있어."

"집에서 해 먹으면 되지, 뭐가 문제야?"

해란은 주위를 두리번거리다 목소리를 낮췄다.

"너 네가 하는 거 아니라고 쉽게 말한다. 한번 해 주고 나서 얘기해."

"알았어, 알았어. 어서 많이 먹어."

"참, 오늘 저녁은 외식하자."

"점심 먹으면서 벌써 저녁 타령이야?"

"회 먹고 싶단 말이야."

"아, 그러고 보니 오래되긴 했네. 오케이. 오늘 한잔해야겠다. 그나저나 아까는 무슨 일이야? 본부장님이 계셔서 그냥 지나가기는 했는데 무슨 대단한 실수라도 한 거야? 턱 빠지게 입 벌리고 놀라던데."

"그게 아니고, 본부장님이 나더러 자기 비서 해 보지 않겠냐고 해서."

"풉!"

사레가 들린 한호가 시뻘건 얼굴로 기침을 했다. 깜짝 놀란 해란은 서둘러 물 한 잔을 떠 와 그에게 건넸다.

"괜찮아?"

"괘, 괜찮지 않아. 콜록, 콜록."

"하긴, 나도 놀라긴 했다."

해란이 짧게 숨을 내쉬며 어깨를 으쓱였다.

"비서직을 제안했다고? 너한테?"

"응. 그런 얼굴로 보지 마. 나도 너만큼이나 황당해."

"도대체 왜?"

"내 업무 능력을 높이 사신대. 믿고 맡길 수 있을 것 같다고 그렇게 말씀하셨어."

"아니, 어제 부임한 사람이 뭘 안다고 네 업무 능력을 논해?"

"얘기했잖아. 각 지점별 실적 보고서랑 마케팅 비교 분석 자료 올렸었다고."

"달랑 그거 하나 보고?"

"뭐, 보는 눈이 있으신 거지."

해란이 으스대며 입매를 늘어뜨렸다.

"왜, 부러워? 막 질투가 샘솟기라도 해?"

"또, 또 어깨 뽕 들어간다. 너랑 내 사이가 질투를 논할 사이는 아니지."

"쳇. 어련할까. 그나저나 본부장님 비서직이면 연봉이 어떻게 되려나? 비서직은 경험도 없고 너무 갑작스러워서 어떻게 해야 할지 잘 모르겠다고 했는데, 일주일 정도 더 시간 줄 테니까 생각해 보라고 하시더라고."

"이상한 양반일세. 뭘 또 일주일이나 시간을 줘? 진짜 너한테 다른 마음 있는 건 아니겠지?"

"다른 마음 있으면 어쩌게? 질투를 논할 사이는 아니라더니?"

뾰로통한 얼굴로 입술을 실룩이던 해란은 이내 한호의 볼을 죽 잡아당기며 별 걱정을 다 한다고 핀잔을 줬다.

"이보세요, 정한호 씨. 좀 현실적으로 생각을 해 보세요. 미쳤다고 회장 아들이 일개 대리한테 사심이 있어서 그런 제안을 했겠니? 게다가 날 언제 봤다고. 지나가던 개가 웃을 일이야. 배운 게 도둑질이라고, 나는 내가 잘하는 일을 할 거야. 그러니까 염려 붙들어 매. 나 어디 안 가."

해란이 모처럼 눈까지 찡긋거리며 애교 있게 웃어 보였다. 그 미소에 한호는 괜한 헛기침을 하며 손사래를 쳤다. 예전에는 그렇게도 잘하던 애정 표현이 시간이 지나면서는 왜 이렇게 오글거리는지 모를 일이었다. 그녀의 애교에 자연스럽게 화답해 주면 될 일을 마음과는 다르게 말이 나갔다.

"또, 또 오버하지. 누가 염려를 했다고 그래?"

"흥. 아님 말고. 너야말로 정신 좀 차리지 그래? 아까도 조은영하고 방실거리면서 인사하던데."

"내가 누구하고는 인사 안 하나."

"내가 모른 척하려고 했었는데, 좋아했었다며? 걔가."

한호는 그 당시를 기억해 내려는 듯 잠시 생각에 잠겼다.

"대학 후배 만난 거 신기하다고 그렇게 떠들어 대더니 저를 좋아했었는지 아닌지도 몰라?"

"생각해 보니 그랬던 것 같긴 하네."

"원래 상처 준 사람은 기억을 못 하는 법이지."

"무슨 상처씩이나. 그땐 너밖에 안 보여서 누구한테 고백받고 거절했었는지 솔직히 기억 잘 안 나. 그런데 은영이가 그런 얘기를 너한테 해? 벌써 그렇게 친해졌어?"

해란은 슬쩍 눈살을 찌푸리며 고개를 가로저었다.

"그럴 리가 있겠니. 그냥 우연히 알게 됐어. 애가 싹싹하긴 한데 이상하게 정이 안 가. 왜 그렇게 아무 때나 눈웃음을 친다니?"

"원래가 반달눈이잖아."

"자세히도 봤다."

"그냥 봐도 보여."

"여기를 가도 저기를 가도 남자 둘 이상 모인 데서는 다 조은영 얘기뿐이던데, 그런 애가 선배님, 선배님 하면서 쫓아다니니까 좋지?"

"또 무슨 시비를 걸려고? 이러다 점심시간 다 지나가겠다."

한호의 말에 시간을 확인한 해란은 일단 먹자며 허겁지겁 밥술을 떴다.

✳   ✳   ✳

신우는 점심을 먹으려고 내려왔다 해란을 발견하고는 멈칫했다. 사내 식당에서 밥을 먹어 보려고 점심을 같이하자는 아버지의 제안도 거절하고 온 것인데 마침 그녀가 있었다. 맞은편에 앉아 있는 남자 직원과 쉴 새 없이 수다를 떠는 모

85

습이 꽤나 친해 보였다. 아무래도 입사 동기쯤 되는 모양이었다.

"저 둘은 지겹지도 않나 봐. 듣자 하니 10년이나 사귀었다는데 저렇게 꼭 붙어서 밥 먹는 거 보면."

"그러게 말이야. 솔직히 10년이면 부부나 마찬가지인데 저렇게 금슬이 좋은 거 보면 속궁합이 잘 맞나?"

"정 대리 봐라. 피부도 까무잡잡하니 훤칠하고 힘 좋게 생겼잖아."

식사를 끝내고 나오며 연방 조잘거리던 여직원들이 뒤늦게 신우를 발견하고는 입을 다물었다. 인사를 한 뒤 후다닥 사라지는 여직원들을 보던 신우는 다시금 해란에게 시선을 돌렸다.

입사 동기가 아니라, 10년 된 연인 사이라.

'10'이라는 숫자가 묵직하게 가슴을 짓눌렀다.

식사를 마쳤는지 두 사람이 동시에 일어났다. 남자 직원이 해란의 식판까지 받아 들었다. 몇 걸음 내딛다 다시 돌아선 그는 테이블 위에 놓인 사원증을 챙겨 식수대 앞에서 물을 마시고 있는 해란의 목에 직접 걸어 주었다.

신우는 나란히 식당을 나서다 자신을 발견하고 인사를 하는 두 사람에게 살짝 고개를 끄덕였다.

상권개발팀. 정한호 대리.

신우는 한호의 목에 걸린 사원증을 슥 훑어보고는 다른 사원들과 섞여 줄을 섰다.

아침을 짜게 먹은 것인지 자꾸만 목이 탔다.

＊　　　　＊　　　　＊

"민성이 만난다고?"

퇴근 준비를 하던 해란의 이맛살이 슬쩍 찌푸려졌다. 오늘
저녁은 모처럼 외식을 하기로 했는데 물 건너간 모양이었다.

"아까까지만 해도 별말 없더니?"

—나도 방금 전화 받았어. 정아랑 헤어졌단다.

"진짜?"

—진짜. 결혼 얘기까지 오가던 마당에 헤어졌으니 오죽하겠
어. 위로 좀 해 줘야지.

"후우. 그건 어쩔 수 없겠네."

—대신 내일 더 맛있는 거 먹자.

"계속 먹고 싶었던 거 벼르고 벼르다가 오늘로 잡은 건데.
외근 나가는 날은 피곤하니까……."

—예, 과장님. 아, 그거요? 잠시만요. 해란아, 나중에 통화
해.

미처 말을 다 끝내기도 전에 뚜우, 전화가 끊겼다.

해란은 허탈한 얼굴로 휴대폰을 내려다보다 한숨을 푹 내
쉬었다.

"진짜 먹고 싶었는데."

고개를 돌려 사무실을 가만히 둘러보던 해란은 아직 퇴근하지 않고 남아 있는 김 대리에게 슬그머니 다가갔다.

"김 대리님, 오늘 혹시 시간 되면……."

"아, 오늘요? 오늘은 저녁 약속이 있는데."

두 명에게 더 시도를 해 봤지만 돌아오는 대답은 꽝이었다. 회를 못 드신단다.

회 한 점에 소주 한 잔이 얼마나 별미인데 그걸 못 먹을까.

해란은 뒤늦게 가방을 챙겨 사무실을 나와 상권개발팀을 힐끔거렸다. 한호는 아직도 퇴근을 하지 못한 채 이 과장과 머리를 맞대고 있었다.

"흐음."

별수 없이 걸음을 돌린 해란은 휴대폰을 꺼내 전화번호부를 살피다 시간이 될 법한 친구들에게 전화를 걸었다.

"어, 진희야. 나야. 오늘 뭐해?"

"어, 영주야. 나야. 오늘 뭐해?"

얼마나 많은 친구들에게 전화를 걸었을까. 해란은 한숨을 푹 내쉬며 고개를 떨어뜨렸다.

"내가 오늘 회 먹을 팔자가 아닌 거지."

어느 광고 카피가 생각났다.

아무것도 안 하고 싶다. 이미 아무것도 안 하고 있지만 더 격렬하게 아무것도 안 하고 싶다.

"아니, 난 먹고 싶다. 이미 점심에 카레로 배를 가득 채웠지만 더 격렬하게 회가 먹고 싶다."

꿀꺽.

마른침을 삼키며 엘리베이터 앞에 선 해란은 금속 문에 비친 남자의 모습에 화들짝 놀라며 뒤를 돌았다.

"보, 본부장님?"

설마 들은 건 아니겠지?

"회 좋아합니까?"

들었구나.

해란은 창피함에 귀까지 벌겋게 달아오른 얼굴로 손부채질을 했다.

"아니, 그게……."

"약속 없는 사람 여기 있는데, 나랑은 같이 안 갈 거죠?"

"네? 아……."

당연한 말씀을.

해란이 난감한 얼굴로 말끝을 흐렸다. 그가 피식 웃으며 엘리베이터에 올랐다.

"안 탑니까?"

"생각해 보니 사무실에 뭘 좀 두고 와서요. 먼저 내려가세요."

고개를 꾸벅 숙인 해란은 황급히 역주행을 했다. 지금도 민망해 죽겠는데 엘리베이터까지 같이 탔다가는 어색해서 질식사할지도 몰랐다.

코너에 몸을 숨기고 신우가 사라진 걸 확인한 해란은 그제야 다시 엘리베이터로 향했다.

"쪽팔려 죽겠네. 회 못 먹어서 환장한 애로 보였을 거 아니야. 이게 다 정한호 때문이야."

약속이 어그러질 때부터 알아봤다. 오늘따라 버스는 또 왜 이렇게 안 오는지 굶주린 배 속이 난리가 났다.

"어제 먹다 남은 김치찌개나 먹어야 하나."

고개를 길게 빼며 버스가 오길 기다리고 있는데, 웬 검은 세단 한 대가 정류장에 멈춰 섰다.

스르륵, 윈도우가 내려가고 얼굴을 드러낸 건 다름 아닌 신우였다.

"스시도 좋아하겠죠?"

"예?"

"받아요, 얼른. 지금 불법 정차한 겁니다."

그가 창밖으로 내밀어진 작은 쇼핑백을 흔들었다. 사람들은 쳐다봤고, 뒤에 정차한 버스는 빵빵거렸다. 해란은 얼떨결에 쇼핑백을 받아 들었다. 인사를 할 겨를도 없이 세단이 움직이며 멀어져 갔다.

"지금 무슨 일이 일어난 거야?"

해란은 어리둥절한 얼굴로 쇼핑백 봉투를 열어 보았다. 초밥 세트가 두 개나 포장되어 있었고, 작은 메모지 하나가 있었다.

격렬하게 먹고 싶어 했으니 두 세트 정도는 문제없겠죠?

화악, 얼굴이 달아올랐다.

해란은 어찔한 현기증에 이마를 짚었다. 내일부터 얼굴을 어떻게 봐야 하나 걱정이었다.

"이렇게 넙죽 받아먹어도 되나 모르겠네. 그런데 본부장님 원래 이렇게 친절하신가? 아니면 내가 너무 불쌍해 보였나? 아무래도 둘 다인 것 같네."

해란은 기다리던 버스가 신호에 걸려 정차해 있는 걸 확인하고는 교통카드를 찍기 위해 휴대폰을 꺼내 들었다.

한호는 아직도 회사인지, 친구를 만난 건지, 아무런 연락이 없었다.

"예전 같으면 조심히 잘 들어가라고 전화했을 텐데. 세월을 어쩌겠어. 그나저나 초밥을 그냥 먹을 수는 없고, 캔 맥주라도 하나 사 갈까."

❋　　　❋　　　❋

한호는 만취가 된 민성을 집까지 데려다주고 오느라 자정이 다 되어 가는 시간을 확인하며 현관문을 열었다. 불이 켜져 있어 아직 깨어 있을 거라 생각했는데 해란은 이미 잠들어 있었다. 식탁 위엔 빈 맥주 캔 두 개와 다 먹고 비워진 초밥 세트가 있었다.

"혼자 웬 술을."

한호는 어쩐지 마음이 좋지 않아 잠이 든 해란의 얼굴을 빤히 보았다. 절친 민성이 아니었다면 해란과의 약속을 취소하지는 않았을 거다.

5년 사귄 여자 친구가, 그것도 결혼하기로 철석같이 약속한 여자 친구가 느닷없이 일방적으로 이별을 통보했단다.

워낙 오래 사귄 커플이다 보니 자주 어울렸었는데 씁쓸하기 짝이 없었다. 민성은 아마도 정아에게 다른 남자가 생긴 것 같다며 울먹였다.

생각보다 퇴근이 늦어져 약속 장소로 헐레벌떡 달려오느라 미처 해란에게 전화 한 통도 하지 못했다. 오자마자 문자 하나 남길 새도 없이 하소연을 하는 녀석 때문에 두 시간이 지나서야 전화를 해 봤지만 받지 않았다.

화가 나서 일부러 안 받나 싶어 신경이 쓰였다. 회가 먹고 싶다던 해란의 말이 자꾸 귓전을 맴돌았다. 술이 너무 취한 민성을 혼자 보낼 수가 없어서 대리를 불러 놓고 기다리며 근처에 횟집이 있는지를 찾았다.

다행히 멀지 않은 곳에 횟집을 발견하고는 참돔 한 마리를 포장했다. 해란이 같이 있었다면 비싸다며 고개를 절레절레 흔들었을 거였다. 만만하니 광어나 한 마리 떠 달라 했겠지.

회 떠 가니까 자지 말고 기다리라는 문자를 하나 남겨 놓고 서둘러 집으로 돌아온 거였는데 아무래도 늦은 모양이었다.

"바로 안 먹어도 되려나."

한호는 손에 든 검은 봉지를 쳐다보다 이내 냉장고 문을 열었다. 포장해 온 참돔을 넣어 두려는데 초밥 세트 하나가 고스란히 냉장고 안에 들어 있었다.

"진짜 되게 먹고 싶었나 보네. 두 개나 산 거야?"

초밥을 꺼내 하나를 집어 먹은 한호는 고개를 끄덕였다.

"음, 맛있네."

해란에게 참돔을 바로 먹이지 못해 안타까워하다 냉장고 문을 닫은 한호는 식탁 위에 널브러진 빈 캔을 정리했다.

민성의 이별 소식 때문인지, 해란에게 미안해서인지 마음이 무거워지는 밤이었다.

네 번째 속삭임

출근 준비로 정신없는 아침 풍경은 언제나 비슷했다. 먼저 일어난 해란은 잠에 취해 사경을 헤매는 한호를 깨워 놓고 나서야 분주하게 화장을 했다.

"일어나서 물도 한 잔 못 마셨네."

해란은 화장대 의자에서 일어나 냉장고 문을 열었다. 그런데 어제저녁까지 보이지 않았던 검은 봉지가 들어 있었다. 봉지를 꺼내 펼쳐 본 해란의 눈이 튀어나올 듯 커졌다.

"이게 다 뭐야?"

붉은빛을 띠는 것으로 보아 참돔이 분명했다. 해란은 이게 무슨 일인가 싶어 목청을 높였다.

"정한호! 회 네가 사 온 거야?"

때마침 씻고 나온 한호가 젖은 머리를 털어 내며 고개를 끄덕였다.

"어제 너 일찍 잠들었나 보더라. 회 사 갈 테니까 자지 말라고 문자 했었는데."

"이거 얼마 주고 샀어?"

한호는 다짜고짜 가격부터 물어보는 해란을 향해 슬쩍 미간을 좁혔다.

"한밤중에 쓸데없이 이걸 뭐하러 사 와?"

"네가 먹고 싶다고 했었잖아."

"물어보고 사 왔어야지. 내가 너 들어올 때까지 쫄쫄 굶고 있을 줄 알았어? 광어도 아니고 이 비싼 걸 이제 어떡해."

"전화했는데 안 받았잖아."

"진동으로 돼 있어서 몰랐나 보지. 아까워서 어떡해. 하여튼 시키지도 않은 짓은 잘한다니까. 날건데 오늘 먹어도 되나 몰라."

해란이 못마땅한 얼굴로 연방 구시렁거리자 한호는 화를 참는 듯 가늘게 한숨을 내쉬었다.

"미안하다. 나는 네가 초밥을 사 먹을 줄은 몰랐어. 애초에 약속을 펑크 낸 내 잘못인 거지. 초밥 사다 먹은 줄 알았더라면 안 사 왔을 텐데 괜한 짓 했네."

냉랭한 기운이 감돌았다. 해란은 뭔가 한마디를 더 하려다 이내 관두었다. 지금 상황에서는 무슨 말을 해도 싸움으로 이어질 것 같았다.

대충 화장을 끝낸 해란은 머리를 제대로 말리지도 않고 백을 들었다.

"나 먼저 나가 있을게."

"먼저 가. 어차피 시간 두고 따로 들어갈 거잖아."

해란은 대답도 하지 않고 먼저 집을 나섰다. 특별히 차가 필요한 날을 제외하고는 둘 다 대중교통을 이용하기 때문에 자신이 먼저 나왔다고 해도 한호와 정류장에서 만나곤 했다.

5분쯤 지났을 때 버스가 보이기 시작했지만 한호는 아직이었다.

"이거 놓치면 간당간당할 텐데."

전화를 해 보려던 해란은 관두었다. 왜 시간이 지날수록 사소한 일에 화가 나고 싸우게 되는지 모를 일이었다. 지나고 보면 별거 아닌 일이라 늘 후회를 하면서도 그 순간엔 매번 참지 못하고 화를 내게 됐다.

"하아. 너무 몰아붙였나."

해란은 도착한 버스에 서둘러 올랐다. 아직 두세 명이 더 줄을 서며 탑승 순서를 기다리고 있던 찰나 한호가 골목에서 빠져나왔다. 뛴다면 얼마든지 탈 수 있었지만 그는 뛰지 않았다. 해란이 타고 가는 걸 보며 담배를 빼 문 그는 깊게 한 모금을 빨아들였다.

"……계집애."

그는 멀어지는 버스의 뒤꽁무니를 물끄러미 바라보다 벽에 기대서 담배를 마저 태웠다.

"또, 또! 자꾸 기대지! 옷에 먼지 묻는다고 몇 번을 말해?"

해란의 목소리가 바로 옆에서 들리는 것 같았다.
"알았다, 알았어."
혼잣말을 하며 입고 있던 겉옷을 벗어 확인했다. 다행히 아무것도 묻어 있지 않았다.
좀 참으면 될 걸 괜히 속 좁게 군 것 같았다. 자신이 차츰 더 입지를 다지고 돈을 많이 벌게 된다면 해란이 억척스럽게 굴 필요도 없을 거란 생각에 한숨이 나오기도 했다.
한호는 다행히 금세 또 보이는 버스를 발견하고는 어지러운 마음을 정리했다. 그러기 위해서는 오늘도 열심히 달려야 했다.

〈회사 도착한 거야? 안 늦었어?〉

해란은 자신의 문자에 '응'이라는 짤막한 답장을 보낸 한호를 생각하며 샐쭉거렸다. 평상시 자주 쓰던 이모티콘 하나가 없었다.
퇴근 때까지도 화가 안 풀려 있으면 어떻게 하나 생각하던 해란은 문득 어제 신우에게 얻어먹었던 초밥이 생각났다.

친구라면 고마움의 표시로 밥 한 끼 사면 될 일이지만, 본부장에게 그럴 수는 없으니 어떻게 표시해야 할지 난감했다. 캔 커피 하나 달랑 건네는 건 성의가 없어 보여 참 애매했다.

"그냥 잘 먹었다고 인사하면 되는 건가?"

어떻게 해야 하나 좋은 방법이 떠오르지 않아 난감해하고 있는데 박 과장의 목소리가 들렸다.

"금요일에 다들 약속 잡지 마. 본부장님이 외식사업본부 전체 회식 잡으셨으니까. 한 명도 빠짐없이 참석하길 바란다면서 미리 말씀해 주신 거니까 명심들 해."

"와아!"

회식이라면 무조건 좋은 직원들이 만세를 부르고 난리를 쳤다.

"와, 보통 당일 통보인데 직원들 개인 스케줄까지 배려해서 미리 말씀해 주시고. 본부장님 완전 젠틀맨인데요? 날짜도 일부러 휴일 전인 금요일로 잡으셨으니 불타는 금요일이 되겠네요."

옆에 있던 준석은 입이 귀까지 걸려 헤헤거렸다.

"그렇게 좋아?"

"대리님은 안 좋습니까?"

해란은 말없이 웃으며 신우가 정말 젠틀한 사람이라고 다시 한 번 생각했다. 어느 대기업 간부가 이렇게 직원들을 신경 쓰고 배려해 주겠는가. 드라마에서나 있을 법한 캐릭터가 실제로 존재한다니 신기한 일이다.

"아, 참."

자리로 돌아가던 박 과장의 음성이 다시 들렸다. 준석의 수다 삼매경을 들어 주고 있던 해란의 고개가 돌아갔다.

"일식집 괜찮은 데 아는 사람 있어? 본부장님이 회를 좋아하시는 모양이야. 직접 메뉴를 콕 찍어서 말씀하시는 것 보니. 가격 신경 쓰지 말고 우리 직원 다 들어갈 수 있는 대형 룸이 완비된 곳으로 예약하라고 하시던데. 고준석, 그냥 네가 한번 알아봐."

박 과장의 말이 끝나기가 무섭게 직원들의 동공이 커지며 웅성거리기 시작했다. 회식을 일식집에서 한 적은 지금껏 한 번도 없거니와, 상상해 본 적도, 상상할 수도 없는 일이었다. 단체 회식을 일식집에서 하다니, 상상을 초월하는 금액이 나올 거였다.

"와, 대박. 일식집에서 회식을 하다니. 회장님 아들이라 스케일이 다르네. 이 직원 다 먹이려면 돈이 얼마야?"

"돈 있는 사람이라 다르긴 다르네."

"돈 있다고 다 쓸 줄 아는 건 아니거든? 본부장님이 대박인 거지. 아, 그런데 난 회 못 먹어서 고기가 더 좋은데."

"스키다시로만 배 채워도 남을 거야."

해란 또한 어안이 벙벙해 멍하니 앉아 있는데 준석이 또다시 나불거렸다.

"회식이라고 해 봐야 삼겹살이 전부였는데 이게 웬 떡입니까. 소고기 안 부럽습니다. 안 그래요, 대리님?"

"응? 아, 그러게."

"참, 오늘 아침 출근길에 본부장님 차를 봤는데 뭔 줄 아십니까? 자그마치 벤틀리 뉴 컨티넨탈 GT V8 모델입니다. 580마력, 3억 정도 하는 걸로 알고 있습니다. 라인은 또 얼마나 잘 빠졌게요? 미끈한 화이트 색상은 뽀얀 여자 속살 같고, 그야말로 세계적인 톱모델 몸매보다 더 잘 빠졌단 말입니다. 그러고 보니 회장님 차도 벤틀리 뮬산이죠? 그건 좀 중후한 멋이 있죠. 가격도 5억, 진짜 억 소리 납니다. 전 그래도 컨티넨탈이 더 탐나요. 한번 얻어 타 보기라도 하는 게 소원입니다. 내부가 더 죽인다던데 말이죠."

마치 다른 세상의 이야기 같았다. 해란은 차 얘기에 흥분하는 준석의 말을 들으며 엊저녁 보았던 신우의 차를 떠올렸다. 버스 정류장에서 보았던 세단은 분명 검정색이었다.

"대리님도 타 보고 싶죠?"

"글쎄. 나는 차에 대해서는 잘 몰라서."

"아마 타 보시면 내리기 싫으실 겁니다."

"타 볼 일이 없는데 그런 걱정을 왜 해? 그리고 난 우리 차가 더 좋아. 정 대리가 베스트 드라이버라 승차감은 그 어떤 비싼 차 못지않거든."

"명언이네요. 정 대리님이 들으셨으면 감동했을 겁니다. 제 여자 친구도 좀 저한테 그렇게 얘기해 주면 좋을 텐데 말이죠. 허구한 날 똥차라고 하지 뭡니까. 쳇."

"차가 잘 굴러가기만 하면 되지, 보이는 게 중요한가? 다 쓸데없는 사치일 뿐이야. 그러니까 너무 기죽지 말자고."

준석의 어깨를 토닥인 해란은 노트북 모니터로 시선을 돌렸다. 초밥에 대한 감사 인사를 어떻게 해야 할지 더 막막해졌다.

'하아, 괜히 얻어먹었나 봐. 그런데 나처럼 회를 정말 좋아하시나 보네. 회식 장소까지 일식집으로 잡은 걸 보면. 그냥 똑같이 초밥을 포장해 드릴까?'

＊　　　＊　　　＊

"일단은 차근차근 진행해 볼 생각입니다. 국내 매장 먼저 파악하는 게 맞는 것 같습니다. 해외 진출 사업은 그다음이고요. 각 지점별 실적 보고서를 받아 봤는데, 우선 매출이 부진한 지점을 따로 추려서 맞춤형 마케팅을 시도해 볼까 생각 중입니다."

신우는 이 회장과의 짧은 미팅을 가진 후 집무실로 들어서며 비서실에 얘기했다.

"마케팅팀 이해란 대리 좀 올라오라고 하세요."

고급 가죽 의자에 깊숙이 몸을 묻은 신우는 창밖을 향해 돌아앉았다. 어제 엘리베이터 앞에서 보았던 해란을 떠올리니 저도 모르게 미소가 지어졌다. 격렬하게 회가 먹고 싶다고 혼잣말을 하던 그녀가 얼마나 귀여웠는지 모른다.

"연우야……."

어느새 연우가 곁을 떠난 지 2년이 넘는 시간이 흘렀지만, 여전히 그녀의 목소리가 귓전을 맴돌았다.

여름 휴가지에서 래프팅을 즐기던 중이었다. 급물살에 보트가 뒤집히는 돌발 상황이 앗아 간 건 연우의 목숨이었다. 결혼식을 한 달 앞두고 일어난 사고였다. 결혼 준비로 스트레스가 극에 달했을 연우를 위해 일부러 준비한 이벤트가 오히려 그녀를 앗아 간 셈이었다.

"많이 닮았더구나."

어제 엘리베이터에서 해란을 보고 난 아버지의 말씀이었다. 해란이 이 회사를 다닌 지 3년이 넘었지만 회장인 아버지가 직원들의 얼굴을 일일이 다 알 수는 없었을 것이다. 엘리베이터라는 공간 안에서 마주친 해란을 보고 아버지도 적잖게 놀라신 것 같았다.

"마주치는 게 불편하다면 인사 발령을 내겠다."

"아닙니다. 저 때문에 괜한 직원이 부당한 인사이동을 당해서는 안 된다고 생각합니다. 저 또한 극복해야죠. 언제까지 얽매일 수는 없으니까요."

"노파심에서 하는 얘기다만 허튼 생각은 하지 마라. 그 아이는 연우가 아니야. 사리 분별 정확히 해라."

신우는 지끈거리는 두통에 관자놀이를 꾹 눌렀다. 해란을 비서실로 데려온다고 해도 문제였다. 아버지가 탐탁지 않아 하실 게 분명하니까.

너무도 이기적이라는 걸 안다. 그녀에게서 연우의 체취를 찾고 있으니까. 연우를 닮았기 때문에 첫눈에 시선을 사로잡혀 버렸으니까. 그래서 곁에 두고 싶어졌으니까.

10년을 사귄 애인이 있는 사람에게 뿌리칠 수 없는 유혹을 하고 있는 셈이었다. 못나기 짝이 없다는 걸 아는데도 멈출 수가 없었다. 그녀에게 향하는 이 마음을.

혹시 그녀가 가 버렸을까 걱정하며 눈썹이 휘날리게 초밥을 사 들고 나왔을 때 오랜만에 보는 자신의 모습에 헛웃음이 나왔다. 버스 정류장에 서 있던 그녀의 모습이 연우와 오버랩되어 마음 같아서는 태워다 주고 싶었지만 간신히 참았다.

똑똑, 노크 소리에 다시 돌아앉은 신우는 단정한 차림새로 곧게 서 있는 그녀를 응시했다.

"부르셨습니까, 본부장님."

"편하게 앉아요."

"서 있는 게 편합니다, 본부장님. 저, 그리고……."

해란은 손에 들고 있던 캔 커피 하나를 조심스럽게 데스크 위에 올려놓았다.

"어제 초밥 사 주신 것에 대한 감사 인사를 드리기는 해야 겠는데, 어떻게 하는 게 좋은 방법인지 몰라서 고민하고 있었습니다. 그런데 본부장님 호출을 받고 빈손으로 올 수가 없어서 약소하지만……."

"고마워요. 내가 이 브랜드 커피 좋아하는지 어떻게 알았습니까?"

신우는 그 자리에서 바로 캔 뚜껑을 따서 한 모금 마셨다.

"좋네요."

"그렇게 말씀해 주셔서 감사합니다."

"생각은 좀 해 봤어요? 아, 물론 내가 일주일의 시간을 줬다는 건 알고 묻는 겁니다. 혹시 하루 만에 생각이 바뀌었을까 해서."

"본부장님, 전 아무래도……."

"아직 시간이 더 남았죠? 대답은 그때 듣는 게 좋겠네요. 내가 오늘 부른 용건은 따로 있습니다. 실적이 부진한 지점별로 맞춤형 마케팅을 시도해 보려는데 이에 대한 기획안 가능하겠습니까? 현재 맡고 있는 다른 업무가 있다면 그건 내가 알아서 조치를 취하겠습니다."

"매장별로 각기 다른 마케팅 전략 기획안을 올리라는 말씀이시죠?"

신우는 고개를 끄덕이며 입매를 올렸다.

"혹시 이해란 씨한테만 업무를 맡기는 것 같아 불만입니까?"

"아닙니다. 제가 하는 일을 하는 것뿐인 걸요."

"그만큼 믿고 있다는 겁니다, 이해란 씨를."

"감사합니다."

해란이 나가고 혼자 남은 신우는 넥타이를 느슨하게 잡아당겼다.

일주일 후의 대답이 무엇일지는 이미 알고 있다. 그녀는 거절을 하겠지. 그녀의 업무 능력은 마케팅팀에 있어야 빛을 발한다는 것을 자신 역시 알고 있다. 그녀는 연우가 아니라는 것역시.

"다 알고 있는데…… 네가 아니라는 걸 다 알고 있는데. ……연우야. 난…… 어떡해야 해. 방법을 좀…… 가르쳐 줘."

하아, 납덩어리 같은 한숨이 토해졌다.

고민으로 무게가 는 눈꺼풀이 매가리 없이 감겼다.

✳   ✳   ✳

"그럼 목동점은 내일 외주 업체 직원과 함께 마지막 견적

서 뽑아 보고 인테리어 공사 들어가겠습니다."

한호는 손에 들고 있던 결재판을 이 과장 데스크 위에 올려놓았다. 신규 매장 상권 보고서를 직접 본부장에게 올리는 건 처음 있는 일이었다.

"애썼어. 다섯 지점 중 한 지점만 결재 떨어진 거네. 마무리까지 잘 신경 써."

"예, 알겠습니다."

"그런데 왜 본부장님은 굳이 자네더러 직접 보고서를 올리라고 했을까 몰라. 커플이 다 본부장님 눈에 들었나 봐? 둘 다 일 잘한다는 게 벌써 본부장님 귀까지 들어갔나?"

"예?"

"마케팅팀 박 과장이 그러던데. 이 대리도 오전에 본부장실 불려 갔다고. 그러고 보면 이 대리가 생각보다 사회생활을 잘하나 봐. 캔 커피 하나 들고 찾아뵀다던데?"

한호는 자리로 돌아와 의자에 기대며 눈꺼풀을 내려뜨렸다.

"직접 발로 뛰면서 상권 조사하는 직원에게 보고를 받고 싶었습니다. 수고했습니다, 정한호 대리."

분명 칭찬인데 기분이 썩 좋지 않았던 건, 괜한 자격지심인 걸까. 노골적으로 저를 빤히 쳐다보던 그 눈빛이 유쾌하지 않았다.

점심시간에 마주친 해란과는 특별히 화해랄 것도 없이 평소처럼 대화를 이어 나갔다.

10년이라는 시간 동안 수없이 사랑을 나눴고, 수없이 싸우기도 했다. 그러다 보면 나중에는 굳이 화해라는 게 필요 없어진다. 돌아보면 언제 그랬냐는 듯 아무렇지 않게 얼굴을 마주보고 있곤 했으니까.

금요일 날 일식집에서 전체 회식이 잡혔다는 소식을 들었다. 어제 약속을 지키지 못했던 게 미안해서 그날 해란이와 일식집에 가려고 했었는데, 아이러니하게도 일이 이렇게 되어 버렸다.

한호는 데스크 위에 놓인 휴대폰을 들어 해란에게 문자를 보냈다.

〈해란아, 커피 한잔할래?〉

그러나 30분이 지나도 해란에게서는 아무런 답장이 없었다. 아무래도 많이 바쁜 모양이었다.

어제의 숙취가 덜 풀린 탓일까. 머리가 지끈거렸다.

"나 당분간 건드리지 마. 바빠졌으니까. 머리 쥐어짜야 할 판이야."

한호와 함께 퇴근길에 오른 해란은 온통 기획안 걱정에 한숨을 푹 내쉬었다.

"그러게 왜 너한테만 일을 시켜? 이상한 놈이야."

"본부장님한테 놈이 뭐니."

"없는 데서 누구 욕을 못 하겠냐."

만원 버스에 몸을 실은 해란은 고단한지 한호의 팔을 붙잡고 머릴 기댔다. 그는 버스 움직임에 해란의 몸이 크게 흔들릴 때마다 그녀의 어깨를 단단히 붙잡았다.

"차 가지고 다닐까?"

"무슨. 기름값 아까워."

"대신 편하게 앉아 가잖아. 매일같이 출퇴근할 때마다 만원 버스에서 부대끼며 가는 것도 힘들고."

"새삼스레 왜 그래. 하루 이틀 일도 아닌데. 너한테 기대면 되지."

"오늘은 내가 저녁 차릴게."

"정말? 웬일이야?"

"웬일인지 그러고 싶네."

한호가 트레이드마크와도 같은 고른 치열을 훤히 드러내며 웃었다.

"참, 본부장실엔 웬 커피를 가져갔어?"

"네가 그걸 어떻게 알아?"

"보는 눈이 한둘이야?"

"말 많은 곳인지는 알았지만 무섭다. 어쩐지 귀가 간질거리더라니."

"사회생활 한 거냐?"

한호는 일부러 웃으며 가볍게 질문을 건넸다.

"내가 뭐하러 일부러 그런 짓을 해. 눈앞의 일도 까마득해 바빠 죽겠는데. 아침에 너랑 분위기가 좀 그래서 말 못 했는데, 어제 그 초밥 본부장님이 사 주신 거였어."

벌어졌던 한호의 입매가 한일자로 모아졌다.

"……왜?"

"너랑 약속 취소되고 나서 애들한테 전화해 봤었거든. 진짜 회가 너무 먹고 싶어서 같이 먹을 사람 구하느라. 그런데 그걸 본부장님이 뒤에서 다 들으셨나 보더라고. 내가 정말 구차하게 매달렸거든. 옛다, 먹어라, 심정으로 사 주신 게 아닐까 싶어. 아무튼 그래서 감사 인사로 커피 하나 들고 찾아간 거였어. 초밥 세트를 두 개나 포장해 오셨기에 하나는 너 먹으라고 남겨 둔 거고. 너도 초밥 좋아하잖……."

"다음부턴 그러지 마."

해란은 가라앉은 그의 음성에 기대 있던 고개를 들었다.

"그런 거 받지 마. 내가 사 줄게. 그깟 초밥 따위 내가 사 준다고. 그러니까 얻어먹고 다니지 마."

"왜 화를 내."

한호는 감정을 추스르려 심호흡을 한 번 했다.

예민한 걸 거다. 아침부터 해란과 다투고 해서 예민한 걸 거다. 분명 그럴 거다. 해란의 말마따나 그가 미치지 않고서야 일개 대리한테 사심을 품을 리는 없겠지. 그럴 거다.

"화낸 거 아니야."

"화나면 목소리부터 달라지면서. 착 가라앉아 가지고 무게 잡잖아, 너."

해란이 토라진 듯 입술을 삐죽 내밀었다.

"알았어. 화 안 내."

"하암, 피곤해. 밥이고 뭐고 그냥 자고 싶다."

해란이 다시 눈을 감으며 한호의 어깨에 고개를 기댔다. 그는 차창에 비친 해란과 자신의 모습을 바라보다 이내 희미하게 웃었다. 해란과 자신은 함께 있다. 그건 앞으로도 변하지 않을 거다. 그러니 예민할 필요 없었다.

한호는 슈트 주머니에서 진동이 울리자 휴대폰을 꺼내어 확인했다. 은영이 보낸 문자였다.

〈대리님, 오늘 하루도 수고하셨어요. 푹 쉬시고, 낼 웃는 얼굴로 봬요~〉

액정을 바라보던 그는 '그래, 너도 고생했다. 푹 쉬어'라고 답장을 보낸 뒤 도로 주머니에 휴대폰을 넣었다.

"누구야?"

여전히 눈을 감고 있는 해란이 물었다.

"은영이. 오늘 수고하셨다고 푹 쉬래. 사회생활이겠지."

"웃긴 계집애야. 같은 팀인 나한테나 보낼 일이지. 그런데 네 번호는 어떻게 알아?"

"번호를 아직 가지고 있었나 보더라고. 내가 이 번호 오래 썼잖아."

한호는 피식 웃으며 해란의 어깨를 토닥였다.

"너무 밉게 보지는 마. 이미지가 얄미워 보여 그렇지, 천성이 나쁜 애는 아니야."

"지금 걔 편드는 거야?"

"나는 네 편이고."

해란의 입술이 불만스럽게 튀어나오려다 이내 금세 들어갔다.

"참, 민성이는 좀 어때? 이제야 물어보네."

"몰골이 말도 아니야. 꽤 힘들겠지."

"나는 따로 민성이한테 연락 안 하는 게 낫겠지?"

"응. 그냥 모르는 척해."

해란이 동의한다는 듯 고개를 끄덕였다.

"아, 맞다. 집에 참돔 있지? 회덮밥이나 해 먹어야겠어."

"먹지 마. 괜히 탈 나면 어쩌려고."

"그럼 그걸 그냥 버리라고? 미쳤니. 참돔을 버리게. 인터넷 찾아보니까 냉장고에 몇 시간 넣어 뒀다 먹는 건 더 쫄깃하고 맛있대."

"몇 시간이 아니잖아. 꼬박 하루인데."

"아무튼."

"그놈의 참돔, 나는 당분간 쳐다보지도 않을 거다."

한호는 해란의 머리칼을 풀썩이며 뻐근한 목을 뒤로 젖혔다. 해란도 저도 내일부터는 꽤 바빠질 것이다. 각자 일에 치여 파김치가 되겠지.

"바쁜 것 좀 지나가면 바람 한번 쐬고 오자."

"그냥 집에서 쉬는 게 천국이지 않을까?"

"듣고 보니 그러네."

오늘도 결국은 해란의 말이 다 맞았다. 역시 남자는 여자의 말을 들어야 하는 건가 싶기도 했다.

"해란아. 이제 내려야 돼."

그사이 눈꺼풀이 감긴 해란을 깨워 손을 잡은 한호는 사람들 틈을 뚫고 뒷문으로 가 벨을 눌렀다. 버스가 정차하고 서둘러 내린 두 사람은 약속이나 한 듯 만세를 했다.

"해방이다."

퇴근길 만원 버스는 언제나 노답이다.

우리가 함께하는 건 언제나 정답이다.

다섯 번째 속삭임

드디어 디데이였다. 모든 직원들이 눈 빠지게 고대하고 고대하던 회식날. 팀별로 삼삼오오 모여 회식 장소에서 만나기로 한 터였다. 택시를 타고 5분 거리지만 퇴근길 교통 체증을 생각해 걸어가기로 한 해란은 느닷없이 누군가가 팔짱을 끼자 까무러치게 놀랐다.

"어맛!"

"이 대리님! 같이 가요."

해란은 만면에 웃음을 띠고 있는 은영을 떨떠름한 얼굴로 쳐다보았다. 사람이 안 하던 짓을 하면 죽는다던데 애는 왜 이러는지 모를 일이었다.

"이 대리님, 저 이따가 이 대리님 옆에 앉아도 되죠?"

"갑자기 웬 친한 척? 나 이런 거 별로 안 좋아하는데."

해란의 까칠한 말에도 은영은 그저 웃었다. 해란은 그런 은영을 신기한 눈으로 쳐다보았다. 전혀 애교 없게 생겼는데 참 잘도 웃고 다닌다. 저 같았으면 민망해서 당장 팔짱을 뺐을 거다.

"너무 밉게 보지는 마. 이미지가 얄미워 보여 그렇지, 천성이 나쁜 애는 아니야."

그러고 보면 한호의 말이 맞는 것 같기도 했다. 주는 것 없이 미워서 그렇지, 은영이 딱히 잘못을 한 적은 없었다. 시키는 거 군소리 않고 다 하고, 커피 타다 나르고, 청소도 잘하고.

인정하기는 싫지만 자신을 포함해 여자 직원들이 썩 좋아하지 않는 건, 아무래도 은영의 독보적인 외모 탓일 거라 생각되었다.

연예인을 실제로 보면 저렇게 생기지 않았을까 싶긴 하니까.

"대리님, 저 너무 기대돼요. 입사하면서 가장 기대했던 순간이 바로 오늘이거든요. 회식! 헤헤. 저는 인턴이라 안 끼워주면 어쩌나 했는데 다행이에요. 저도 회 좋아하거든요."

"그러니? 그건 나랑 같네."

"이야, 그림 좋다."

강제로 팔짱을 낀 채 나란히 걷고 있던 해란은 등 뒤에서 들려오는 음성에 돌아섰다. 만년 대리 오 대리가 휘파람을 휘익 불며 다가왔다.

"이야. 둘이 같이 걸으니까 그냥 작품이네."

그가 양손을 들어 몸매를 그리듯 제스처를 취했다.

"칭찬이신 거죠?"

은영은 늘 그렇듯 대수롭지 않게 입매를 올렸다.

"그럼. 당연히 칭찬이지. 그만큼 뒤태가 예술이라는 건데."

"헤헤. 감사합……."

"아슬아슬하네요, 오 대리님."

해란은 위아래로 몸매를 훑고 있는 오 대리에게 한 걸음 다가서서 무표정한 얼굴로 눈썹만 슬쩍 치떴다. 여자치고 키가 큰 해란과 남자치고 키가 작은 오 대리의 눈높이는 별 차이가 없었다. 오히려 해란이 조금 더 커 보였다.

"그림이 좋네, 뒤태가 예술이지 등등, 자칫 잘못하면 성희롱으로 간주되겠어요."

"우리 이 대리는 참 까칠하기도 하지. 1~2년 본 사이도 아닌데……."

"그러니까요. 1~2년 본 사이도 아닌데 왜 그러시나 몰라요. 매번 회식 때마다. 먼저 가세요."

해란이 은영의 팔을 잡아당기며 옆으로 비켜섰다. 민망해진 오 대리가 지나가자 해란은 그제야 천천히 걸음을 옮겼다.

"와! 이 대리님, 짱! 짱 멋있어요!"

엄마야.

해란은 전광석화처럼 다시 팔짱을 끼며 폴짝거리는 은영을 어이없게 바라보다 이내 웃고 말았다. 외동딸이라 혼자 커서 그런지 언니나 동생이 있으면 좋겠다고 생각했던 때가 있었다.

"그래서 선배님이 반했나 봐요. 정한호 대리님이요."

"우리 사이를 알아?"

"공개 사내 커플인데 모르면 그게 더 이상하죠. 제가 사실 예전에 선배님 좋아했었거든요. 여자 친구 있다고 단박에 거절당했지만요."

화장실에서 들어서 이미 알고 있는 얘기였지만 해란은 굳이 알은척을 하지 않았다.

"당돌하네? 내 면전에 대고 그런 얘기도 하고."

"다 지나간 일이니까 편하게 얘기하는 거죠, 대리님. 설마 지금도 다른 마음이 있으면 이런 말을 하겠어요? 그리고 저 좋다는 남자 많아요, 대리님."

은영이 싱긋 웃었다. 괜히 쓸데없이 문자 같은 거 보내지 말라고 말하려던 해란은 어쩐지 너무 유치한 것 같아 입을 다물었다. 자그마치 10년을 사귄 연인인데 그런 문자 하나에 휘둘리는 것처럼 보이는 건 자존심이 상하는 것 같기도 했다.

드라마에 나오는 악녀가 자주 내뱉던 대사가 떠올랐다.

"그렇게 자신 없어요?"

아니, 그럴 리가.

한호 또한 은영을 별다르게 신경 쓰지 않는 것 같았다. 그
냥 아는 대학 후배, 딱 그 정도 사이일 뿐이다.

"그런데 선배님은 늦으신데요?"

"아, 목동점 공사 시작해서 외근 나갔다가 이리로 바로 퇴근해
서 오는 길이야. 차 밀려서 좀 늦겠다고 하던데 어디쯤인지……."

빠앙.

뒤에서 들리는 클랙슨 소리에 동시에 고개를 돌린 두 사람
은 단연 돋보이는 하얀색 쿠페로 자연스레 시선을 주었다.

"왜 걸어갑니까?"

해란은 준석이 입에 침이 마르도록 칭찬하던 쿠페를 슥 훑
어보았다. 준석의 표현대로 톱모델 저리 가라 할 만큼 매끈
한 바디이긴 했다. 쳐다보고 있기 부담스러울 정도로.

"가까운 거리라 그냥 걸어가려고요. 차도 밀릴 것 같고
요."

"타요. 같이 갑시다. 보다시피 별로 안 밀려요."

괜찮다고 거절을 하려는데 옆에 있던 은영이 빛의 속도로
해란의 등을 떠밀었다.

"대리님, 어서 타고 가세요. 쿠페라 어차피 한 사람밖에 못 타요. 인턴인 저는 걸어가겠습니다."

"어어!"

순식간에 차 문을 연 은영은 해란을 거의 구겨 넣다시피 하고 총총걸음으로 멀어졌다.

"마케팅팀 인턴인가요?"

"예? 아, 네. 그런데 본부장님. 저는 그냥······."

다시 내리려고 손잡이를 잡던 해란은 차가 움직이자 어쩔 줄을 몰라 했다.

"불편합니까?"

그걸 지금 질문이라고 하십니까!

해란은 입 밖으로 뱉지 못한 말을 꿀꺽 삼켰다. 너무 불편해서인지 말도 잘 나오지 않았다.

"혹시 기획안 때문에 매일 잠 못 자고 있는 건 아니죠? 그럼 내가 너무 미안해지는데."

"아닙니다."

"너무 조바심 내지 말고 여유를 갖고 해도 됩니다."

"최대한 빨리 제출하도록 하겠습니다."

대화가 끊기자 또다시 어색함이 찾아왔다. 신우도 같은 생각을 한 것인지 음악 볼륨을 높였고, 해란은 조심스럽게 숨을 내쉬며 그제야 눈에 들어오는 차 내부를 힐끔 둘러보았다.

돈이 좋긴 좋구나.

고급 가죽 시트는 촉감부터가 남달랐다. 차에 대해 잘 모르는 자신이 봐도 준석이 왜 그렇게 거품을 물며 떠들었는지 알 것 같았다.

우리 같은 일반인들에게는 사치겠지만, 사는 세계가 다른 이런 사람들에게는 별거 아닐 수도 있겠다는 생각이 들었다. 그래서 더 이질감이 느껴졌다.

"술 좀 합니까?"

해란은 침묵을 깬 신우의 음성에 깜짝 놀라며 고개를 돌렸다. 밀폐된 공간, 가까운 거리에서 두 사람의 시선이 마주쳤다. 그는 언제나 그렇듯 노골적으로 해란을 응시했다.

"아, 마실 줄 아는 정도입니다."

해란은 어쩐지 눈을 맞추고 있기가 불편해 얼른 시선을 피했다.

"기본 이상은 한다는 말이군요."

어서 이 시간이 빨리 지나가길 바라던 해란은 때마침 일식집이 보이자 안도의 한숨을 내쉬었다. 능숙하게 주차를 끝낸 그가 먼저 차에서 내리더니 황송하게도 문을 열어 주었다.

해란은 당혹감에 애꿎은 머리칼만 자꾸 귀 뒤로 넘기며 꾸벅 고개를 숙였다. 지나가는 사람들이며, 신호에 걸려 정차해 있는 많은 차량 안에 있던 사람들의 시선까지 쏠리는 게 느껴졌다.

이런 고급 차를 타고, 그만큼이나 예사롭지 않아 보이는 남자가 차 문을 열어 주고, 주인공처럼 공주 대접받으며 차에서 내리는 건 다름 아닌 자신이었다.

태어나 단 한 번도 상상해 보지 않은 일이 일어나고 있었다.

"이러실 필요까지는 없는데······."

"아, 몸에 밴 습관이라. 들어가죠."

아무래도 이런 매너는 그의 말마따나 몸에 밴 습관이 맞는 것 같았다. 오히려 에스코트는 자신이 해야 할 것 같은데, 그가 되레 에스코트를 해 주었다.

"본부장님 오셨습니까."

대부분 먼저 도착해 있던 직원들이 동시다발적으로 일어나 그를 맞았다. 해란은 그 틈을 타 눈에 띄지 않게 조심히 화장실로 방향을 바꾸었다.

한호에게 전화를 한 통 하고 들어가려고 했는데 상황이 여의치 않아 하지 못한 터였다.

"받아라, 받아라."

―오야.

"어디쯤이야? 아직도 멀었어?"

―거의 다 왔어. 다들 모였어?

"응. 너만 오면 될 것 같아."

―알았어. 이따 봐.

"운전 조심하고."

통화를 끝낸 해란은 그냥 나가려다 거울 속에 비친 자신의 모습을 한 번 쳐다보았다. 신우의 차에 타고 있던 시간은 겨우 10여 분 정도였다. 그런데 그 10분 동안 스물여덟 인생에 있어 처음 겪어 보는 일들이 벌어졌다.

문득 2년 전 한호가 입사와 동시에 차를 처음 구입했던 날이 생각났다. 새 차를 사겠다던 한호에게 쓸데없는 돈 낭비라며 중고차를 사길 권유했었다. 남자라 그런지 차에 욕심이 있어서 끝까지 싫다며 고집을 부리는 한호를 몇 날 며칠 설득해 결국은 중고차를 구입하게 만들었다.

"이게 아니었는데. 번쩍번쩍 새 차였어야 했는데."

한호의 볼은 불만으로 빵빵하게 부풀어 올랐었다.

"이 차도 번쩍번쩍하거든? 주행 거리가 5만도 안 되는데 뭐가 어때서 그래? 마음 같아서는 가격이 더 착한 차를 사고 싶었다고. 나중에 더 근사한 차로 바꾸자. 열심히 돈 벌어서."

여전히 심술이 나 있는 한호를 향해 나름 애교를 부리며 얘기했었다.

"정 기사, 문 한번 열어 주지?"

"어디 아프냐."

그랬다. 8년을 넘게 사귄 연인에게는 있을 수 없는 일이었
다. 그리고 2년이 더 지난 오늘, 기억에서도 사라진 지 오래
인 공주님 놀이를 경험했다. 그것도 부담스러울 정도의 특급
공주님 놀이.

"한호한테 공주님 놀이 하자고 하면 뭐라고 할까? 그때는
심술이 나 있어서 그랬는지도 몰라."

"어디 아프냐."

그때와 똑같은 한호의 목소리가 바로 옆에서 들리는 것 같
았다. 해란은 피식 웃으며 옷매무새를 만진 뒤 걸음을 옮겼
다.

"어련할까."

❋   ❋   ❋

"회식 자리에서까지 길게 연설하지 않겠습니다. 마음껏 먹
고, 마시고, 즐기십시오. 회를 안주로 삼을 땐 사케가 진리지
요? 마음껏 드세요."

"와아아!"

축제 같은 분위기가 이어졌다. 지금까지의 회식과는 차원이 달랐다. 오히려 더 불편하지 않을까 하던 예상은 빗나갔다. 그는 사내에서 보던 모습과는 다르게 직원들과 스스럼없이 어울리며 분위기를 주도했다.

"앞으로 잘 좀 부탁드리겠습니다. 박 과장님, 제 잔 한 번 받으시죠."

해란은 신우가 내민 잔을 두 손으로 받으며 넙죽 고개를 숙이는 박 과장을 물끄러미 바라보았다. 이는 비단 박 과장님만의 모습은 아닐 거다. 자신을 포함한 모든 직원이 그 앞에 서면 익은 벼마냥 고개가 숙여지니까.

모든 사람들이 제 발 아래 있는 느낌은 어떤 것일까. 저런 부류의 사람들은 어떤 생각을 하면서 사는지 문득 궁금해졌다.

저렇게 값비싼 옷을 입고, 차를 타고, 악착같이 모으려 하지 않아도 돈이 쌓여 있다는 건 어떤 기분일까.

회식 자리에서 소주가 아닌 사케 병이 나뒹굴어다니는 건 처음 보는 광경이었다.

평범한 사람들은 아마 죽었다 깨나도 그 기분을 알 수 없을 거다. 그래서 관심을 두지 않았다. 현실에 충실 하는 게 현명한 일이니까.

"본부장님 시계 좀 보세요. 저거 얼마짜리인지 아세요?"

해란은 자신의 옆자리에 앉아 있던 은영이 소곤거리자 몸을 가까이 했다.

"돈 많고, 얼굴 잘생기고, 성격 좋고. 도대체 흠이 없네요. 보니까 매너도 되게 좋으신 것 같던데. 자기 여자한테 얼마나 잘 줄지 안 봐도 훤해요. 저런 사람의 애인이 된다는 건 어떤 기분일까요?"

은영의 말을 듣고 있을수록 해란은 그가 정말 자신과는 다른 사람이라는 게 느껴졌다.

"대리님, 차 승차감은 어땠어요? 진짜 차원이 달라요?"

"참, 다시는 그런 짓 하지 마."

"네?"

"본부장님 차 안에 날 왜 밀어 넣어? 시키지 않은 쓸데없는 짓은 하지 말라는 소리야."

"아, 저는 대리님이라도 편하게 가시라는 뜻이었는데 불편하셨다면 죄송해요."

은영이 금세 눈꼬리를 내리며 측은한 얼굴을 했다.

"은영 씨, 왜 그래? 이 대리, 군기 너무 바짝 잡는 거 아니야? 그러다 남아나는 여자 신입사원이 없겠어. 일 잘하고 착한 은영 씨한테 너무 뭐라고 하지 마."

오 대리가 약을 올리듯 히죽 웃자 해란은 못마땅하다는 듯 슬쩍 미간을 좁혔다. 아무래도 아까 자신한테 한 방 먹은 복수를 하는 모양이었다. 신입일 때부터 알아봤지만 진짜 못났다. 그러니까 만년 대리지.

"오영석 대리? 한 잔 받아요."

신우의 음성에 벌떡 일어난 오 대리가 그의 곁으로 쪼르르 달려가 무릎을 꿇고 잔을 내밀었다.

"영광입니다, 본부장님. 이렇게 손수……."

"대리 몇 년 차입니까?"

순간 오 대리의 얼굴이 시뻘게졌다.

"아직 직원 파악을 다 못 한 터라 궁금해서요."

"……5년 차입니다."

"타사는 근속 연수로 승진을 해서 대리 3년이면 과장으로 승진이 된다던데, 우리 회사가 좀 빡빡하지요? 성과에 따라 승진을 하니 말입니다."

"부, 분발하겠습니다."

"새겨듣겠습니다."

언제 까불었냐는 듯 입을 꾹 다문 오 대리가 자리로 돌아왔다. 해란은 어쩐지 쌤통이라는 생각에 슬그머니 입매가 올라갔다. 평소에도 얼마나 여직원들한테 집적대고 깐족거리는지 눈살이 찌푸려지고는 했다.

"자, 어서 다들 드십시오."

신우의 말이 떨어지기가 무섭게 다시 분위기가 슬슬 달아올랐다. 빈 술병이 하나둘 늘어 가는데도, 거의 다 왔다는 한호는 아직도 감감무소식이었다.

"이해란 대리?"

해란은 한호에게 문자를 보내려고 휴대폰을 꺼내다 흠칫하며 자세를 바로 했다.

"한 잔 받아요."

자리가 좀 떨어져 있다 보니 신우가 상체를 숙이며 팔을 길게 뻗었다. 자리에서 잔을 받으려던 해란은 박 과장이 고갯짓을 하자 아차 하며 몸을 일으켰다.

"괜찮습니다. 자리에서 받으세요."

스커트를 입고 있어 재킷으로 무릎을 덮고 있던 해란이 서둘러 일어났다. 무릎이 살짝 보이던 스커트의 길이가 말려 올라가 허벅지가 드러나며 그녀의 미끈한 각선미가 더욱 돋보였다.

"많이 들어요. 격렬하게."

아까보다 표정이 한결 부드러워진 그가 다소 짓궂게 웃었다. 해란은 민망함에 뺨을 붉히며 멋쩍게 웃었다.

"그만 잊어 주세요, 제발."

그녀의 볼우물이 살짝 팼다. 그의 입매는 내려올 줄을 몰랐다.

✻　　　✻　　　✻

"하아. 지긋지긋하다, 진짜."

126

교통 체증에 머리를 흔든 한호는 예상보다도 한참 늦어진 시간에 서둘러 주차를 했다. 해란과 통화를 하고 나서 40분이나 시간이 지나 버렸다. 목적지를 코앞에 두고 왜 이렇게 차가 밀리나 했더니 교차로에서 제법 큰 교통사고가 나는 바람에 아예 길이 꽉 막혀 버린 탓이었다.

차에서 내리던 한호는 바로 제 왼쪽 옆에 세워진 외제차를 힐끗 보았다. 번쩍번쩍 광이 나는 하얀색 쿠페가 잘빠진 바디를 자랑하며 당당하게 자리 잡고 있었다.

남자들이라면 누구나 한 번쯤 저런 고급 외제차를 타고 시원하게 고속도로를 질주하는 로망이 있을 거다. 한호 역시 차에서 시선을 떼지 못하며 어떤 부잣집 아들놈이 이런 차를 몰고 다니나 생각하다, 문득 이 정도의 차를 몰고 다닐 수 있는 사람은 지금 여기서 한 명뿐이라고 생각했다.

"차가 한 대가 아닌가 보네."

신우가 타고 다니던 차는 검정색밖에 보지 못했던 한호는 왠지 씁쓸한 마음에 담배를 한 대 빼 물었다.

"우리 해란이도 저런 차 한번 태워 줘야 하는데. 타 봐야 왜 좋은 차를 타야 하는지 이해할 텐데. 차 바꾸고 싶어지네. 벤틀리까지는 아니어도 좀 멋들어진 걸로. 이해란은 또 사치라며 난리를 치겠지만."

서둘러 담배를 태우고 안으로 들어선 한호는 직원의 안내를 받아 룸으로 향했다. 이미 멀리서부터 시끌벅적한 소리가 새 나오자 그 역시 약간은 설레는 마음으로 걸음을 빨리했다.

"해란이 요거 또 벌써 취해 있는 건……."

문이 열리고 가장 먼저 보인 건 넥타이를 머리에 두르고 숟가락을 마이크 삼아 걸쭉하게 노래를 한 곡조 뽑고 있는 이 과장이었다. 흥에 겨운 직원들은 박수를 치며 장단을 맞췄고, 그 안엔 볼이 발그스름해진 해란도 있었다.

"어? 우리 정 대리 왔네?"

노래를 부르던 이 과장이 한호를 발견하고는 알은척을 했다. 그와 동시에 일제히 돌아본 직원들이 어서 한 잔 받으라며 서로 술병을 낚아챘다.

"차가 좀 밀려서 늦었습니다."

한호는 이미 취해 있는 직원들을 진정시킨 뒤 신우를 향해 고개를 숙여 보였다. 그러자 그가 이리 오라는 손짓을 하며 술병을 들었다. 한호는 해란에게 눈으로 인사를 건네며 그의 옆에 앉았다.

"고생했습니다."

가득 담긴 술잔을 고개를 돌려 깨끗하게 비운 한호는 잔을 살짝 내려놓았다. 회식 자리에서 소주가 아닌 사케를 다 먹다니 회장 아드님은 뭐가 달라도 다른 모양이다.

"제가 한 잔 드려도 되겠습니까?"

흔쾌히 잔을 든 신우 역시 한입에 술을 털어 넣은 뒤, 회

접시를 한호 가까이 밀었다.

"들어요."

"아, 예."

회 한 점을 집으며 슬쩍 해란을 쳐다보던 한호는 그녀가 비틀거리며 자리에서 일어나자 젓가락을 내려놓았다. 그와 동시에 신우 역시 움찔거리자 한호가 한발 앞서 입을 열었다.

"제가 가 보겠습니다."

자리에서 일어난 한호는 말려 올라간 해란의 스커트를 슬쩍 잡아 내리며 뒤에서 어깨를 감싸 안아 부축했다.

"술을 얼마나 마신 거야."

그녀의 귀에 대고 낮게 속삭이며 그가 룸을 빠져나왔다.

"사케 마셨어?"

"응."

"사케 잘 안 맞는다더니."

"소주 먹는 사람이 아무도 없었어. 사케 두고 소주를 마실리가 없잖아."

"안 되겠다. 바람 좀 쐬고 들어가자."

"나 쉬 먼저 하고."

그녀가 입술을 동그랗게 모아 내밀며 '쉬이—' 소리를 냈다.

"얼씨구. 취했네, 취했어."

"술은 취하라고 마시는 거야."

"안주 좀 많이 먹으면서 마시지."

"많이 마시기만 했겠어?"

"어련할까."

해란을 여자 화장실 앞까지 데려다주고 기다리던 한호는 심히 울리는 배 속 알람 시계에 주위를 두리번거렸다. 꼬르륵 소리가 얼마나 크게 새 나왔는지 저도 깜짝 놀랄 정도였다.

점심도 햄버거로 대충 때웠는데 밤 9시가 다 되도록 아무것도 먹지 못했으니 뱃가죽이 등짝에 붙을 것만 같았다.

"왜, 속이 안 좋아?"

화장실에서 나오는 해란의 표정이 썩 좋지 않았다.

"좀 울렁거리네. 사케를 괜히 마셨나. 우욱!"

입을 틀어막은 해란이 도로 화장실 안으로 뛰어 들어갔다. 여자 화장실이라 안에 들어가 보지도 못하고 바깥에서만 괜찮으냐고 물어보던 한호는, 마침 은영이 룸에서 나오는 게 보이자 손짓을 했다.

한호의 부름에 한걸음에 달려온 은영이 생글거렸다.

"선배님, 왜요?"

"미안한데 들어가서 해란이 등 좀 두들겨 줄래? 얘가 사케를 못 마시는데 속이 안 좋은 모양이야."

"아, 진짜요? 저는 이 대리님이 홀짝홀짝 잘 마시기에 원래 사케 좋아하시는 줄 알았어요. 아까 본부장님 옆에서 연달아 대여섯 잔은 마셨을걸요? 이 대리님은 제가 챙길 테니까 선배님은 뭐 좀 드세요. 점심 먹고 지금까지 아무것도 안 드셨을 것 아니에요. 세상에, 얼마나 배고플 거야."

은영이 안쓰러운 얼굴로 한호를 응시했다.

"오자마자 이 대리님 챙기느라 먹지도 못하고, 얼른 들어 가세요. 어서요."

한호는 은영이 여자 화장실로 들어가며 문을 닫자 짧게 숨을 내쉬며 머리칼을 쓸어 올렸다. 지나다니는 여자 손님들이 힐끔거려 계속 앞에 서 있기가 뭐했기에 다시 바깥으로 나와 담뱃갑을 꺼내 들었다.

"정 대리, 나도 한 대 줘 봐."

코가 빨개지도록 취기가 오른 이 과장이 옆에 섰다. 한호는 담배 한 대를 내밀고는 불까지 붙여 주었다.

"내 나이가 마흔이 넘었어. 그런데 이제 겨우 과장이지. 아까 본부장님이 오 대리한테 대리 몇 년 차냐고 대놓고 묻는데, 솔직히 나도 뜨끔했다. 만년 과장이니까."

술이 많이 취하긴 한 모양이었다. 이렇듯 제 속 얘기를 꺼내는 걸 보니. 한호는 어쩐지 마음이 좋지 않아 잠자코 듣기만 했다.

"내 나이쯤 되면 사람 보는 눈이라는 게 생겨. 내가 전에 얘기했었지? 이 대리가 생각보다 사회생활을 잘하는 모양이라고."

한호는 해란의 얘기가 나오자 고개를 들었다.

"모르는 사람이 봤으면 둘이 연인 사이인 줄 알았을 거야."

"예?"

"본부장 그 양반, 이 대리 보는 눈이 심상치 않아. 이 대리도 싫은 눈치는 아니고."

"많이 취하셨어요."

"차만 해도 그래. 어떻게 본부장님 차를 얻어 타고 올 생각을 해? 우린 다 따로 걸어오거나 택시를 탔는데 말이야."

"그게 무슨……."

"그래서 이 대리가 사회생활을 잘한다는 거야. 타란다고 넙죽 타는 사람이 누가 있을 것 같나? 본부장님하고 이 대리 사이에 이상한 소문이 퍼지면 괴로운 건 이 대리야. 미리 단속 잘하라고 일러두는 거야. 내가 이날 이때까지 살면서 돈 많은 놈 싫다는 여자 못 봤으니까."

이 과장이 담배를 다 태우고 그만 들어가기 위해 돌아섰다.

"해란인 그런 녀석 아닙니다."

"음?"

"노파심에 말씀해 주신 건 감사합니다만, 잘못 보신 겁니다. 해란인 그럴 녀석이 아닙니다."

"아아, 그래. 내가 술김에 오지랖을 좀 떨었네. 자네 입장에서는 기분 나쁠 수도 있지."

이 과장이 들어가고 난 뒤에도 한참 그 자리에 서서 머리를 식힌 한호는 때마침 화장실에서 나오는 해란과 마주쳤다. 은영이 옆에 딱 붙어서 부축을 하느라 애를 먹고 있었다.

"괜히 고생했다. 고마워."

"선배님 계속 밖에 계셨어요? 식사는……."

"난 해란이랑 먼저 가 봐야겠어."

"벌써요? 다들 2차 가자고 난리던데요. 본부장님도 아직 자리 지키고 계신데……."

"내가 말씀드릴게. 잠시만 더 부탁해."

은영이 뭐라 더 대꾸하려 했지만 한호는 그대로 몸을 돌렸다. 룸으로 들어간 그는 해란이 벗어 놓은 재킷과 가방을 챙겨 신우에게 양해를 구했다.

"본부장님, 이해란 대리가 너무 취해서 아무래도 제가 데려다줘야 할 것 같습니다. 죄송하지만 먼저 들어가 보겠습니다."

말을 듣자마자 신우가 자리에서 일어나려 했다.

"많이 취했습니까?"

"아, 제가 이해란 대리 남자 친구입니다. 알아서 데려다주도록 하겠습니다."

"……그래요. 그만 가 보세요."

정중하게 인사를 하고 나온 한호는 여전히 해란을 부축하고 있는 은영에게 다가갔다.

"정말 애썼다."

"전 괜찮아요. 선배님이 고생이세요. 조심히 들어가세요."

은영의 배웅을 뒤로하고 차로 향한 한호는 해란을 뒷좌석에 뉘였다. 해란이 뭐라고 중얼거리긴 하는데 발음이 좋지 않아 알아들을 수가 없었다.

다행히 차가 별로 밀리지 않아 생각보다 빨리 집에 도착한 한호는 해란을 안아 들었다.

"우웅……. 어디야."

해란이 품으로 더 파고들며 웅얼거렸다.

"집이야."

"아…… 우리 집……. 한호랑…… 내 집…….."

가까스로 도어록을 해제하고 안으로 들어선 그는 침대 위에 해란을 내려놓고 나서야 길게 숨을 내쉬었다. 기획안을 신경 쓰느라 밥도 잘 안 먹고 잠도 잘 못 자더니, 사케 몇 잔에 저리 나가떨어져 버렸다.

한호는 스타킹을 벗겨 내고 스커트와 블라우스를 벗긴 뒤 브래지어도 끌러 주었다. 평소 브래지어가 답답하다며 집에서는 절대 착용하고 있지 않았기 때문이다.

팬티만 남긴 채 이불을 목까지 끌어 올려 덮어 준 한호는 물끄러미 해란을 바라보다 냉장고로 향했다. 마침 지난번에 해란이 사다 놓은 소주 한 병이 남아 있었다. 그는 양푼을 꺼내 밥 한 주걱을 푹 떠서, 냉장고 안에 있는 반찬들과 고추장을 함께 비볐다.

"참기름을 넣어야 맛있지."

언젠가 해란이 했던 말이 생각났다. 다시 일어나 참기름
까지 한 방울 넣은 한호는 쓱쓱 비벼 한 숟가락을 떴다. 어느
정도 요기를 한 뒤 소주를 한 잔 따르다 이내 소주잔을 치우
고 글라스를 가져왔다. 한 잔 가득 따른 소주를 숨도 쉬지 않
고 단숨에 들이켠 뒤 잔을 내려놓았다.

"……써도 너무 쓰네."

여섯 번째 속삭임

머리가 깨질 것 같았다. 무거운 눈꺼풀을 간신히 들어 올린 해란은 익숙한 공간이 눈에 들어오자 고개를 돌렸다. 한호는 나간 것인지 집엔 아무도 없었다.

"후우. 머리야."

해란은 파도처럼 밀려오는 두통에 관자놀이를 꾹 눌렀다. 그리 많이 마신 것 같지 않은데 어제 어떻게 집에 왔는지 기억이 잘 나지 않았다.

"뇌세포가 죽고 있나 봐. 전에는 안 그랬는데 요새는 가끔씩 필름이 끊기네. 하긴 그동안 한호랑 먹어 댄 술이 얼마야."

암막 커튼을 활짝 걷자 쏟아지는 햇살에 해란은 눈살을 찌푸리며 가방을 뒤적거렸다. 휴대폰을 꺼내 한호에게 전화를 해 보는데 식탁 위에서 벨소리가 울렸다.

"편의점 갔나?"

휴대폰을 들고 나가지 않은 것을 보니 잠깐의 외출인 것 같았다. 해란은 어제 씻지도 않고 뻗어 버려 찝찝한 몸을 이끌고 욕실부터 향했다. 정신을 좀 차리려고 일부러 물의 온도를 좀 춥다 싶을 정도에 맞췄다.

"후우. 개운해."

뽀득뽀득 소리가 날 정도로 말끔하게 씻고 나온 해란은 휴대폰 메시지 알림음에 침대로 향했다.

〈이 대리님~ 일어나셨나요? 속은 좀 어떠세요? 어제 갑자기 너무 취하셔서 놀랐어요. 주말 푹 쉬시고 월요일에 뵙겠습니다~〉

해란은 은영이 보낸 메시지를 확인한 뒤 어젯밤의 기억을 더듬어 보았다. 그러고 보니 화장실에서 토악질을 해 댈 때 은영의 목소리를 들은 것 같기도 했다.

한참이나 늦게 한호가 온 것을 확인하고 화장실을 가려고 일어서는데 갑자기 머리가 핑 돌았다. 한호가 부축을 해 줬고, 화장실에 가서 음식물을 게워 내고…….

그다음부턴 기억이 잘 나지 않았다.

"후우. 아무래도 은영이가 나 때문에 고생 좀 했나 보네. 그런데 얘는 원래 친절한 거야, 아니면 사회생활을 잘하는 거야? 두루두루 잘도 챙기네. 이러기도 쉽지 않을 텐데."

해란은 곧바로 은영에게 답장을 해 주었다.

〈속은 괜찮아. 어제 내가 신세를 진 모양인데 고마워. 보니까 S 브
랜드 커피만 마시던데 월요일에 한 잔 살게〉

전송 버튼을 누르고 돌아서는데 금세 또 답장이 왔다.

〈와아아~〉

해란은 피식 웃으며 머리를 대충 말린 뒤 냉수 한 잔을 벌
컥벌컥 들이켰다.

"그런데 한호는 어디 갔기에……."

말이 끝나기도 전에 문이 벌컥 열렸다. 한호의 손엔 봉지
하나가 들려 있었다.

"마트 다녀왔어?"

"속은 좀 괜찮아?"

"아, 응. 게워 내서 그런지 속은 괜찮은데 머리가 좀 아프
네. 그런데 그건 다 뭐야?"

해란이 그가 식탁 위에 올려놓은 봉지 안을 살폈다.

"콩나물국에 필요한 재료 좀 샀어. 그리고 달걀도 몇 개 안
남았기에. 아이스크림은 너 술 먹은 다음 날 먹으니까, 참치

캔이랑 라면은 행사 상품이라서, 찌든 때 제거제는 욕실 청소 좀 하려고, 수세미는 지금 쓰고 있는 게 너덜너덜하기에 하나 사 온 거고."

냄비에 물을 받아 올리며 늦은 아침 겸 점심을 준비하던 한호가 뒤를 돌았다.

"다 필요한 것들만 산 거니까 그렇게 자세히 들여다보지 않아도 돼."

"……화났어? 그냥 물어본 거야."

"네가 또 쓸데없는 것들 사 왔다고 할까 봐 미리 얘기한 거야."

해란은 싱크대 앞에 서서 콩나물국에 들어갈 대파를 다듬는 한호의 허리를 감싸 안았다.

"내가 그렇게 잔소리가 심했나?"

"설마 몰라서 묻는 건 아니지?"

해란은 몸을 옆으로 숙여 고개를 빠끔히 내민 뒤 한호의 얼굴을 올려다보았다.

"내가 어제 술이 좀 과했지?"

"……"

"사실 그렇게 많이 마신 건 아닌데 훅 가더라고."

"……"

"사케라서 그런가. 다시는 먹지 말아야겠어. 집에 어떻게 왔는지 기억도 잘……"

"그러니까 내 말이."

한호가 손을 닦은 뒤 허리에 감겨진 해란의 팔을 떼어 내며 몸을 돌렸다.

"정신을 못 차릴 정도로 술을 마시면 어쩌자는 거야. 내가 있었으니 망정이지, 나 없는 데서 그러면 누가 널 챙기느냔 말이야. 술 먹고 뻗어 버린 여자를 곧은 마음으로 챙겨 줄 사람이 있을 거라고 생각해?"

"알았어, 알았다고. 며칠 피곤한 데다 술을 마셨더니……."

"그러니까 내 말이. 사케 못 마시면 못 마신다고 얘기를 하면 되지, 그런 말도 못 해? 평소엔 그렇게 잘 따지고 들면서 왜 정작 그런 말은 못 해?"

"그게 아니라 분위기가……."

한호는 뭔가 한마디를 더 하려다 그냥 입을 꾹 다물었다.

"해란인 그런 녀석 아닙니다."

자신의 입으로 내뱉은 말이었다. 해란인 그런 녀석이 아니라고.

해란일 누구보다 잘 안다. 그녀가 일부러 그런 행동을 했을 거라고 믿지 않는다. 다만 화가 나는 건, 왜 구설수에 오를 빌미를 제공했냐는 거다. 다른 사람들의 입에 여자 친구가 오르내리는 걸 어느 남자 친구가 반기겠는가.

다들 대놓고 말하지 않을 뿐, 뒤에서는 사실과 다른 어마어마한 이야기들이 나돌아 다닐까 봐 그게 싫은 거다.

그리고 이신우. 그가 대체 어떤 생각을 하고 있는지 궁금했다. 비서직을 제안한 것도, 초밥을 사 준 것도, 차에 태워 준 것도 모두 다, 단지 그냥 별 의미 없이 한 행동이란 말인가? 단지 자신이 예민할 뿐이란 말인가?

어마어마한 재벌가 아들이 제 회사 여직원을 좋아하게 될 확률이 얼마나 될까 생각해 보았다. 현실적으로 제로에 가깝다는 결론이 나왔다. 그런데도 찜찜했다. 해란과 자꾸 엮이는 그의 행동이 거슬렸다. 의도가 무엇이든, 결국 피해를 보는 건 해란이었다.

"……그러니까 다음부터는 조심하라는 소리야."

한호는 가는 숨을 내쉬며 한층 누그러진 얼굴로 해란을 응시했다.

"알았어. 목소리 좀 그만 깔아. 그런데 어제 우리는 몇 시에 온 거야?"

"10시쯤."

"그렇게 빨리? 우리만 먼저 나온 거야?"

"그럼 네가 그렇게 뻗었는데 계속 있어?"

"본부장님은 가셨었어?"

"아니, 계셨는데 양해 구하고 먼저 온 거야."

"아, 진짜? 첫 회식인데 그런 실례를……."

"너는."

한호는 '너는 네 남자 친구 저녁은 어떻게 해결했는지 궁금하지도 않고, 본부장보다 먼저 나온 게 더 신경 쓰여?' 라고 묻고 싶은 걸 참았다. 유치한 질문이었고, 그 유치한 질문을 내뱉으면 싸움으로 번질 걸 알았다.

"좀 쉬고 있으라고. 콩나물국 정도는 끓일 줄 아니까."

돌아서는 한호의 뒷모습을 물끄러미 바라보던 해란은, 생각해 보니 늦은 시간까지 저녁도 못 먹고 헐레벌떡 달려와 도착하자마자 저 때문에 고생했을 그의 모습이 그려졌다.

그녀는 다시 그의 뒤로 다가가 셔츠 안으로 손을 넣어 배를 더듬었다.

"어디 보자. 어머나, 배가 다 홀쭉하네. 어제 나 뒤치다꺼리하느라 저녁도 못 먹은 거야?"

"관심이나 있었어? 나 없이도 아주 잘 놀았던 모양인데."

"내가 너한테 관심 없으면, 누구한테 있겠어."

"말은 잘하지."

"말만 잘하는 거 아닌데?"

해란은 배를 만지던 손을 위로 쑥 올려 작은 돌기를 살살 문질렀다.

"나는 네가 여기 만져 주면 좋아하는 것도 알고."

까치발을 든 그녀가 그의 귓가에 대고 후, 바람을 불었다.

"이렇게 해 주는 것도 좋아하는지 알고."

그녀는 슥 손을 내려 중심부의 녀석을 살며시 쥐었다.

"무엇보다 이 녀석하고 놀아 주는 걸 제일 좋아하는 것도 잘 알아. 그런데 관심이 없는 거야?"

한호는 슥 고개를 돌려 해란의 얼굴을 힐끗 보았다. 해란이 먼저 자극을 해 오는 게 얼마 만의 일인지 기억도 잘 나지 않았다.

하루에도 몇 번씩 사랑을 나누던 때가 있었다. 해란일 보고 있노라면 손을 가만히 둘 수가 없어 하루 종일 주무르고 물고 빨고 할 때가 있었다. 해란인 그만 좀 하라며 도망 다니고, 자신은 늘 쫓아다녔었다.

"지금은 내가 별 매력이 없나? 커지긴 했는데."

해란이 고개를 갸웃거리며 남성을 계속 만지작거렸다.

"오, 점점 커지는데. 매력 없진 않은가 본데, 이상하게 꿈쩍도 않네."

해란은 그 자리에 계속 서 있기만 하는 한호를 슬쩍 쳐다보았다. 분명 남성은 반응을 하고 있는데 한호는 요지부동이었다.

"그렇단 말이지. 간만에 장기자랑 좀 해 볼까."

해란은 아무래도 그가 단단히 마음이 상한 모양이라고 생각했는지 휴대폰을 가져와 노래 한 곡을 틀었다.

학창 시절 반장 몇 번 했다고 해서 공부만 했던 건 아니었다. 이럴 때 연인의 화를 풀어 줄 수 있는 확실한 방법은 딱

한 가지뿐이었다.

익숙한 전주가 흐르기 무섭게 그의 눈썹이 꿈틀거렸다. 'Sam Brown' 의 끈적거리는 음색과 함께 그보다 더 끈적거리는 'Stop' 의 멜로디가 집 안 가득 울려 퍼졌다.

해란은 음악에 맞춰 자연스럽게 웨이브를 타며 입고 있던 티셔츠 양쪽 끝을 엑스 자로 잡아 천천히 올렸다. 풍만한 골반 위로 잘록한 허리가 완벽한 S 라인을 뽐내며 서서히 드러났다. 브래지어를 하고 있지 않은 뽀얀 젖가슴이 탐스럽게 고개를 내밀었다.

티셔츠를 완전히 벗어 버린 그녀는 매력적으로 입매를 올리며 계속해서 리듬을 탔다. 창가에서 쏟아지는 햇살의 역광을 받은 그녀의 실루엣은 가히 비너스도 울고 갈 정도로 매혹적이었다. 팬티 끝에 손가락을 걸쳐 슬그머니 내렸다 올리기를 반복하자 그의 눈썹이 좀 더 강하게 꿈틀거렸다.

그녀는 젖가슴을 쓰다듬듯 감싸 쥐다 매끈한 배를 지나 팬티 속으로 슬며시 손을 넣었다.

그 순간 그가 냄비를 올렸던 가스레인지의 불을 끄며 해란의 손목을 잡아당겨 그녀를 식탁 위에 올려놓았다.

"어맛!"

장을 봐 왔던 봉지가 바닥으로 떨어졌다. 길게 뻗은 허벅지를 더듬어 올라간 그는 순식간에 팬티를 벗겨 냈다.

"자, 잠깐만! 여, 여기서?"

해란은 깜짝 놀란 얼굴로 한호의 어깨를 잡아 밀어냈다. 함께한 시간만큼이나 사랑도 다양하게 나누어 봤지만, 식탁 위에서 해 본 적은 없었다.

이미 식탁 위에 등을 대고 누워 버린 꼴이 된 해란은 어느새 허벅지를 잡아 벌려 꽃잎 사이를 가르는 그의 손길에 움찔했다.

"하, 한호야."

바동거리는 해란의 허벅지를 더 강하게 잡아 누른 한호는 바닥에 무릎을 대고 앉았다. 그녀의 은밀한 곳이 눈높이와 딱 맞아떨어지자 그가 혓바닥을 길게 내밀며 핥았다.

"아으읏."

검은 수풀 속에 숨은 도톰한 살점을 손가락으로 문지르던 그는 뾰족이 세운 혓바닥을 동굴 안으로 찔러 넣었다. 타액으로 젖은 혀가 빠르고 세밀하게 움직일수록 그녀의 동굴 안이 습해지며 애액이 주르륵 흘러나왔다.

"하읏."

애널을 향해 흐르는 샘물을 핥아 먹은 그는 이번엔 손가락을 쑥 넣었다. 이미 흥건하게 젖은 동굴 안을 휘젓다 한 개를 더 늘려 넣었다. 뜨거운 주름진 내벽이 손가락을 조여 오는 게 느껴졌다.

서둘러 몸을 일으킨 그는 바지와 속옷을 한꺼번에 벗어 던졌다. 이미 팽창할 대로 팽창한 남성을 꽃잎에 대고 문지르

145

기가 무섭게 강하게 밀고 들어섰다.

"하읏!"

한호는 달뜬 얼굴로 신열을 토해 내는 그녀의 입술을 찾았다. 익숙하게 서로의 혀가 뒤엉키고 뽀얀 복숭아 젖을 주무르는 그의 손에 힘이 들어갔다.

"하아, 하아."

서로의 체온은 열대야처럼 뜨겁게 달아올랐다. 그녀의 다리를 자신의 어깨 위에 걸친 그는 더욱 가까이 몸을 밀착시키며 깊게 찔렀다. 저릿한 자극에 그녀의 입술이 저절로 벌어지며 신음 소리가 연거푸 새 나왔다.

그녀의 반응에 그 역시 숨소리가 더욱 거칠어졌다. 그녀의 팔을 확 잡아당겨 일으켜 앉히자 풍만한 젖가슴이 고스란히 드러나며 유혹하듯 넘실거렸다.

그의 목에 팔을 두른 그녀는 바싹 몸을 밀착시켰다. 꼿꼿이 선 유두가 가슴팍에 맞닿으며 기분 좋은 자극을 주자 그의 엉덩이 근육에 더욱 힘이 들어가며 피스톤 운동이 빨라졌다. 그의 움직임에 맞춰 그녀의 허리 역시 원을 그리며 유연하게 돌아갔고, 정확하게 맞물린 톱니바퀴처럼 서로의 것을 꽉 채워 주는 희열에 젖어 갔다.

끊임없이 새 나오는 애액으로 인해 미끈거리는 피부 마찰음이 점차 커졌다. 해란을 식탁 위에서 끌어 내린 그는 그녀를 뒤로 돌려세웠다. 엉덩이 사이를 가르며 은밀한 내부 깊숙이 찔러 넣었다 빼기를 반복하자 그녀의 교성이 절정에 다다른 듯 야해졌다.

"하으응. 아앗, 하아앗!"

식탁을 벽에 붙여 놓았음에도 그가 얼마나 거세게 밀어붙이는지 삐거덕 소리를 내며 흔들거렸다. 그녀의 몸에 점차 힘이 빠지며 축 늘어지려 하자 그가 귓가에 대고 나직이 속삭였다.

"시작은 너였지만, 끝은 내가 내. 난 아직이야."

여전히 달아올라 있는 남성을 빼낸 그는 다시금 무릎을 꿇고 앉았다. 그리고 식탁을 짚고 숨을 몰아쉬고 있는 그녀의 엉덩이 사이를 벌려 얼굴을 묻었다. 주름진 애널을 혓바닥으로 핥으며 다리 사이에 손을 넣어 클리토리스를 같이 문지르자 그녀의 몸이 울먹이듯 바르르 떨렸다.

"하아, 하아."

희열로 눈이 반쯤 감긴 그녀를 안아 들고 침대로 자리를 옮긴 그는 아직 젖어 있는 그녀의 은밀한 길목으로 다시금 남성을 삽입했다. 다리를 한쪽만 어깨 위에 올린 그가 몸을 밀착시키며 검은 수풀 속 도톰한 살점을 빠르게 문질렀다.

그녀의 눈동자가 위로 넘어가고 숨소리가 흐느끼듯 가빠졌다. 그녀가 오르가슴을 느낄 때만 나오는 표정을 노골적으로 보고 있던 그는 더욱 빠르게 허리를 움직였다.

내벽을 강하게 밀고 들어왔다 나가는 뜨거운 남성이 여전히 욕망으로 불끈거렸다. 그는 손가락을 뻗어 그녀의 입속으로 슥 넣었다. 뜨거운 숨결을 내뱉던 그녀의 입술이 손가락을 빨아 물었다. 이로 살짝 지분거리다 붉은 혀를 날름거리자 그가 가는 신음을 흘리며 눈꺼풀을 내려뜨렸다.

　손가락을 빼낸 그가 그녀의 몸을 돌려 옆으로 눕게 했다. 그녀의 손목을 잡아당겨 꽉 맞잡은 그는 상체를 뒤로 빼며 엉덩이는 다리 사이로 더욱 갖다 붙였다. 검은 수풀이 서로 맞닿으며 더 깊게 좁은 통로를 뚫고 들어가자 몸이 활처럼 휜 그녀의 젖가슴이 반동으로 인해 심하게 흔들리며 숨소리가 더욱 가빠졌다.

　서로 한 몸처럼 엉겨 붙은 그들의 열기는 좀처럼 식을 줄을 몰랐다.

❋　　　　❋　　　　❋

　"대리님, 어디 아파요?"

　해란은 데스크에 엎어져 허리를 두드리다 게슴츠레하게 눈꺼풀을 올렸다. 토요일에 나누었던 사랑의 후유증 탓인지 아직도 온몸이 뻐근했다. 그날 한호는 정말 무슨 바람이 불어서인지 자그마치 두 번이나 더 덤벼들고 나서야 나가떨어졌다. 하루에 몇 번의 사랑을 나눈 건 정말 오랜만의 일이라 밑이 다 빠질 것 같았다.

"얼굴이 해쓱해요. 기획안 때문에 스트레스 받으셔서 그런가?"

"아아, 그런 거 아니야."

해란은 뻑적지근한 몸을 억지로 일으켜 스트레칭을 했다.

"그나저나 그날 다들 몇 차까지 간 거야? 나는 먼저 뻗어버리는 바람에."

"이 대리님이랑 정 대리님 먼저 들어가시고 나서 본부장님도 바로 들어가셨어요. 매너가 얼마나 좋으신지 카드 하나 주고 가셨지 뭐예요? 2차 가라면서. 노래방 가서 맥주를 마셨더니 술이 섞여서 다음 날 머리 아파 죽는 줄 알았습니다."

"어? 대리님 오셨네요?"

화장실을 다녀오는 사이 출근을 한 해란을 발견한 은영이 함박웃음을 지으며 쪼르르 달려왔다.

"아직도 속이 안 좋으세요? 안색이……."

"그런 거 아니야. 참, 그날은 미안했어. 정 대리한테 얘기 들었어. 나 때문에 고생했다고 하더라고."

"고생은 뭘요."

"은영 씨! 이리 좀 와 봐!"

박 과장의 부름에 은영이 또다시 달려가자 준석이 뭔가 생각난 듯 손뼉을 쳤다.

"아, 맞다! 대리님 완전 부럽습니다. 본부장님 차 타 보셨다면서요? 부러워 죽는 줄 알았습니다."

"아하하. 그게 어쩌다 보니……. 그런데 내가 본부장님 차 탄 건 어떻게 알아? 주차할 때 분명 우리 회사 직원들 한 명도 없었는데."

"아, 은영 씨가 얘기하더라고요. 본부장님이 이 대리님한테 타라고 해서 자기는 혼자 걸어왔다고. 이 대리님이 일을 잘해서인지 본부장님이 어여뻬 여기시는 것 같다면서 부럽다고 하더라고요."

"흐음. 저가 밀어 넣어 놓고는. 일부러 그러는 거야, 뭐야?"

"네?"

"아무것도 아니야."

준석을 붙들고 은영의 얘기를 해 봐야 험담밖에 되지 않는다는 걸 알고 있었다. 사내에서 은영의 이미지는 좋기 때문에, 특히 남자 직원들의 사랑을 한 몸에 받고 있기에 말해 봤자 저만 이상한 사람이 될 거였다. 회식 자리에서 은영의 편을 들던 오 대리의 모습이 남자 직원 대부분의 반응일 것이다.

해란은 오늘도 여전히 생글거리며 종종거리는 은영을 빤히 보았다.

"쟤는 진짜 속을 알 수가 없어."

중얼거리는 순간 은영과 눈이 마주쳤다. 그러자 그녀가 해란을 향해 눈매를 휘며 방긋 웃었다.

"별종이야."

해란은 점심 식사 후 남은 시간을 이용해 커피 두 잔을 테이크아웃 했다. 한 잔은 은영에게, 한 잔은 한호에게 건네줄 참이었다.

"본부장님 자리에 계시려나."

사무실에 가만히 앉아서 실적이 부진한 매장별로 마케팅 전략을 짜는 데는 한계가 있었다. 주말을 이용해 머리를 싸매 봤지만 마땅한 아이디어가 떠오르지 않았다.

그러다 옆에 있던 한호가 매장을 직접 방문해 보면 어떻겠냐는 팁을 주었고, 듣자마자 왜 그 생각을 하지 못했는지 싶어 무릎을 탁 쳤다. 매장을 방문해 문제점을 두 눈으로 직접 보고 찾아야 좀 더 확실한 데이터가 나올 거였다.

한호가 입사한 이후 오픈했던 매장에 한해서는 그가 가지고 있던 자료를 넘겨받아 도움이 되었지만, 그렇지 않은 곳은 직접 방문을 해 봐야 할 것 같았다. 오전에 외근을 허락받기 위해 신우를 찾았지만 업무상의 스케줄로 자리에 없다는 답변을 받은 터였다.

"이해란 대리?"

시간을 확인하며 서둘러 걸음을 옮기던 해란은 막 회전문을 통과하려던 찰나 뒤에서 들리는 음성에 깜짝 놀라 휘청거렸다. 하마터면 회전문 틈에 발이 끼일 뻔했다.

"괜찮습니까?"

자신보다 더 놀란 얼굴을 한 신우가 어깨를 감싸 받쳐 주었다.

"아, 예. 감사합니다."

해란은 얼른 중심을 잡아 몸을 바로 했다.

"저, 본부장님. 그렇지 않아도 제가 찾아뵈려고……."

"아, 같이 위로 올라가죠. 나도 할 말이 있던 참입니다."

그의 시선이 그녀의 손에 들린 커피로 향했다.

"커피 심부름 중이었습니까?"

"예? 아, 예."

일일이 설명하기가 애매했던 해란은 그냥 고개를 끄덕였다.

"그럼 커피 먼저 갖다 주고 나서 오세요."

신우와 함께 엘리베이터에 올라 8층에서 내린 해란은 마침 은영이 보이자 신우에게 인사를 한 뒤 그녀를 향해 다가갔다.

"자, 약속은 했으니까."

"어머, 정말 사 주시는 거예요? 안 그러셔도 되는데."

"신세를 졌으면 어떤 식으로든 갚아야 직성이 풀려서 말이야."

"헤헤. 아무튼 잘 먹겠습니다, 대리님."

"그런데 말이야. 혹시 일부러 그러는 건 아니지?"

은영이 무슨 영문인지 모르겠다는 얼굴로 고개를 갸웃거렸다.

"대리님, 그게 무슨……."

"'아' 다르고 '어' 다르다고, 말을 하려면 있는 사실 그대로 제대로 전해야 하는 거야. 듣는 사람에 따라서는 오해할 수도 있는 거니까. 설마 의도하고 말을 꼬았다고는 생각 안 하지만, 사회생활 하려면 명심하는 게 좋을 거야."

"제가 뭘 또 실수했나요?"

해란은 그날 얘기를 꺼내려다 이내 관두었다. 길게 물고 늘어져 봤자 자신만 피곤할 것 같았다. 아무래도 은영과 자신은 맞지 않는 부류 같으니 앞으로 거리를 두면 그만일 거다.

"암튼 입조심하라는 거야. 그럼 우리 사이에 빚은 없는 거다?"

은영을 지나쳐 상권개발팀으로 향한 해란은 한호에게 커피를 살짝 건네주고는 바로 본부장실로 향했다.

그가 비서실에 미리 얘기를 해 두었는지 바로 집무실로 들어선 해란은 깍듯하게 고개를 숙였다.

"잠시 앉아요. 서 있는 게 편하다는 건 알고 있으니까 또 얘기하지는 말고."

해란은 자신이 하려던 얘기를 먼저 해 버리는 신우의 모습에 당황하다 이내 겸연쩍게 웃었다.

"내가 앉는 게 편해서 그러는 겁니다."

신우가 먼저 자리를 옮기자 해란도 단정한 자세로 다리를 모아 살짝 소파에 걸터앉았다.

"그날 집에는 잘 들어갔습니까?"

"네. 정말 죄송합니다. 첫 회식 자리에서 제가……."

"그게 뭐 죄송할 일인가요. 잘 들어갔다면 다행입니다. 그럼 먼저 이해란 씨 말부터 들어 볼까요?"

"아, 다름이 아니라 직접 둘러보고 싶은 매장이 몇 군데 있어서요. 직접 가서 보고 체크해 봐야 좀 더 확실한 마케팅 전략을 짤 수 있을 것 같습니다. 외근 보고서는 회사에 들어오는 대로……."

"운전합니까?"

"면허는 있습니다."

해란은 자신 없는 얼굴로 어색하게 웃었다.

한호가 면허를 딸 때 같이 따긴 했었다. 한데 차를 산 지 이제 2년이고, 외출을 하더라도 늘 한호가 운전을 했기 때문에 딱히 운전대를 잡을 일이 없었다.

엄마가 계시는 신월동에 갈 때 운전을 한 번 해 봤었는데, 한호는 그날 목숨이 붙어 있는 게 다행이라며 그다음부터는 절대 운전대를 넘기지 않았다.

"운전에 자신은 없다는 소리군요? 그럼 지금 대중교통을 이용해 이동하겠다는 겁니까?"

"네."

해란은 무슨 문제라도 있냐는 얼굴로 그를 응시했다.

"우리 매장이 서울에만 있는 것도 아닌데, 지방 쪽은 어떻게 하려고 합니까?"

"그렇지 않아도 오늘은 이미 점심때가 지나서 무리일 것 같고, 내일 오전에……."

"잘됐네요. 나도 마침 매장을 직접 방문할 계획을 가지고 있었습니다. 가 봐야 할 지점이 어디인지 목록 작성해서 가져오세요. 일단 오늘은 가까운 지점부터 돌아봅시다."

"아뇨, 본부장님. 그냥 제가 혼자 가겠습니다. 시간이 조금 걸리긴 하겠지만 최대한 빨리……."

"일은 효율적으로 해야죠. 대중교통 이용해서 그 매장을 어떻게 다 둘러봅니까. 미련한 짓입니다. 그리고 나도 한가한 사람 아닙니다. 이 기획안을 내가 제안했고, 마침 같은 생각을 하고 있었으니 함께 움직이자는 것뿐입니다. 나도 회장님께 눈에 보이는 성과 하나쯤은 보고해야 하거든요."

해란은 더 이상의 반박을 하지 못했다. 이게 아니었는데 어째 일이 이상하게 꼬여 가는 것 같았다. 또 어색하고 불편한 상황이 생길 걸 생각하니 골이 다 지끈거렸지만, 이건 일이라는 생각만 하기로 했다.

"아, 그리고 생각해 봤습니까? 내가 줬던 일주일의 시간은 이미 지났는데."

해란이 난감한 얼굴로 어렵게 입을 뗐다.

"전……."

"한 번 더 생각할 시간을 준대도 같은 결정입니까?"

"그럴 것 같습니다."

신우는 어려워하면서도 제 생각을 분명하게 밝히는 해란을 보며 흐뭇한 미소를 지었다. 그녀의 거절이 아쉽긴 하지만 이런 그녀의 모습이 매력적이기도 했다. 천생 여자답고 조용했던 연우와는 다르게 유쾌하고 똑 부러졌다.

처음엔 연우와 닮아서, 연우 같아서 무조건 끌렸는데, 며칠 새 보는 눈이 좀 달라졌다. 이해란이란 여자의 모습이 하나하나 눈에 들어오며 호기심이 생겼다.

이 여자라면, 이해란이라면, 아직도 보내지 못하고 있는 연우를 놓을 수도 있을 것 같았다. 다시 한 번 가슴이 뜨거워질 수도 있을 것 같았다.

"무슨 말인지 알겠습니다. 10분 후에 1층에서 보는 걸로 합시다."

해란이 나가고 혼자 남은 신우는 비서실에 인터폰을 했다.

"차 대기시켜 주십시오. 운전은 내가 직접 합니다."

남의 것을 탐내는 건 원래 자신의 취향이 아니었다. 한데 그 취향이란 게 바뀔 수도 있다는 걸 깨달았다.

"제가 이해란 대리 남자 친구입니다. 알아서 데려다주도록 하겠습니다."

자신의 눈을 똑바로 쳐다보며 얘기하던 그를 본 순간 질투라는 걸 했다. 그 말에 아무런 반박도 하지 못한 채 그녀를 보내 줄 수밖에 없다는 게 화가 나기도 했다.

그래서 자기 합리화를 하기로 했다. 남의 것을 빼앗는 게 아니라, 그저 감정에 충실할 뿐인 거라고. 사람이 사람을 좋아하는 건, 불가항력적인 일이라고. 단지, 골키퍼가 있는 상대를 만난 것뿐이라고.

〈한호야. 바쁜가 봐. 전화 안 받아서 문자 남겨. 나 지금 외근 나가는 길이야. 사정이 생겨서 본부장님하고 같이 매장을 둘러보게 됐어. 아무래도 전화받기는 힘들 것 같아서 미리 문자 남기는 거야. 퇴근 시간 안에 회사 들어갈 수 있으면 그때 보고, 좀 늦어질 것 같으면 상황 봐서 연락 줄게.〉

"후우……."

한호는 해란이 보냈던 문자를 몇 번째 다시 확인하며 담배 연기를 길게 내뿜었다.

도대체 왜?

머릿속에 심어진 물음표가 도통 사라지질 않았다.

업무상의 일이라면 그럴 수 있다. 그럴 수도 있지. 그런데 그게 왜 매번 해란이냔 소리다.

"아, 맞다. 나 그날 본부장님 차 타 봤다? 3억이라던데 그 정도는 돼야지 싶더라고. 부담스러워서 안 타려고 했는데 은영이 그 계집애가 밀어 넣는 바람에. 뭐, 그 덕에 평생 한 번 타 보지도 못할 고급차 타 보긴 했네. 그래도 역시 운전은 너 따라갈 사람 없나 봐. 역시 정 베스트 드라이버야. 하하."

해란은 정말 아무 거리낌 없이 이야기를 늘어놓았다. 그렇다는 건 그녀에게 다른 마음이 없다는 뜻이었다. 당연했지만 어쩐지 안도감이 들었다.

"우리도 차 바꿀까?"
"뭐래. 또 잔소리가 듣고 싶지?"

흡연실을 나와 다시 8층으로 향한 한호는 손을 닦을 요량으로 화장실을 가려다가, 상권개발팀 앞에서 기웃거리는 은영을 발견했다.
"무슨 볼일 있어요?"
한호의 음성에 한걸음에 달려온 은영이 뭔가 부탁할 게 있는 것처럼 손가락을 만지작거렸다.
"뭔데요?"
"저, 대리님. 이 대리님한테 제 얘기 좀 잘해 주세요."
"뭐 잘못한 거 있어요?"
"뭔가 사소한 오해가 좀 있으신 것 같은데, 전 그런 뜻이 아니었는데……. 제가 정직원으로 채용이 될지 안 될지는 잘 모르겠지만, 같은 팀인데 이 대리님하고 냉랭하게 지내는 건 너무 속상해서요. 저는 그날 본부장님이 차를 세우면서 분명 이 대리님을 보면서 타라고 하시기에, 나름 이 대리님이라도 편하게 가시라고 한 건데……."

"앞으로는 그러지 마세요."

은영이 예상외의 대답에 놀란 얼굴로 고개를 들었다.

"시키지 않은 짓은 하지 마세요. 시키는 일만 잘하면, 해란인 은영 씨에게 둘도 없는 좋은 선배이자 언니가 되어 줄 테니까. 해란이가 좀 까칠한 구석이 있긴 해도 이유 없이 사람 미워할 애는 아니거든요. 그러니까 은영 씨도 앞으로 조심 좀 해요. 본인 의도와 다르게 오해하는 사람들이 있을 수도 있는 거니까. 해란이한텐 오해 풀라고 전해 줄게요. 그날 신세진 건 고맙게 생각하고 있습니다. 언제 사내 식당 물리는 날 얘기해요. 해란이랑 같이 점심이나 먹게."

"정 대리!"

은영에게 부드럽지만 단호하게 충고한 한호는 이 과장의 부름에 서둘러 그 자리를 벗어났다.

해란의 상황이 신경 쓰였지만 일단은 일을 해야 했다. 그럴 수밖에 없었다.

일곱 번째 속삭임

해란은 어느새 해가 지기 시작하는 하늘을 올려다보다 손
목시계를 슬쩍 확인했다.

6시 50분.

야근이 없다면 퇴근을 했을 시간이었다.

"회사 다시 들어가 봐야 하는 건 아니죠?"

"아, 외근 보고서……."

"그거야 어차피 나한테 올릴 거 아닙니까? 잠실점이 여기
서 가까우니 마지막으로 들렀다 갑시다."

"네, 본부장님."

이제 그만 퇴근을 할 줄 알았던 해란은 가방끈을 슬며시
쥐며 창밖으로 시선을 돌렸다. 내내 신우와 함께 있다 보니

휴대폰을 볼 시간이 없어 한호에게 연락 한 통 못 한 터였다.

퇴근 시간이 지났는데도 소식이 없어 궁금해할 테지만, 신우조차 매장을 둘러보는 내내 휴대폰을 보지 않았는데 자신이 휴대폰을 꺼내 드는 건 예의가 아닌 것 같아 아예 무음으로 돌려 놓고 꺼내 보지 않았다.

"피곤하죠?"

"아닙니다. 운전 오래하신 본부장님이 피곤하시죠."

실로 오늘 세 군데 지점을 둘러봤던 시간보다 차 안에서의 이동 시간이 더 많았다. 그런데도 전혀 피곤한 내색 없이 오히려 어색함을 줄이려는 듯 대화가 끊기지 않도록 유도하는 그를 보며 정말 매너 하나는 타고났구나 생각했다. 덕분에 공포증에 가까울 정도로 숨 막히던 불편함이 어느 정도는 사라진 상태였다.

두 대의 차를 앞에 두고 직진 신호이던 불이 황색불로 바뀌었다. 앞에 있던 차량들은 속력을 내며 간당간당하게 지나갔지만 그는 바쁘게 뒤를 쫓지 않고 여유 있게 정지선에 멈춰 섰다.

쿵.

그때 뒤쪽에서 소리가 나더니 차가 가볍게 흔들렸다. 미미한 충격에 몸이 살짝 앞으로 기울었다 제자리로 돌아왔다. 경미한 접촉 사고였다.

"괜찮습니까?"

"아, 저는 괜찮습니다."

해란의 안위를 확인한 그가 그제야 비상 깜빡이를 켜며 차에서 내렸다. 해란 역시 서둘러 차에서 내려 뒤로 향하자, 빨간색 경차에서 아주머니 한 분이 잔뜩 겁에 질린 얼굴로 내렸다. 한눈에도 값비싼 외제차를 박았으니 머릿속이 새하얘졌을 거다.

"저, 정말 죄송합니다. 바, 바닥에 휴대폰이 떨어져서 주우려다가 직진 신호가 바뀐 걸 모르고……."

아주머니의 입술이 눈에 띄게 달달 떨렸다.

"다치신 데는 없습니까?"

"예, 예. 저는 괜찮은데, 아, 안 다치셨나요?"

"저희도 다행히 괜찮습니다."

"아휴. 그나저나 이 비싼 차를 어떻게……."

해란은 살짝 스크래치가 난 차의 뒤쪽 범퍼를 확인했다. 자세히 보지 않으면 모를 정도로 미세했지만 어찌 되었든 뒤에서 박았으니 아주머니가 대물 보상을 해 줘야 하는 건 불가피해 보였다.

"아휴, 이걸 어떡해."

아주머니는 울상을 지으며 땅이 꺼져라 한숨을 내쉬었다. 해란은 그런 아주머니의 모습이 어쩐지 일반적인 우리네 모습 같아 괜스레 마음이 짠해졌다. 저였더라도 이런 차를 박았다면 하늘이 노래졌을 거다. 속상해서 눈물을 한 바가지

뽑았겠지.

해란은 그렇지 않아도 퇴근 시간이라 밀리는 서울 한복판에서 사고까지 나 버려 더욱 밀리기 시작하는 차들을 난감한 얼굴로 쳐다보았다. 보험 회사에 사고 접수를 하고 직원이 오기까지도 한참이 걸릴 텐데 이 일을 어쩌나 싶었다.

한데 의아한 점이 한 가지 있었다. 사고가 나서 차가 더 밀려 짜증을 낼 법도 한데, 주위에 있는 차량 중 어느 하나 클랙슨을 눌러 대지 않았다.

문득 차를 산 지 얼마 되지 않아 접촉 사고가 났었던 날이 떠올랐다. 그때도 오늘처럼 경미한 사고였는데 주위에 있던 차들이 얼마나 클랙슨을 눌러 대고 짜증을 내는지 그 때문에 더 놀랐었다.

"저기 보이지? 차들이 알아서 다 양보해 주는 거. 우리나라는 말이야. 외제차가 지나가잖아? 모세의 기적이 일어나. 알아서 다 비켜 주거든. 무리하게 차선 변경을 해도 클랙슨을 안 눌러. 앞에서 급정지해 버리면 뒤에서 나만 좆 되는 거거든. 그래서 다들 좋은 차, 비싼 차 타려고 난리인 거야."

한호가 씁쓸하게 웃으며 했던 말이 생각났다.

"보, 보험 처리를……."

"괜찮습니다."

달달 떨리는 손을 맞잡으며 발만 동동 구르던 아주머니의 눈이 휘둥그레졌다. 해란 역시 놀란 얼굴로 신우를 쳐다보았다.

"별로 티도 안 나고, 그냥 가셔도 괜찮다는 말입니다."

"네? 그, 그게 지금 무슨 말씀이세요? 이, 이러다 나, 나중에 다른 소리 하시면 빼, 뺑소니……."

신우는 슈트 안주머니에서 지갑을 꺼내 명함 한 장을 건넸다.

"신원 확실한 사람입니다. 한 입으로 두말할 리 절대 없으니 안심하시고 가 보십시오."

명함을 받아 든 아주머니의 눈이 또 한 번 휘둥그레졌다.

대명그룹 외식사업본부장 이신우, 라고 쓰여 있는 글자를 읽은 모양이었다.

"아휴, 정말 감사합니다. 정말 감사합니다. 이 은혜 잊지 않겠습니다. 정말 감사합니다. 대명그룹 제품 평소에도 많이 애용하고 있어요. 정말 감사합니다."

고개가 바닥에 닿을 정도로 수차례 인사를 한 아주머니가 먼저 차에 올랐다.

"해란 씬 괜찮은 거 맞습니까?"

"네, 정말 아무렇지도 않아요. 본부장님은 괜찮으세요?"

그가 미소를 머금으며 고개를 끄덕였다.

"물론입니다. 그럼 일단 차에 타죠. 우리 때문에 다른 차들이 다 피해 보는데."

신우와 함께 황급히 차에 오른 해란은 깔끔하게 일 처리를 하는 그의 모습을 떠올리며 흐뭇하게 미소 지었다. 이렇게나 인성이 바른 사람 밑에서 일을 하고 있다는 건 행운과도 같을 거다. 얼마나 많은 샐러리맨들이 직장 상사 때문에 스트레스를 받으며 살고 있는지 너무도 잘 알고 있었다.

"정말 괜찮으시겠어요?"

"뭐가 말이죠?"

"차 이대로 둬도……."

"아, 맡겨야죠. 차에 흠집 나는 건 못 보는 터라."

"어? 그러면 아까 보험 처리를 했어야 하는 거 아닌가요? 아니면 본부장님이 부담하셔야 할 텐데……."

"부담하면 되죠. 보험 처리했으면 그 아주머님 대물 배상 할증료 타격이 컸을 겁니다."

경제적 여유가 마음의 여유와 비례하는 것일까? 아니, 꼭 그렇지만은 않다. 있는 놈이 더하다는 말이 괜히 있는 것은 아니니까.

"'James Morrison' 좋아하세요?"

아까부터 흘러나오는 팝송이 자신의 취향과 비슷해서 신기하다고 생각하던 참이었는데, 그중에서도 손꼽을 정도로 좋아하는 노래가 흘러나오자 해란은 자신도 모르게 흥얼거렸다.

그는 대답 대신 음악 볼륨을 더욱 높였다. 손가락을 톡톡 두드리며 박자를 타는 그녀의 입매가 저절로 올라갔다.

　"스페셜 메뉴로 준비해 주세요."

　해란은 재빠르게 메뉴판을 들여다보며 스페셜 메뉴의 가격부터 찾았다.

　'헉. 1인당 10만 원? 에피타이저가 푸아그라 라비올리, 메인 디시가 코냑, 그린 페퍼콘 소스와 꽃등심(립아이) 스테이크, 샤프란 리조또……'

　"아, 저 본부장님."

　해란은 서둘러 메뉴판을 덮으며 다급하게 그를 찾았다.

　"무슨 문제 있습니까?"

　해란은 주위를 두리번거리다 상체를 가까이 하며 목소리를 낮췄다. 일반 손님 행세를 하며 들어왔기 때문에 직원들은 진짜 자신들의 정체를 모르고 있는 상황이었다. 한국에 들어온 지 얼마 되지 않은 본부장의 얼굴을 알 리 만무했고, 수많은 본사 직원 중 한 사람일 뿐인 자신의 얼굴 역시 알 리 만무했다.

　"잠실점 고객의 소리를 보면 음식에 대한 불만은 별로 없는 편이었습니다. 그러니까 굳이 음식 맛을 보시려는 거면 이렇게 비싼 게 아니더라도……."

　"배고프죠?"

　"네?"

"하루 종일 돌아다니고 퇴근 시간도 훌쩍 지났으니 말입니다."

해란은 무슨 말인가 싶어 눈을 끔뻑거렸다.

"잠실점은 일부러 들르자고 한 겁니다. 저녁 먹자고 했으면 거절했을 거잖아요. 그러니 편하게 들어요."

"저기, 본부장님. 이렇게 하실 필요까지는 없으신데요. 저는 제가 해야 할 일을 한 것뿐이에요. 오히려 본부장님 덕분에 편하게 왔다 갔다 했는데 저녁 대접을 하려면 제가 해야 ⋯⋯."

"그럼 다음에 해란 씨가 사면 되겠네요."

"아⋯⋯ 그런가요?"

해란은 '오늘 저녁을 제가 사겠습니다'라는 말이 차마 나오지 않아 어색하게 웃기만 했다. 한 끼에 20만 원을 써 본 적은 없는 터라 쉬이 입이 떨어지지 않았다.

"그런데 참 친절하세요."

해란은 언제나 너무 반듯한 신우를 넌지시 쳐다보며 조심스레 말문을 열었다.

"짜증 한 번 안 내시고, 항상 웃는 얼굴로 직원들 대해 주시고, 사실 그러기 쉽지 않으실 텐데⋯⋯. 아, 주제넘었다면 죄송합⋯⋯."

"칭찬이죠?"

신우가 물이 든 유리잔을 내려놓으며 입매를 올렸다.

"칭찬은 고래도 춤추게 한다죠?"

그가 리듬을 타듯 고개를 좌우로 까딱거렸다. 의외의 모습을 입까지 벌린 채 보고 있던 해란은 자신도 모르게 웃음이 튀어나와 황급히 입을 막았다.

"죄송합니다."

"죄송하긴요. 웃으라고 한 건데요."

해란은 새삼 또 세상은 참 불공평하다는 생각이 들었다. 돈 많고 잘생기기까지 했으면 성격이라도 파탄자라든지 뭔가 흠은 있어야 하는 법인데, 도통 찾을 수가 없었다. 세상에 완벽한 사람은 없다고 생각했는데 아마도 그 생각이 바뀔 것 같았다.

한편으로 이런 남자를 애인으로 둔 여자는 얼마나 불안할까, 하는 오지랖도 생겼다. 자신한테만 특별히 잘해 주는 게 아니라 만인의 연인처럼 모두에게 친절하고 다정하다는 건 여자 친구 입장에서는 불만일 것 같았다.

해란은 여자 친구가 있느냐는 질문이 목 언저리에서 맴돌았지만 이내 관두었다. 그가 좀 편해졌다고 해도 하늘 같은 직장 상사인데 그런 개인적인 질문을 하는 건 예의가 아닌 듯싶었다. 그리고 사실 자신이 굳이 그런 걸 궁금해할 이유도 없었다.

"저, 잠시 실례 좀 하겠습니다."

해란은 신우에게 양해를 구한 뒤 가방에서 휴대폰을 살짝 꺼내 화장실로 향했다. 레스토랑에 들어서며 자리에 앉기 전에 바로 화장실로 가려고 했는데, 그가 의자를 빼 주는 매너를 선보이는 바람에 그러지도 못하고 앉아 버렸다가 전화하는 걸 깜빡했다.

"후우, 벌써 8시가 다 됐네. 한호는 저녁 먹었을까 몰라. 설마 나 기다리고 있는 건 아니겠지?"

통화 연결음이 꽤 오래 울렸는데도 한호의 목소리는 들리지 않았다. 한 번 더 통화를 시도했는데도 받지 않자 그녀는 다시 문자를 하나 남겼다.

〈어디야? 집 아닌 거야? 나 저녁 먹고 들어가니까, 혹시나 기다리지 말고 먼저 먹으라고. 연락 빨리 못 해서 미안해. 자세한 건 집에 들어가서 얘기해 줄게. 이따 봐.〉

문자를 보내고 화장실 청소 상태를 꼼꼼히 체크한 해란은 제자리로 돌아오면서도 훤히 들여다보이는 주방을 찬찬히 훑었다. 널려 있는 행주 하나부터 직원들의 옷매무새를 머리끝부터 발끝까지 빛의 속도로 훑은 그녀는 메모 사항을 기억해 두며 자리로 돌아왔다.

"편하게 식사하라니까 뭐하는 겁니까?"

신우는 엉덩이를 붙이자마자 다이어리와 펜을 드는 해란을 슥 쳐다보았다.

"잊기 전에 메모 좀 해 두려고요. 이제 됐습니다."

말과 다르게 그녀의 눈동자는 분주하게 여기저기를 훑고 있었다. 그는 엄지와 중지를 튕겨 딱 소리를 내며 그녀의 시선을 돌렸다. 그리곤 슥 상체를 당기며 속삭였다.

"본사 사람인 거 광고하는 게 아니라면 그쯤 하는 게 어때요?"

멋쩍은지 해란이 머리를 긁적이며 웃자 볼우물이 생겼다. 그는 해란의 웃는 모습이 참 매력적이라고 생각하며 따라 웃었다. 정말 보면 볼수록 매력이 넘친다는 말밖에는 할 말이 없었다. 저렇게 열성적으로 일에 매달리니 사내에서 그녀의 평가가 나쁠 리 없었다.

그녀에게 자꾸 눈이 가고, 보고 있으면 즐겁고 유쾌하고, 이런 좋은 감정들이 커질 때마다 가슴 한구석에 자리한 죄책감 역시 커져 갔다.

먼저 세상을 떠난 연우에게 미안해서, 10년이라는 세월을 이해란의 곁에서 함께해 온 그에게 미안해서.

어쩔 수 없는 일이라고 자기 합리화를 시킨대도 이 또한 어쩔 수는 없을 거다. 그럼에도 불구하고 자신은 계속 불청객이 되어 그와 그녀 사이에 낄 테니까. 세상에 태어나 처음으로 미필적고의를 저지르는 악역이 될 테니까.

"응? 웬 카레 냄새?"

해란은 집 앞에서부터 진하게 풍기는 카레향에 고개를 갸웃거렸다. 도어록을 해제하고 안으로 들어선 해란은 전화를 받지 않던 한호가 싱크대 앞에 서 있는 걸 발견하고는 다가 갔다.

"집에 있었어? 그런데 왜 전화 안 받았어?"

"아, 민성이 잠깐 만나고 들어왔어. 소리로 바꿔 놓는다는 게 깜빡했나 봐. 회사에서 진동으로 해 놓으니까."

한호는 막 만들어 따끈따끈한 카레 한 접시를 식탁에 내놓 았다.

"배고프지? 여태 밥도 못 먹었을 거 아니야."

해란은 한호가 처음으로 정성껏 준비한 카레를 보고는 차 마 저녁을 먹고 들어왔다는 말을 할 수가 없었다.

"와, 맛있겠다."

가방을 내려놓으며 서둘러 의자에 앉은 그녀는 하얀 밥에 카레 한 숟가락을 떠서 슥 비볐다.

"어때? 먹을 만해? 설명서대로 하긴 했는데 생각보다 어 렵네."

"오오, 정말 처음 한 거 맞나 싶네."

해란은 엄지를 번쩍 들며 싱긋 웃었다.

"응? 그런데 술 마셨어? 술 냄새가 좀 나네?"

"민성이 만나서 소주 몇 잔밖에 안 마셨는데 냄새나?"

"요새 술 너무 자주 마시는 거 아니야?"

"몇 잔 안 마셨어."

"그런데 너는 같이 안 먹어? 맛있는데."

"아까 안주 몇 개 집어 먹었더니 별로 생각이 없네. 나 아직 씻지도 못 했어. 먹고 있어. 먼저 씻을게."

해란이 맛있게 먹는 걸 쳐다보던 한호는 이내 욕실로 향해 샤워기를 틀었다.

사실은 퇴근 시간까지 연락 한 번 없는 해란이 신경 쓰이다 못해 슬슬 화가 치밀기 시작했었다. 아무리 바빠도 전화 한 통 할 시간은 될 텐데, 그의 눈치를 보느라 휴대폰을 꺼내 보지도 못한다 생각하니 더 화가 났다.

집으로 바로 들어가려다 민성에게 전화를 했다. 해란을 믿으면서도 자꾸 이신우와 엮이는 상황이 못마땅하기만 했다. 직원들의 수군거림이 미리부터 거슬렸다.

민성을 만나면 이런저런 속상한 얘기들을 좀 하려고 했는데, 막상 얼굴을 보니 모든 말이 쏙 들어가 버렸다. 그 역시 이별의 아픔을 경험한 지 얼마 되지 않았는데 고민을 들어 줄 여유가 있을까 싶기도 했고, 말해 봤자 결국 제 얼굴에 침 뱉기라는 생각이 들었다.

혹시라도 민성의 입에서 '그 새끼 진짜 다른 마음 있는 것 같은데?'라는 말이 나올까 봐 두렵기도 했다.

그래서 일찍 자리를 접고 집으로 향하는 길에, 문득 카레는 매일 먹을 수도 있다는 해란의 말이 떠올라 혼자 장을 봤고 집에 들어왔을 때 좋아할 해란을 떠올리니 어느새 화가 가라앉아 있었다.

"정말 카레 좋아한다니까."

샤워를 끝내고 나온 한호는 벌써 다 먹고 옷도 갈아입지 않은 채 설거지까지 하고 있는 해란을 응시했다.

"설거지 놔두지. 내가 할 건데. 그거 하나 만든다고 난리를 쳐 놨어."

"아니야. 내가 치우는 게 빠르지. 맛있는 거 얻어먹었는데 이 정도는 해야지?"

피식 웃으며 머리를 말리던 한호는 침대 위에 놓인 휴대폰을 들었다. 해란의 부재중 전화를 확인하던 그는 그녀가 보낸 메시지를 발견했다.

〈어디야? 집 아닌 거야? 나 저녁 먹고 들어가니까, 혹시나 기다리지 말고 먼저 먹으라고. 연락 빨리 못 해서 미안해. 자세한 건 집에 들어가서 얘기해 줄게. 이따 봐.〉

"해란아."

"응?"

"밥을 꽤 많이 펐는데 그걸 다 먹었어?"

"그럼 당근이지. 더 먹을 수도 있는 걸 참은 거야."

설거지를 끝내고 돌아서던 해란은 휴대폰을 손에 들고 있는 한호가 보이자 뒤늦게 자신이 보냈던 메시지가 생각났다.

"아…… 그게 있잖아."

"말하지 그랬어. 먹고 들어왔다고."

"아니야. 별로 안 먹어서 부족했었는데 마침 잘 먹었어. 네가 직접 만들어 줘서 그런지 진짜 맛있었어."

"그러다 체해. 다음부터는 그냥 얘기해."

"응, 알았어."

"그런데 누구랑 먹었어?"

"아, 본부장님."

해란이 옷을 갈아입으며 별로 대수롭지 않게 대답했다.

"퇴근 시간이 지나 버린 게 미안했는지 본부장님이 잠실점에서 저녁을 사 주셨어. 솔직히 우리가 외식사업본부 직원이면서도 레스토랑 가서 그 비싼 거 먹어 본 적은 없잖아. 뭐 그냥 저냥 맛은 괜찮더라. 가격이 자그마치 1인당 10만 원이라 헉 소리 나와서 그렇지."

"그래서 전화 한 통도 없었던 거야?"

해란은 어느새 까칠해진 한호의 음성에 멈칫하며 고개를 돌렸다.

"그땐 일하는 중이었고. 잠실점 가서는 전화했더니 네가 안 받은 거잖아."

"내가 그런 거 얻어먹고 다니지 말랬지. 10만 원이든 20만 원이든 내가 사 준다고 했잖아."

"나라고 편하게 먹은 거 아니야. 원래는 샀어도 내가 샀어야 하는데……."

"너는 일을 하러 다니는 거야, 데이트를 하러 다니는 거야?"

해란은 어쩐지 빈정대는 한호의 말에 이맛살을 찌푸리며 마주 섰다.

"무슨 말이 그래? 먹고살려고 아등바등하며 일하는 거 몰라서 물어?"

"어느 회사 본부장이 아무런 사심 없이 자기 직원하고 단둘이 밥을 먹는대? 난 그런 일은 지금껏 들어 본 적이 없어서 묻는 거야."

그의 목소리는 낮게 가라앉아 있었다.

"그럼 지금 본부장님이 사심이 있어서 그랬다는 거야? 미치지 않고서야 그건 말이 안 되잖아. 지나가던 개가 웃을 일이라고 말했었잖아. 게다가 너랑 나랑 사내 커플인 거 본부장님 귀에도 다 들어갔을 텐데, 그런 양반이 뭐하러 할 일 없이……."

"미쳤나 보지. 세상에 제대로 정신 박힌 놈이 몇이나 되겠어."

"한호야. 왜 그렇게 비딱하게 생각해. 상식적으로 생각을 좀 해 보란 말이야."

"상식적이지 않은 일이 일어난 거면 어떡할 건데. 너한테 다른 마음 품고 접근하는 거면, 그땐 어떡할 건데. 네 입장에서는 말도 안 되는 일이라는 거 알아. 나도 처음엔 그렇게 생각했어. 말도 안 된다고. ……한번 잘 생각해 봐. 내가 예민한 건지, 네가 안일한 건지."

"……너, 나한테 그렇게 믿음이 없니?"

순간 정적이 흘렀다.

"그렇다 치자. 만에 하나 그렇다 치더라도 내가 아무런 감정이 없는데, 나한테 그 정도로 믿음이 없니? 어떻게 10년을 함께했는데……."

"그래. 결국은 또 내가 못난 놈이지."

한호는 더 이상 대화하고 싶지 않다는 듯 담뱃갑을 들고 집을 나왔다.

"후우."

한숨을 내쉬며 담배를 입에 물고 불을 붙인 한호는 뿌연 연기를 깊숙이 빨아들였다 내뱉었다. 잘해 보자고 시작한 일이 결국은 또 싸움으로 끝났다.

30여 분 정도 바람을 쐬다 안으로 다시 들어간 그는 씻고 나와 머리도 말리지 않고 그대로 이불을 덮고 누워 있는 해란을 넌지시 쳐다보았다.

등을 돌린 채 모로 누워 있는 해란에게 다가간 그가 이불을 들췄다.

"안 더워? 한겨울도 아닌데 무슨 이불을 그렇게 꽁꽁 싸매고 있냐."

"내 마음이야."

"머리 말리고 자."

"피곤해. 그냥 잘 거야."

코로 짧게 숨을 내쉰 한호는 드라이어기를 가져다 협탁 옆 콘센트에 꽂았다.

"일어나 봐."

해란의 손목을 잡아 일으킨 그는 드라이어기를 켜 머리칼을 말려 주었다.

"괜찮다니까."

"내가 안 괜찮아."

뾰로통한 표정으로 눈을 감은 해란은 어느새 그의 손에 머리칼을 맡긴 채 얌전하게 있었다.

"이불에 머리카락 다 떨어졌겠다."

"내가 치울게."

"한호야."

그는 거의 마른 머리칼을 정돈하며 드라이어기를 껐다.

"장담하건대 그런 일은 없어."

"……."

"네가 너무 예민한 거야."

해란은 침대 옆자리를 톡톡 두드렸다.

"우리 화해한 거다? 이리 와. 얼른 자자."

해란은 그의 손을 끌어당겨 옆자리에 억지로 뉘였다.

"새삼스레 사랑이 샘솟나, 우리 한호가 요새 왜 이렇게 민감한지 몰라."

한호의 양 볼을 감싸 쥐며 쪽 소리가 나게 입을 맞춘 해란은 어깨를 토닥이다 이내 금세 잠이 들었다.

그는 잠이 든 해란의 얼굴을 물끄러미 바라보다 조심히 일어나 불을 끄고 다시 누웠다.

해란인 언제나처럼 곁에 있다. 그게 중요한 거겠지.

가늘게 떠 있던 그의 눈꺼풀이 스르륵 감겼다.

✳　　　✳　　　✳

여느 때와 다름없이 해란과 시간차를 두고 로비로 들어서던 한호는 엘리베이터 앞에 서 있는 신우를 발견하고는 멈칫했다. 오늘도 그는 멋들어지는 고급스런 정장을 차려입은 채였다. 그리고 또 해란과 하얀색 쿠페를 타고 외근이란 걸 나가겠지.

애써 담담한 척을 해 보지만 여전히 신경이 거슬리는 건 어쩔 수가 없었다.

엘리베이터에 올라 신우와 함께 내린 한호는 그의 뒤를 따라 걷다 나지막한 음성으로 불러 세웠다.

"본부장님."

돌아서는 신우와 가까이 마주한 한호가 그를 똑바로 쳐다보았다. 대조되는 피부색만큼이나 생김새도 다른 두 사람의 눈높이가 정확하게 맞아떨어졌다.

"오늘은 그러지 않으셔도 됩니다."

"뭘 말이죠?"

"늦은 시간까지 일을 하게 만든 이해란 대리에게 미안한 마음이 있으신 본부장님의 넓은 아량은 감사합니다만, 그러지 않으셔도 됩니다. 어느 회사 본부장님이 직원 저녁까지 신경을 써 주시겠습니까. 몸 둘 바 모르게 감사한 일이지만, 친절도 과하다 보면 오해를 사기 마련이지요. 괜히 본부장님을 두고 이런저런 말들이 나올까, 감히 몇 말씀 드렸습니다. 혹시 마음 상하셨다면 푸십시오. 죄송합니다."

신우는 살짝 고개를 숙여 보이는 한호를 보며 눈썹을 슬쩍 치떴다.

수컷끼리만 알 수 있는 감이란 게 있다. 그 역시 그걸 바로 눈치챈 걸 거다. 자기 것을 지키려는 경고의 메시지라는 걸 알고 있었다.

순간 속내를 들켰다는 민망함보다는, 저리 당당하게 경고할 수 있는 그녀의 '애인'이라는 위치의 그가 부러웠다. 그래서 슬그머니 오만함을 짊어진 질투라는 녀석이 고개를 내밀었다. 이건 아니라는 걸 알면서도 저절로 입이 벌어졌다.

"사람이 제 의지대로 되지 않는 것도 있더군요. 일부러 그러는 건 아니라는 말 따위 핑계로밖에 들리지 않겠지만 사실입니다. 그래서 앞으로 본의 아니게 정한호 대리에게 미안해할 일들이 생길지도 모르겠습니다."

신우는 집요한 한호의 시선을 고스란히 받아 내며 말을 이었다.

"아무래도 이해란 대리가 내 눈에도 꽤 매력적인 모양입니다. 의지와 상관없이 자꾸 눈이 가는 걸 보면. 그래서 앞으로는 감정이 이끄는 대로 해 볼 생각입니다. 사랑은 변하지 않아도, 사람은 변하는 법이니까요."

예상치 못한 강력한 스트레이트 펀치 한 방을 맞은 것 같았다. 주먹을 쥔 손에 힘이 들어갔지만 차마 날릴 수가 없었다.

"나는 내 패를 미리 보여 줬으니, 얼마든지 방어하세요. 내가 그것까지 막을 수는 없으니까."

대놓고 도전장을 내민 상대에게 어퍼컷 한 대조차 날릴 수 없음에 이를 악물어야 했다. 너무도 큰 산처럼 보이는 그가 사실은 두렵다는 걸 내색하지 않기 위해 이를 악물 수밖에 없었다.

"해 보십시오. 10년이란 세월은 그냥 만들어진 게 아니라는 걸 보여 드리죠."

겨우 할 수 있는 대답은 이것뿐이라는 사실에 한없이 무너져 내리는 마음을 추스르며 돌아서는데 신우의 음성이 다시금 발목을 잡았다.

"그 10년의 세월이 득이 될지, 아니면 오히려 독이 될지는 두고 봐야 아는 거겠죠."

마지막으로 한 번 더 날아오는 스트레이트 펀치에 쓰러지지 않도록 정신을 바짝 차린 한호는 그대로 뚜벅뚜벅 걸음을 옮겼다. 전력 질주라도 한 것처럼 심장이 미친 듯이 쿵쾅거렸다.

해란의 말은 언제나 다 옳았다. 한데 이번엔 틀렸다.

절대 없을 거라던 일이 일어나고 말았다.

한호는 딱히 통제 구역은 아니지만 가끔 회장님이 출몰하신다는 소문 때문에 다른 직원들은 기피하는 옥상을 찾았다.

높은 곳에서 세상을 내려다보는 기분은 어떤 것일까. 이 건물의 제일 꼭대기 옥상의 위치에 있는 사람이 라이벌이 돼 버린 거다. '혹시나' 하던 일이 '역시나'가 되는 건, 생각보다 꽤 큰 차이였다.

그럼 이제 이 문제를 어떻게 풀어야 하나 생각해야 하는데 머릿속은 새하얗기만 했다.

자신과 같은 평범한 놈이라면 좀 더 간단할지도 모르겠다. 말로 해서 정신을 못 차리면 주먹질이라도 할 수 있으니까. 한데 이건 몸담고 있는 회사의 회장 아들이자 상사인 사람이 상대이니 얘기가 달라졌다. 누가 봐도 불공평한 게임의 주인공이 되어 버리자 그저 눈앞이 캄캄했다.

상대는 온갖 최신 무기를 장착했고, 자신은 돌멩이 하나 쥐고 싸워야 하는 셈이었다.

"하아."

한호는 까칠한 얼굴을 슥 문질렀다. 여전히 머릿속이 복잡

했다.

해란이 했던 말이 생각났다. 그녀의 말마따나 이렇게 불안한 건 정말로 그녀에게 믿음이 없어서일까, 아니면 상대가 너무 강력해서 자신감이 바닥으로 떨어졌기 때문일까.

두 가지 경우 모두 마음에 들지는 않았다. 어느 쪽이든 정한호가 못났다는 건 똑같으니까.

해란에게 이 사태를 알려야 하는지, 말아야 하는지 고민이 찾아왔다. 마음 같아서는 그 자식이 예상대로 이렇더라, 얘기하고 싶지만 어렵다는 걸 안다. 그는 앞으로도 여전히 해란의 곁을 맴돌 거고, 해란은 회사 상사인 그의 말에 'NO'를 할 수 없을 테니까.

신우의 마음을 알게 된다 하여도 일이라는 핑계를 대며 다가오는 그에게 해란이 할 수 있는 건 아무것도 없을 터였다. 오히려 더 불편한 상황이 생기겠지.

중간에서 이쪽저쪽 눈치를 보며 매일이 좌불안석일 거다. 생계가 걸린 일자리를 무작정 박차 버리고 나올 수도 없는 일이니까. 오히려 모르는 쪽이 나을지도 모른다.

"정 대리님!"

관자놀이를 누르며 한숨을 내쉬던 한호는 갑자기 등 뒤에서 들려오는 은영의 음성에 흠칫 놀랐다.

"헤헤. 회장님인 줄 알고 놀라셨어요?"

"여긴 웬일입니까?"

"대리님 따라왔죠. 자, 커피요."

은영이 캔 커피를 흔들며 내밀었다.

"이런 거 사 오지 말라고 했잖아요."

"지금은 필요하지 않아요? 왠지 그래 보여요."

은영은 아예 캔 뚜껑을 따서 한호의 손에 쥐어 주었다.

"말 좀 편하게 하세요, 대리님. 둘뿐인데 뭐 어때요. 그런데 옥상 엄청 좋네요. 바람도 시원하고. 그래서 회장님이 찾으시나?"

은영은 마치 영화 타이타닉의 한 장면처럼 양팔을 벌리고 눈을 감았다. 그런 그녀를 쳐다보던 한호는 커피 한 모금을 마셨다.

"참, 저한테 밥 한 번 사 주기로 했던 거 잊으신 건 아니죠? 언제 사 주실 거예요?"

은영이 또 생글거렸다.

"아, 맞다. 제가 먹고 싶은 날 말하라고 하셨죠? 그럼 오늘 점심 사 주시면 안 돼요? 점심 메뉴 소식을 살짝 들었는데 카레라고 하더라고요. 전 카레 싫어하거든요."

한호는 해란이 있었다면 또 입이 찢어졌을 거라고 생각하며 잠시 고민을 했다. 해란은 오늘도 역시 외근을 나가 사내에 없었다.

"대리님이 싫다고 하시면 오늘 점심은 굶어야 할 판이에요. 카레 나오는 날은 밥을 거의 못 먹거든요. 아, 혹시 이 대리님 외근 나가서 망설이시는 거예요? 저랑 둘이 밥 먹으면 뭐라고 하실까 봐요? 단지 이 낯선 곳에서 그나마 편하게 얘기할 수 있는 사람이 대리님이다 보니까 친한 척하는 건데, 그것도 안 되는 거라면 정말 너무해요."

은영이 입술을 삐죽 내밀며 눈매를 늘어뜨렸다.

"그래도 정 불편하시면 다음에……."

"그런 거 아니에요. 내가 오늘 입맛이 별로 없어서 고민을 했던 거지."

한호는 커피를 다 비운 뒤 그만 내려가자는 고갯짓을 했다. 어차피 한 번은 사야 할 일이었다. 그냥 빨리 갚아 버리는 게 나을 거다. 해란의 외근은 며칠이 더 걸릴지 알 수가 없었다.

"뭐가 그렇게 먹고 싶은 건지 들어나 보죠."

한호는 머리로는 여전히 한 가지 고민을 하며 앞장섰다.

"그럼 오늘 외식이네요? 와아아!"

방방 뛰며 한호의 뒤를 쪼르르 쫓다 습관처럼 팔짱을 끼려던 은영은 이내 배시시 웃으며 손을 바로 했다.

"비싼 거 먹어도 돼요?"

그녀의 눈매가 또 반달이 되었다.

"엄마 목소리 오랜만에 듣네."

해란은 외근을 나가기 전 화장실에 들렀다가 걸려 온 엄마 정임의 전화를 반갑게 받았다. 일이 바쁘다는 핑계로 같은 서울 아래 살면서도 전화 한 통을 잘 못 했다.

―출근했어?

"당근이지. 가게는 요새 어때? 좀 나아졌어?"

휴대폰을 왼쪽 어깨와 고개 사이에 끼워 넣은 해란은 손을 닦은 뒤 잰걸음으로 화장실을 나섰다.

―그냥 그래. 요새 장사 잘된다는 곳이 몇 군데 있기나 하나. 주말이나 좀 될까, 평일은 한숨 나와.

"배달도 별로 없어? 오늘 금요일이라 손님 좀 있지 않을

까? 엄마 족발 진짜 죽이는데. 말하고 나니까 먹고 싶네. 그
것보다 무슨 일이야?"

—무슨 일은. 어제 꿈자리가 하도 뒤숭숭해서 별일 없나
전화한 거야. 한호랑은 잘 지내지?

"똑같지, 뭐."

—언제 한번 같이 온다더니 언제 와? 나도 이제 늙었는지
자꾸 보고 싶네.

해란은 바쁘게 움직이던 발걸음을 멈춰 섰다.

"울 엄마 진짜 늙었나 봐. 안 하던 말을 다 하고. 알았어.
조만간 갈게. 응. 걱정 말고, 엄마나 잘 챙겨 먹어. 응."

통화를 끝낸 해란은 어쩐지 마음이 좋지 않아 한숨을 내쉬
었다.

"하아. 엄마 보고 싶네."

"어머니 족발이 정말 그렇게 맛있습니까?"

해란은 갑자기 뒤에서 들려오는 음성에 도둑질하다 들킨
것처럼 돌아섰다. 신우가 손을 살짝 들어 보이며 인사를 건넸
다.

"좋은 아침입니다, 본부장님."

"본의 아니게 통화 내용을 엿들은 셈이네요. 정말 그렇게
맛있어요?"

"아, 저야 당연히 맛있지만……."

"언제 한번 맛을 봐야겠군요. 내가 족발 킬러거든요."

"정말이세요?"

신우와 족발은 어쩐지 어울리지 않는다는 생각에 해란이 신기한 듯 쳐다보았다.

"일단 내려가죠."

"사무실에서 가방만 가지고 바로 내려가겠습니다."

"천천히 내려와요."

신우가 먼저 내려가고 사무실로 돌아온 해란은 시간을 확인하며 급하게 가방을 챙겼다.

"이 대리님, 오늘도 외근이세요?"

옆자리인 준석이 힐끗 쳐다보며 물었다.

"응, 그렇게 됐네. 아무튼 오늘도 고생하고……."

"정 대리님이 싫어하시겠어요."

준석은 골똘히 생각에 잠긴 얼굴을 하다 다시금 입을 열었다.

"만약 대리님이 제 여자 친구였다면 저는 싫을 것 같거든요. 일이니까 어쩔 수 없지만, 그리고 대리님 탓도 아니지만 그래도 싫긴 할 것 같아요. 남자들이 은근히 속이 좁아요. 멋있잖아요, 본부장님. 같은 남자가 봐도 그런데 여자들은 어떻겠어요? 아, 오해는 하지 마세요. 이 대리님이 그렇다는 건 아니니까요."

해란은 짧게 숨을 내쉬며 도로 의자에 앉았다. 한호와는 평소와 크게 달라진 것 없는 하루하루를 보냈다. 다만 퇴근을 해서 집에 오면 늦은 시간이었고, 데이터를 토대로 기획안을 작성하다 보면 한호는 먼저 잠들어 있기 일쑤여서 그날 이후 뭔가 깊은 대화는 나누지 못한 터였다.

"응? 웬 카드 영수증이야?"

영수증을 항상 챙기라는 잔소리 덕분인지 한호 역시 영수증을 챙기는 게 습관이 되어 있었다. 한데 오늘 아침, 자신은 모르는 내역의 영수증이 한호의 슈트 주머니에서 떨어지기에 주우며 물었었다.

"저녁 사 먹은 거야?"
"은영이 점심 사 준 거야."
"은영이? 왜?"
"회식 때 신세진 게 미안해서 밥 한번 사겠다고 했었거든. 원래는 너랑 같이 셋이 먹으려고 한 말이었는데, 네가 계속 바쁘니까 그냥 빨리 때우려고 사 준 거야."
"안 그래도 되는데. 내가 커피 사 줬었거든. 돈가스 먹고 싶다고 했었나 봐?"
"어. 돈가스 사 달라고 하더라. 덕분에 내가 잘 먹었지, 뭐."

한호의 말에 불현듯 마트에서의 일이 떠올랐다. 냉동 돈가스에 미련을 못 버리던 한호를 보며 차라리 집에서 손수 만

들어 줘야겠다고 생각을 했었는데 지금까지 새카맣게 잊고
있었다.

"후우."

해란은 한숨을 내쉬며 생각에 잠겨 있다 자리에서 벌떡 일
어나 한호에게 향했다.

"걘 진짜 속을 모르겠어. 혹시 아직도 너 좋아하는 거 아니
니?"

"그럴 리가 있겠어. 워낙 붙임성이 좋아 그런 거지."

"……그렇겠지? 한호야. 나도 같은 거야. 너도 지금 그럴 리가
있겠냐고 말하잖아. 나도 마찬가지인 거야. 본부장님이 그럴 리
가 없잖아. 그러니까 신경 쓰지 마."

버스 시간 때문에 더 이상의 대화를 잇지 못한 채 출근을
했지만 어쩐지 그늘진 한호의 얼굴을 보니 마음이 썩 좋지
못했다.

해란은 상권개발팀 앞에서 기웃거리다 한호와 눈이 마주치
자 잠깐 나오라는 손짓을 했다. 길게 얘기는 못 한다며 막 사
무실을 나서는 그의 손목을 잡아챈 해란이 비상구로 향했다.

"갑자기 왜……."

"너 설마 아직도 나한테 화나 있는 건 아니지?"

"……아니라고 했잖아."

"조심할게."

해란은 아무런 말이 없는 한호의 안색을 살피며 다시금 입을 열었다.

"네가 우려하는 그런 일은 없겠지만, 네 걱정이 뭔지는 알 것 같아. 그럴 리 없겠지만 그럼에도 불구하고 은영이가 신경 쓰이듯이, 너도 그런 거라고 생각을 하니까 어떤 기분인지 알겠어. 그러니까 내가 조심할게. 기획안 수일 내로 빨리 끝낼 거니까 그때까지만 좀 이해해 줘. 기획안만 아니면 이제 본부장님하고 둘이 다닐 일 같은 거 없으니까……."

해란은 말을 끝까지 이을 수가 없었다. 한호가 말없이 끌어안은 탓이었다.

"해란아."

"응?"

"오늘은 저녁 좀 같이 먹자. 늦어도 기다릴게."

"……응."

"괜히 눈치 보게 해서 미안해. 내가 속이 좁았어. 너한테 그럴 이유는 없는 건데."

해란을 품에서 떼어 낸 한호는 지그시 그녀를 바라보다 머리칼을 부스스 흐뜨렸다.

"어서 가 봐."

"응. 집에서 봐."

해란이 먼저 비상구 문을 열고 나갔다. 혼자 남은 한호는 굳게 닫힌 비상구 문을 쳐다보다 짙은 한숨을 내쉬었다. 가지 말라고 붙잡고 싶은 마음을 억지로 짓눌렀다.

"나는 내 패를 미리 보여 줬으니, 얼마든지 방어하세요."

그의 패를 보았음에도 불구하고 명쾌한 답은 찾을 수가 없다. 그래서 속이 탔다.

✱   ✱   ✱

해란은 꽉 막힌 도로를 보며 은연중에 자꾸 한숨을 내쉬었다. 퇴근길이라 차가 많이 밀릴 거라고 예상은 했지만 금요일이라 그런지 생각보다 더한 것 같았다.

"차가 너무 밀려서 답답하죠?"

"아닙니다."

"참, 어머니 가게가 어디라고 그랬죠?"

"아, 신월동이요."

"가는 길에 좀 들러도 되겠어요?"

해란이 깜짝 놀라 고개를 돌리자 신우가 여유 있게 웃었다.

"오전에 족발 얘기를 해서 그런가, 하루 종일 족발이 머릿속에서 떠나지를 않아서요. 포장 좀 해 가려는데 위치가 어딘지 알려 줘요."

"아…… 신월동이라 거리가 좀 있는데요."

"일 있는 거면 해란 씨는 먼저 내려 줄게요. 주소만 알려 줘요."

해란은 난감한 얼굴로 선뜻 대답을 하지 못했다. 지금 바로 집으로 가도 8시는 될 것 같은데 신월동까지 들르면 9시가 훌쩍 넘을 것 같았다.

"저, 오늘은 차도 너무 밀리는 것 같고요. 본부장님이 맛보시게끔 제가 언제 포장 하나 해서……."

"해란 씨 부담 주려는 거 아니에요. 내가 정말 먹어 보고 싶어서 그러는 거니까 주소나 알려 줘요. 내일 어차피 주말이고 시간 많아요."

해란은 고민에 빠진 듯 손가락만 만지작거렸다.

이대로 정말 신우 혼자 보내도 되는 것인가?

갈등을 하던 찰나 자신이 오기만을 목 빼고 기다리고 있을 한호가 떠올랐다.

"그럼 가게 주소 알려 드릴게요. 같이 가 드려야 하는데 정말 죄송합니다. 제가 오늘은 중요한 일이 있어서요. 죄송해요."

"해란 씨가 죄송할 일인가요. 갑작스럽게 제안한 내 잘못이지."

해란이 가방에서 메모지와 펜을 꺼내 드는데 그가 한마디를 보탰다.

"해란 씨 휴대폰 번호도 하나 적어요. 혹시 가게 못 찾을 때를 대비해서."

"아, 네."

메모지를 신우에게 건넨 해란은 근처에 버스 정류장이 보임과 동시에 다급히 목청을 높였다.

"저, 본부장님! 여기서 내려 주세요. 저희 집까지 갔다가 가려면 더 돌아가야 해요. 여기서 가시는 게 더 빨라요."

해란이 이미 내릴 채비를 하자 신우는 뭔가 더 말하려다 관두었다.

"그래요. 오늘 고생했고, 조심히 들어가요."

서둘러 내린 해란은 고개를 꾸벅 숙였다. 신우는 멀어지는 해란의 얼굴을 룸미러로 빤히 쳐다보다 그녀에게서 건네받은 메모지를 펼쳐 보았다.

외모만큼이나 정갈한 필체를 계속 들여다보다 운전대를 잡은 손가락을 톡톡 두드렸다.

뭔가 생각을 정리한 듯 까딱거리던 손가락을 멈춘 그는 액셀러레이터를 밟았다.

"금요일 밤은 치맥이 정답이지?"

해란은 집 앞에 거의 도착했을 때쯤 한호에게 전화를 걸어 치킨과 맥주의 조합을 제안했다. 집에 반찬도 별로 없거니와 한호와 단둘이 술 한잔을 기울인 지도 좀 된 것 같아서였다.

캔 맥주를 부딪쳐 건배를 한 해란은 시원하게 식도를 타고 넘어가는 맥주의 짜릿함에 두 눈을 질끈 감았다. 탄산이 코를 톡 쏘는 맛이 맥주의 매력이었다.

"외근은 앞으로 얼마나 더 나가야 하는 거야?"

한호는 치킨 닭다리 하나를 해란의 앞접시에 놓아 주며 물었다.

"한 2~3일이면 될 것 같아. 넌 목동점은 잘 진행되고 있는 거야?"

"나야 늘 하는 일이니까."

"참, 오늘 엄마한테 전화 왔었어. 보고 싶다며 한번 오라고 하더라고."

"아, 오늘 어머니 가게를 갈 걸 잘못했다."

"다음 주에 가자. 그때쯤이면 나도 괜찮을 것 같고."

한호는 뭔가 할 말이 있는 듯 해란을 쳐다보다 입을 다물었다. 모처럼 평화로운 시간인데 분위기를 깨고 싶지 않았다.

"캬. 시원하다."

맥주 한 모금을 크게 넘기고 캔을 내려놓던 해란은 메시지가 도착하자 바로 확인을 했다.

〈해란 씨 덕분에 맛있는 족발집을 알게 돼서 고맙네요. 어머니가 아주 친절하시고 좋으셔서 기분 좋게 포장해 갑니다.〉

본부장님?

해란은 잠시 잊고 있던 신우를 떠올리고는 시간을 먼저 확인했다. 10시가 다 되어 가는데 이제 포장해서 가는 길인 듯했다.

버스 정류장에 내리고 나서 엄마에게 전화를 했었다. 회사 본부장님이 가실 테니 신경 좀 써 주라는 말에 엄마는 본부장이면 높은 사람 아니냐면서 어떻게 여기까지 오는 거냐며 긴장을 했었다.

"누구야?"

한호가 캔 맥주를 가지러 일어나며 물었다.

"어? 아, 본······."

해란은 아무 생각 없이 신우라고 얘기하려다가 자신도 모르게 멈칫했다. 모처럼 한호와 분위기가 좋은데 괜히 긁어 부스럼을 만들 것 같았다. 어떻게 된 일인지 설명을 하다가 또 싸우게 될까 봐 그게 싫었다.

"아, 보영이. 언제 한번 보자고."

맥주를 갖다 놓은 한호가 욕실로 향했다. 해란은 짧게 숨을 내쉬며 처음 신우가 부임했던 날부터 오늘까지 그와 있었던 일들을 쭉 떠올려 보았다.

하늘이 두 쪽 나도 있을 수 없는 일이라 여겼기에 한호의 말을 새겨듣지 않았던 건 맞았다. 상식적으로 이해가 가지 않으니까.

이신우가 왜, 무엇 때문에 이해란을?

지금도 여전히 말도 안 되는 일이라고 생각하지만, 그의 친절이 과하다는 생각엔 동감했다. 오늘 엄마의 족발집을 찾아간 것만 해도 생각지도 못한 일이라 당황스러웠으니까. 회사 직원의 어머니가 운영하는 가게라고 해서 일부러 그렇게 찾아가는 경우가 얼마나 있을까?

"설마 그럴 리가……."

해란은 갑자기 머리가 복잡해져 캔 맥주 하나를 단숨에 들이켰다. 신우에게 답장을 보내는 게 예의인 것 같지만 어쩐지 한호를 속이고 다른 짓을 하는 것 같은 느낌이 들어 관두었다.

"한호야."

해란은 욕실에서 나오는 한호를 불러 앉혔다.

"있잖아. 돌아봐야 할 지점이 다섯 군데 정도 남았는데, 그냥 주말 이용해서 둘러보고 끝낼까 하거든. 운전 좀 해 줄 수 있어? 대중교통 이용해서는 이틀로도 부족할 것 같아서 말이야."

한호는 해란의 얼굴을 빤히 쳐다보았다.

"갑자기 왜?"

"생각해 보니까 어쨌든 외근 나가는 건데 본부장님한테 자꾸 신세지는 것 같은 기분이 드는 것도 싫고, 너도 싫어하니까 그냥 주말 이용해서 기획안 끝내 보려고. 네가 너무 피곤하려나?"

"……지점이 어디어디인데? 최대한 동선을 짧게 움직여야 효율적이니까."

"응, 잠깐만."

한호는 쏜살같이 일어나 다이어리를 꺼내 드는 해란을 보며 캔 뚜껑을 땄다.

분명 기뻐해야 하는데, 더 이상 본부장과 함께하지 않겠다는 의지를 적극적으로 표현하는 해란을 보며 기뻐해야 하는데, 이상하게 기쁘지가 않았다. 이유는 알 수 없었다.

✹　　　✹　　　✹

해란은 어쩐지 다크서클이 턱까지 내려온 것 같은 얼굴을 보며 기지개를 켰다. 자신은 자신의 업무로 피곤에 찌들었다지만 한호는 무슨 죄인가 싶었다.

주말 내내 쉬지도 못하고 하루 종일 운전하고 다니면서 같이 문제점을 파악하고 마케팅 전략을 짜는 데 도움을 준 덕분에 기획안을 완성할 수 있었다.

"아, 피곤해."

잠을 거의 자지 못한 채로 출근을 한 해란은 데스크 위에 놓인 거울을 쳐다보다 엎어졌다. 동이 트고 나서야 깜빡 잠이 들어 머리칼도 제대로 말리지도 못하고 뛰쳐나온 상태였다.

"대리님, 오늘은 섹시 콘셉트입니까?"

"응?"

해란이 게슴츠레한 눈으로 준석을 향해 고개를 돌렸다.

"저는 여자들 젖은 머리가 그렇게 섹시하더라고요."

"까분다, 또."

"엇? 기획안 완성하셨어요? 며칠 더 걸릴 거라고 하시더니?"

데스크 위에 놓인 마케팅 전략 기획안을 본 준석이 화들짝 놀랐다.

"금쪽같은 나의 주말과 바꾼 결과물이야."

"오오, 대단하세요. 그 열의! 본받아야 한다니까요."

"이 대리님!"

해란은 준석의 수다를 듣고 있다 눈앞에 내밀어진 커피에 몸을 일으켰다. 은영이 눈이 안 보일 정도로 환하게 웃으며 잔을 내려놓았다.

"기획안 끝내신 거예요? 와아, 축하드려요."

"고맙다. 잘 마실게."

해란은 커피를 들어 보이다 바로 입으로 가져갔다.

"축하 기념으로 한잔해야 하는 거 아닌가요? 정 대리님한테 듣자 하니 회사 근처에 가격이 적당하면서 맛도 괜찮은

호프집이 하나 있다던데, 거기 한번 가 볼까요? 아, 정 대리님이 점심으로 돈가스 사 주시던 날 말씀하시기에……."

"알아. 들었어."

해란은 들고 있던 커피를 내려놓으며 턱을 괴고 은영을 물끄러미 바라보았다.

"그날은 정신 똑바로 차리고 먹어야겠어. 또 네게 신세지지 않으려면 말이야."

고개를 갸웃거리는 은영의 뒤로 박 과장이 들어서며 손뼉을 쳤다. 직원들의 시선이 한곳으로 모이자 그가 입을 열었다.

"전달 사항이 있다. 남자 직원들한테는 안 좋은 소식이고, 여자 직원들한테는 좋은 소식이네."

다들 궁금한 얼굴로 귀를 쫑긋 세웠다.

"오늘부터 사내에서, 적어도 외식사업본부에서만큼은 커피 심부름이 금지되었다. 특히, 남자 직원이 여자 직원에게 커피 심부름시키는 건 절대 금한다는 본부장님의 말씀이 있으셨다."

말이 끝나기가 무섭게 오 대리의 얼굴이 가장 심하게 일그러졌다. 툭하면 여직원들에게 커피 심부름을 시켰기 때문이다.

"그러니 오늘부터는 커피가 마시고 싶으면 본인이 직접 사서 마시도록. 나한테 커피 갖다 바치지 않아도 된다는 뜻이야."

전달 사항이 끝나자 직원들이 웅성거리기 시작했다.

"도대체 이게 무슨 소리야? 신입들이 커피 심부름 정도는 할 수 있는 거지, 이렇게까지 할 필요가 있나?"

"우리는 좋은데요, 왜? 역시 본부장님은 매너가 타고났다니까. 그런데 왜 갑자기 이런 지시를 내리셨을까? 뭔가 계기가 있으셨지 싶은데."

남자 직원과 여자 직원의 의견이 극명하게 갈리는 가운데, 해란 역시 처음 있는 일에 고개를 갸웃거리다 불현듯 며칠 전 신우와 로비에서 마주쳤던 일이 떠올라 멈칫했다.

"커피 심부름 중이었습니까?"

은영에게 약속했던 커피를 사 가는 길에 마주쳤던 신우가 묻는 말에 고개를 끄덕였었다.

"에이, 설마."

해란은 세차게 고개를 가로저었다.

"에이, 설마. 진짜, 설마."

"대리님, 뭐가요?"

"응? 아니야, 아무것도."

"본부장님 진짜 매너 갑이시네요. 여직원들이 안 좋아하려야 안 좋아할 수가 없겠어요. 그런데 왜 갑자기 그러셨을까요? 부임하신 첫날부터 그러셨다면 원래 마인드가 그러신가

보다 하겠지만, 너무 뜬금없긴 하네요. 누가 커피 심부름하는 걸 보셨나? 그게 보기 안 좋았나?"

별생각 없이 주절거리는 준석의 말이 귓가에 맴돌았다. 해란은 그럴 리가 없다면서 자기 최면을 걸듯 중얼거렸다.

"그래. 뭐 커피 들고 다니는 사람이 한둘이야?"

해란은 옷매무새를 살핀 뒤 기획안을 들고 본부장실로 향했다. 신우는 오늘도 외근을 나가는 걸로 알고 있을 거였다. 그가 채비를 하기 전에 기획안을 올려야 했다.

비서실을 통해 방문을 알린 해란은 본부장실로 들어서 고개를 숙였다. 손에 들린 기획안으로 시선을 준 신우가 의아하다는 얼굴로 자세를 바로 했다.

"그게 뭡니까?"

"기획안 올리는 데 너무 시간을 끄는 것 같아서, 제가 주말 동안 완성을 했습니다. 일단 살펴보시고……."

"아직 둘러볼 지점이 남아 있는 걸로 아는데요."

"주말 이용해서 제가 다 다녀 봤습니다. 특히 실적이 가장 저조해 폐점 위기에 놓인 암사동점 같은 경우는 식자재 관리 상태부터가 너무 엉망이어서……."

"이해란 씨."

데스크 위에 기획안을 놓아두던 해란이 흠칫 놀라며 신우를 응시했다.

"한 가지 궁금한 게 있습니다."

"예? 뭐가……."

해란은 괜히 입술이 바싹 말라 자신도 모르게 혓바닥을 날름거리며 입술을 핥았다. 채 마르지 않은 젖은 머리, 도톰한 붉은 입술, 선정적으로 혀를 날름거리는 모습을 말없이 보던 신우가 자리에서 일어났다.

"내가 왜 커피 심부름 금지령을 내렸는지 혹시 압니까?"

해란은 마른침을 꿀꺽 삼켰다.

"내가 왜 회식을 일식집으로 잡았었는지 압니까?"

"저, 본부장님."

"안 보이면 궁금하고, 그래서 말도 안 되는 핑계를 대며 함께 있으려고 애를 쓰고, 하물며 애인이 있다는 걸 아는데도 그 마음에 변함이 없는 건, 왜 그러는 겁니까?"

그가 해란을 향해 한 걸음 더 가까이 다가갔다.

"머리칼에서 풍기는 샴푸향 하나에도 가슴이 설레고, 어머니가 족발집을 하신다는 이유 하나만으로 먼 거리를 달려 포장해 갈 만큼 칭찬받고 싶은 건, 왜 그러는 겁니까?"

"본부장님, 저는 지금 본부장님이 무슨 말씀을 하시는 건지 잘 모르겠습니다. 업무와 관련된 사항이 아니시라면 이만 나가 보겠습니다."

해란은 심하게 동요하는 검은 눈으로 그를 응시하다 한 걸음 뒤로 물러섰다.

"잘못됐다는 거 알아요. 내가 이해란 씨에게 이러는 거 잘

못됐다는 거 압니다. 그런데도 자꾸 이기적으로 변해요."

신우가 너무 진지해서일까, 숨이 다 막혀 왔다.

해란은 놀라서 말문이 다 막힌 얼굴로 그를 보았다.

설마하던 일들이, 현실로 다가왔다.

"너한테 다른 마음 품고 접근하는 거면, 그땐 어떡할 건데. 한 번 잘 생각해 봐. 내가 예민한 건지, 네가 안일한 건지."

한호가 했던 말이 생각났다.

"그날 문자를 보내 놓고 해란 씨에게 답장이 오기를 밤새 기다리는 나를 보며 확신했습니다. 이 마음을 접기는 힘들겠 구나. 더 이상 숨기는 건 불가능하겠구나. ……해란 씨가 좋 아요. 그냥 다 좋습니다."

❋   ❋   ❋

"응, 나야. 김 여사. 화난 거 아니지?"

한호는 잔뜩 미안한 얼굴로 어쩔 줄 모르며 머리를 긁적였 다. 오늘 출근을 해 달력을 쳐다보다 어머니 생신이 지났다 는 게 생각났다.

생일 선물 뭐 갖고 싶으냐고 묻기까지 했으면서 새카맣게 잊은 채 전화 한 통도 못 한 거였다.

—많이 바쁜가 보다 했어. 너는 몰라도 해란이가 내 생일 잊을 애가 아닌데, 얼마나 바쁘면 그럴까 충분히 이해해.

한호는 어쩐지 더 미안한 마음에 차마 죄송하다는 말조차 하지 못했다. 아버지 없이 혼자 계신 어머니인데 자식이라고는 하나뿐인 자신이 생일도 챙기지 못했다는 게 속상했다.

분명 기억하고 있었는데 요새 머릿속이 복잡하다 보니 어느 순간 어머니 생신을 아예 잊어버렸다.

"해란이가 요새 너무 바빠. 나도 얼굴 제대로 못 볼 지경이야. 그러니까 서운해하지 마."

—이해한다니까 왜 이래. 결혼을 한 것도 아닌데 벌써부터 그런 거 따지고 들면 피곤해서 못 살아. 신월동 어머니한테 전화도 자주 드리고 해. 해란이는 지금도 잘하지만, 네가 잘해야 해란이도 더 잘하는 법이니까. 여자가 하는 건 당연하고, 남자는 그런 거 안 챙겨도 된다는 생각 같은 건 하지 마. 엄마는 우리 아들 그렇게 안 키웠으니까.

"알았어, 김 여사. 조만간 내려갈게. 밥 좀 거르지 말고. 해란이가 지난번에 갖다 준 홍삼은 잘 먹고 있는 거야? 그래, 빼 먹지 말고 먹어."

한호는 괜스레 코끝이 찡해져 서둘러 통화를 끝냈다. 해란과 오랜 시간을 함께하는 동안 서로 말하지 않아도 알아서 했던 일이 부모님 생신을 챙기는 거였다.

한호는 어머니가 했던 말을 떠올리며 바로 신월동에 전화를 걸었다.

"예, 어머니. 저예요. 찾아뵌다면서 계속 못 찾아뵌 게 죄
송해서 전화드렸어요."

―해란이가 내가 전화했던 거 얘기했나 보구나. 너희 먹고
살기 바쁘다는 거 알면서도 왜 그렇게 요새 자꾸 생각이 나나
몰라.

"저희 잘못이죠. 멀리 계신 것도 아닌데 자주 못 찾아봬서
죄송해요."

―나야 그래도 같은 서울 아래지만 수원 어머니는 더 못 보
지, 뭐. 전화라도 자주 드려. 참, 해란이가 전화를 안 받아서
그러는데 말 좀 전해 줘. 본부장님한테 너무 감사하다고.

웃고 있던 한호의 입매가 천천히 바로잡혔다.

―금요일에 포장해 가면서 가게 명함을 하나 가져가셨는
데 어제 전화가 왔지 뭐야? 사람 보낼 테니까 오늘 족발 대자
스무 개 퇴근 시간에 맞춰 달라고. 직원들 먹일 거라면서 말
이야. 너무 감사한 일이라 해란이도 알고 있나 해서 전화했더
니 안 받더라고.

"아…… 예."

―세상에 그렇게 고마운 분이 어디 계신다니. 회사 근처
에 족발집이 없는 것도 아닐 텐데 여기까지 직접 사람을 다
보내 주고. 그래서 오늘 아침부터 바빠. 요새 장사가 잘 안
돼서 족발 받아 놓은 게 얼마 없거든. 손질하고 삶고 어쩌고

하려면 빠듯해.

"아, 그러세요, 어머니. 그럼 나중에 또 전화드릴게요. 예."

한호는 치맥을 즐기던 금요일 밤을 떠올렸다.

"아, 보영이. 언제 한번 보자고."

아마 그 문자가 신우였던 모양이다.

"하아."

바늘로 마구 찔러 대는 것 같은 두통이 밀려왔다.

이유가 있을 거다. 해란이가 일부러 거짓말을 하진 않았을 거다. 분명 그럴 거다.

비상구에서 나와 지끈대는 머리를 두드리며 걷는데 순간 현기증이 일었다. 해란과 덩달아 주말 내내 잠을 잘 못 잔 데다 신경을 써서인지 전에 없던 일이 일어났다.

"괜찮으세요?"

중심을 잡지 못하며 비틀거리는데 은영의 목소리가 들려왔다.

"아……."

알은척을 하며 돌아서려는 순간 몸의 중심이 더욱 흔들렸다. 졸지에 은영의 어깨를 짚고 안긴 꼴이 되어 버렸다.

"대리님, 정말 괜찮으세요?"

잔뜩 걱정하는 얼굴로 한호를 토닥이던 은영의 뒤로, 본부장실에서 나오던 해란이 굳은 채 멈춰 섰다. 어두운 낯빛으로 잠시 동안 그 자리에 서서 두 사람을 바라보던 해란은 천천히 걸음을 옮겨 한호에게 다가갔다.

"어디 아픈 거야? 휴게실에서 좀 쉬자."

해란이 자연스럽게 은영을 대신해서 한호를 부축했다.

"어제 저녁도 잘 못 먹더니, 괜히 나 때문에 너만 병났나 봐. 속이 안 좋은 거야? 얼굴이 창백해."

해란은 휴게실 의자에 한호를 기대앉혀 놓고는 일어났다.

"잠깐 쉬고 있어. 약국 좀 갔다올게. 정확히 증상이……."

한호에게 손목이 잡힌 해란은 말끝을 흐리며 뒤를 돌았다.

"……가지 마."

"그래도 약을 먹어야……."

"가지 마. ……가지 마. ……그냥 내 옆에 있어 줘."

해란은 한호의 짧은 그 한마디가 어쩐지 뭉클하게 느껴져 자리에 도로 앉았다.

"어리광을 다 부리고, 많이 아픈가 보네. ……나 어디 안 가. 걱정 마."

해란은 두 눈을 감은 채 한호의 어깨를 감싸 토닥였다. 지금은 아무 생각도 하고 싶지 않았다. 그냥 한호와 단둘인 것처럼, 이대로가 좋았다.

＊　　　＊　　　＊

퇴근길에 마트를 꼭 들러야겠다는 다짐이 멀어져 가는 순간이었다. 그깟 돈가스가 뭐라고 아이처럼 좋아하는 한호에게, 손수 만든 돈가스를 꼭 먹이려고 했는데 예정에 없던 일이 발생했다.

해란은 포장된 족발이 눈앞에 드러나는 순간 엄마가 만든 족발이라는 걸 바로 알아채곤 입이 떡 벌어졌다. 이게 대체 무슨 일인지 어리둥절하기만 했다.

"와아, 이게 웬일이랍니까?"

휴게실 테이블을 모두 붙였음에도 가득 차고 또 차는 족발 행렬에 직원들의 입이 다물어지지 않았다. 특히 준석은 입에 거품을 물며 신우를 찬양하기 시작했다.

"진짜 이게 꿈은 아니겠죠? 본부장님은 어떻게 이런 생각을 다 하십니까? 회식한 지 얼마나 됐다고 이렇게 직원들을 위한 서프라이즈를 준비하시고. 요즘 같아서는 회사 다닐 맛이 납니다. 흐흐. 와아, 체인점 족발이 아닌 것 같은데 냄새 진짜 죽이네요. 그새 단골 맛집이라도 생긴 걸까요?"

해란은 퇴근 30분을 앞두고 족발 파티를 통보받았을 때까지만 해도 회사에서 엄마의 족발을 먹게 되리라는 건 상상도 하지 못했다.

"뭐합니까? 어서들 들지 않고."

대충 상이 차려지고 신우가 나타나길 기다리고 있던 직원들이 군침을 꼴깍 삼키며 자리에서 일어났다.

갑작스런 통보에 약속이 있어서 끼지 못한 직원들도 몇 명 있긴 했지만, 대부분이 참석한 터였다. 해란 역시 처음엔 한호와 함께 조용히 빠지려고 했지만 엄마가 보낸 것을 확인하고 나서는 차마 그럴 수가 없었다.

"사내니까 술은 간단히 캔 맥주 정도로만 하는 걸로 하죠. 과하지 않게 적당히, 무슨 말인지 알죠? 회장님께 걸리면 나도 혼날까 봐 무섭다는 겁니다. 외식사업본부는 매일 이러고 논다고 생각하실까 봐요."

분위기를 풀고자 가볍게 말문을 튼 신우는 아직도 당혹스러운 얼굴로 서 있는 해란을 슬쩍 쳐다보았다.

"……해란 씨가 좋아요. 그냥 다 좋습니다."

가까이 마주한 그녀의 입술이 파르르 떨리는 게 보였다. 그녀에게 이런 상황이 얼마나 불편하고 당황스러울지 알면서도 결국은 내지르고 말았다. 이번 역시 이기적으로 제 감정에만 솔직한 셈이었다.

"저는 아무것도 듣지 않았습니다."

얼마의 정적 후 간신히 정신을 차린 그녀가 내뱉은 첫마디는 예상한 것보다도 더 무겁게 가슴을 짓눌렀다.

"저는 아무것도 듣지 않은 겁니다."

경직돼 있는 몸을 가까스로 움직여 뒤돌아 가는 그녀를 잡을 수 없었다. 많이 놀랐을 그녀에게 생각을 정리할 시간 정도는 줘야 할 것 같았다.

"내가 있으면 불편할 것 같으니 나는 먼저 빠지겠습니다. 뒤처리만 깔끔하게 부탁합니다."

신우는 함께 드시라는 직원들의 권유를 마다하며 휴게실을 나섰다. 해란의 표정을 보아하니 자신이 빠져야 그녀도 어울릴 수 있을 듯싶었다.

엊저녁, 그녀의 어머니 가게로 전화를 하며 가슴이 들떴었다. 이 사실을 알게 된 해란에게 혹시나 칭찬을 받지 않을까 싶은 생각에. 부담스러워할 수도 있지만 내심 기뻐하지 않을까 하는 생각에.

하지만 현실은 냉담할 뿐이었다. 당연하다 여겨지면서도 한편으로는 쓸쓸한 건 어쩔 수가 없다.

"본부장님."

텅 빈 엘리베이터 앞에 서 있던 신우가 뒤를 돌자 해란이 불편한 얼굴로 적정 거리를 유지하며 마주 섰다.

"……부담스럽습니다. 마음은 감사합니다만, 다음부터는 이런 일 없었으면 합니다."

"해란 씨는 그런 적 없습니까?"

고개를 숙인 뒤 돌아서려던 해란이 다시 자세를 바로 했다.

"머리로는 아니라는 걸 아는데, 가슴이 뜻대로 움직여 주지 않았던 적, 없습니까?"

"본부장님."

"없었다면 앞으로 겪어 봤으면 좋겠네요."

해란은 말의 의미를 알 수 없어 그를 조심스럽게 응시했다.

"지금 해란 씨 입장에서는 내게 이렇게 거리를 두는 게 정답이겠죠. 그게 머리가 시키는 일이니까요. 하지만 이기적인 내 마음으로는 해란 씨도 가슴이 뜻대로 움직여 주지 않았으면 하고 바라게 되네요. 머리로는 날 거부해도, 가슴은 그러지 않았으면. ……그로 인해 해란 씨가 받을 고통과 고민의 크기가 는다 해도, 나는 그랬으면 좋겠습니다. 그만큼 사랑 앞에 이기적이지만, 그만큼 절실하니까."

띵, 소리와 함께 엘리베이터가 도착했다.

"아무것도 듣지 않았다, 했었죠. 아무것도 듣지 않은 거라, 했었죠."

신우는 엘리베이터에 올라 다시 그녀를 향해 돌아섰다.

"그렇게는 못 합니다. 나는 아무것도 아니었던 게 아니었으니까. 나는 내 식대로 내 감정에 충실할 생각입니다. 하지만 해란 씨가 직장 생활하기 불편할 정도의 어리석은 행동은 자제할 테니 염려 마요."

스르륵, 금속 문이 닫혔다.

"하아."

해란은 다리가 다 후들거려 벽을 짚고 섰다.

상황이 정리가 되지 않는다. 아침부터 줄곧 생각을 해 봤지만 도무지 이해가 가지 않았다. 이신우가 도대체 왜? 설마 첫눈에 반하기라도 했다는 말인가?

"말도 안 돼."

해란은 어지러운 머릿속을 정리하지 못해 멍하니 서 있다 정임에게 전화를 걸었다.

"엄마, 나야."

─그렇지 않아도 전화하려고 했었어. 족발은 맛있게들 먹고 있는 거야?

"아, 응. 한꺼번에 준비하느라 애썼겠다. 그런데 엄마. 나중에 혹시 또 본부장님이 전화로 주문하시면 거절해 줘. 본부장님이 마음이 좋으셔서 일부러 멀리까지 가서 팔아 주시는 것 같은데, 아무래도 내가 불편해서 말이야. 괜히 맛이 이러네, 저러네, 얘기 나오는 것도 불편하고."

─맛이 없대들?

"아니, 그런 건 아닌데, 그냥 내가 좀 불편⋯⋯."

—……꼭 그래야만 하는 거야? 사실 엄마는 너무 감사하고 좋기만 한데. 족발 대자 스무 개면 자그마치 70만 원이야. 요새 같으면 며칠 벌어야 하는 매상이라 가뭄에 단비 내리는 것처럼 얼마나 감사한데, 가끔 그렇게 주문해 주시는 건 그냥 받으면 안 될까?

"엄마……."

해란은 어쩐지 더 무거워진 마음으로 통화를 끝냈다.

장사가 썩 잘되지 않는 엄마의 입장에서는 동아줄과도 같은 끈을 놓고 싶지 않겠지. 엄마와 신우가 엮이는 건 좋지 않은 것 같아 신신당부하긴 했지만 염려는 되었다.

해란은 한숨을 푹 내쉬며 이제 이 사태를 한호에게 어떻게 설명해야 하나 골이 다 지끈거렸다. 마무리할 일이 있다며 아직 사무실에 남아 있는 한호가 휴게실을 와 족발을 본다면 단번에 엄마네 가게인지 알 거였다. 한두 번 먹어 본 게 아닌 데다 가끔 주말엔 배달도 도와드리고는 했으니까.

싸우기 싫어서 대충 넘어갔던 금요일 날의 일을 다시 꺼내야 할 거고, 그러다 보면 또 싸우게 될 게 분명했지만 아무런 설명 없이 지나갈 수는 없는 상황이었다.

게다가 한호가 염려했던 일이 현실이 되어 버린 것은 또 어찌해야 하는지 더욱 골이 흔들렸다.

네 예상이 맞더라. 본부장님이 내가 좋다더라. 앞으로 내가 더 조심하겠다. 그러니까 너무 염려 마라.

이렇게 얘기하면 끝나는 것일까?

그런 게 아니냐는 의심만으로도 예민하게 반응하는 한호에게 굳이 확인 사살을 날려 줄 필요가 있을까 고민이 되었다.

신우가 자신을 좋아한다는 걸 알게 된다면 한호가 받을 온갖 스트레스와 걱정들은 어떻게 해야 하나 아찔했고, 그로 인해 예민해진 한호와 자주 부딪치게 되는 건 아닌지 미리부터 걱정이 되었다.

차라리 이대로 함구한 채 자신만 정신을 똑바로 차리면 되지 않을까. 그게 더 한호를 위한 일이 아닐까. 다른 남자가 제여자 친구를 좋아한다는 걸 알면서도 직장 상사이기에 뭘 어떻게 더 할 수 없을 그가, 괜한 자괴감에 사로잡히는 건 아닐까.

아마 그럴 것이다 짐작을 하는 것과, 그게 막상 현실이 되는 건 엄청난 차이니까.

"이 대리님! 뭐하세요, 빨리 오세요! 족발 완전 끝내줘요! 정 대리님도 지금 막 오셨어요!"

해란은 자신을 찾으러 나온 준석의 말에 괜히 심장이 쿵 내려앉았다. 한호가 어떤 표정을 짓고 있을지 벌써부터 긴장이 되었다.

해란은 심호흡을 한 번 한 뒤 한호에게 어떻게 설명할지를 머릿속으로 정리하며 휴게실로 향했다. 그날 그냥 얘기를 할 걸 그랬나, 후회도 들었다.

"와, 정말 맛있는데요?"

"그렇죠, 정 대리님? 이거 어디 족발인지 궁금하네요."

해란은 다른 직원들과 섞여 아무렇지 않게 족발을 먹고 있는 한호를 다소 의아한 얼굴로 쳐다보았다.

모르는 건가?

한호 역시 설마 엄마네 족발을 회사에서 먹게 되리라고는 상상도 하지 못할 거긴 했다.

"해란아, 너도 어서 먹어. 맛있다."

"아, 응."

그래도 일단 설명은 하는 게 맞는 거라고 생각한 해란은 집에 가서 차분히 얘기를 해야겠다고 정리했다.

"대리님, 맥주 한잔하셔야죠?"

은영이 종이컵에 맥주를 따라 내밀며 해란의 손에 젓가락까지 쥐어 주었다.

남을 거라고 생각했던 족발은 말끔하게 해치워졌고, 집에 들어가 얘기를 좀 하려던 해란은 한호가 피곤하다며 바로 뻗어 버리는 바람에 결국 아무런 말도 하지 못했다.

그래서 다음 날 눈뜨기 무섭게 한호에게 자초지종을 설명했지만, 싸움은 일어나지 않았다. 한호는 '그랬구나', 그 짧은 한마디 외에 그 어떤 말도 하지 않았다.

그렇게 평소와 다름없는 하루가 또 지나가고, 특별한 일은 벌어지지 않았다. 다만 달라진 게 있다면, 한호가 전에 안 하던 말을 자주 한다는 거였다.

"누구야?"

휴대폰 벨소리가 울리기 무섭게 한호는 늘 같은 질문을 했다.

"누구야?"

그래서 더 신우가 고백한 일을 말할 수 없었다. 실로 수없이 울리는 벨소리와 문자메시지 중에 신우가 보내온 건 단 한 번도 있지 않았지만, 지금도 이렇게 예민하게 반응하는 한호에게 그 일은 절대 말할 수가 없었다.

아홉 번째 속삭임

"좋은 아침입니다."

해란은 엘리베이터에서 내리는 신우와 마주치자 다른 직원들과 마찬가지로 반듯하게 고개를 숙였다.

그는 고백을 한 그날 이후부터 지금까지 줄곧 같은 행동을 취했다.

계속해서 노골적으로 불편한 상황을 만들면 어쩌나 하는 걱정과 다르게 그는 적정선을 유지하며 늘 일관된 친절함을 보여 주었다.

다른 직원들과 함께일 때는 전혀 티 나지 않게 똑같이 대해 주었고, 어쩌다 단둘이 마주치는 상황에서만 불쑥 진심을 내비쳐 당황스럽게 할 때가 있었다.

"머리 잘랐네요? 예쁩니다."

한호는 눈치채지 못하는 외모의 변화를 늘 제일 먼저 알아차렸고,

"립스틱 바꿨나요? 예쁩니다."

미세한 차이의 립스틱 색상에도 관심을 가졌으며,

"보니까 카레를 아주 좋아하는 것 같던데, 내가 아무리 맛있는 카레 전문점이 있다고 해도 같이 안 갈 거죠? 혹시나 잊고 있나 해서 다시 한 번 말합니다. 나는 여전히 아무것도 아니었던 게 아닙니다."

잊을 만하면 한 번씩 제 존재를 각인시켜 주는 일도 잊지 않았다.

그럴 때마다 그에게 '부담스럽습니다' 라는 말로 일관되게 거절의 뜻을 비쳤지만, 그는 특별히 새겨듣지 않는 것 같았다. 때문에 출근할 때부터 퇴근할 때까지 최대한 신우와 마주치지 않기 위해 벌이는 노력은 가히 첩보 작전을 방불케 했다.

"이 대리님, 휴가 언제로 잡으실 겁니까?"

가방을 내려놓으며 자리에 앉은 해란은 어느새 여름휴가 계획을 잡아야 하는 달이 왔구나, 생각하며 탁상 달력을 쳐다보았다.

"글쎄."

"정 대리님이랑 아직 얘기 안 해 보셨어요?"

"아, 응. 오늘 얘기해 봐야겠다."

"어디 좋은 데 있으면 저도 알려 주세요. 여자 친구랑 가 보게. 10년을 함께했으면 여기저기 가 본 데도 많으실 것 아니에요."

해란은 준석의 말에 모처럼 추억에 젖었다.

그의 말마따나 참 많은 곳을 한호와 함께 다녔다. 입사하고 난 뒤에는 휴가 때를 제외하고 특별히 어딘가를 놀러 간 적은 없었지만, 자신의 기억 속에 남아 있는 어느 곳이든 한호가 함께였다.

"그나저나 조은영 씨 무난하게 정직원 채용되겠던데요? 제가 아까 슬쩍 여쭤 보니까 다들 평가가 나쁘지 않더라고요. 인성, 적극성, 업무 습득 능력, 기초 지식 등등, 여러 모로 높게 평가되었던데 대리님은 어떠세요? 옆에서 지켜보신 분이잖아요."

그렇지 않아도 박 과장으로부터 조은영에 대한 최종 평가 보고서를 제출하라는 지시를 받은 상태였다. 대리 이상의 직원들이 제출한 인턴 평가 보고서를 토대로 은영의 정직원 채용이 결정된다.

해란은 하루도 빠짐없이 커피를 갖다 바치고 시키는 일은 군말 없이 다 하는 은영을 넌지시 바라보았다. 예쁜 얼굴에 항상 생글거리는 걸 보면 성격도 참 이상하리만치 긍정적인 것 같고, 딱히 나무랄 건 없는 게 사실이었다.

워낙 외모가 출중하다 보니 은영이 복사기 앞에만 서 있어도 너 나 할 것 없이 앞다퉈 일을 도와주는 모양새가 꼴 보기 싫을 때도 있었지만 그건 남자 직원들이 문제지, 은영의 탓은 아닌 것 같았다. 유난히 화장실을 자주 들락거린다는 게 흠이긴 했지만 생리 현상까지 평가 대상에 올릴 수는 없는 일이었다.

해란은 '인성'이라고 쓰인 평가 목록에서 펜을 빙그르르 돌리며 생각에 잠겼다.

인성이라.

"이 대리님."

은영의 목소리가 가까이에서 들리자 해란은 평가 보고서를 뒤집었다.

"응?"

"저, 잠깐 드릴 말씀이 있는데……."

은영이 뭔가 여기서는 곤란하다는 듯 말끝을 흐리자 해란은 커피 한잔하자며 눈치껏 자리에서 일어나 휴게실로 향했다.

"뭐 중요한 얘기……."

휴게실로 향하던 해란이 멈칫했다. 한호가 같은 부서 여직원과 함께 커피를 즐기고 있었다. 뭐가 그렇게 재미있는지 한호의 트레이드마크와도 같은 고른 치열이 끊임없이 드러났다.

"어? 정 대리님도 계시네요? 뭐 재미있는 얘기하시나? 정 대리님!"

은영의 우렁찬 목소리에 휴게실에 있던 모두의 시선이 쏠렸다. 한호 옆에서 이야기를 나누고 있던 여직원이 해란을 발견하고는 그녀를 의식한 듯이 자리에서 일어났다.

"이 대리님, 커피는 제가 뽑을게요."

은영이 자판기로 향하자 해란은 비어 있는 한호의 옆자리에 몸을 앉혔다.

한호는 해란의 오른쪽 뒤꿈치에 밴드가 붙여진 걸 보고는 구두를 벗겼다.

"슬리퍼 신고 있지 그래."

"사무실에 앉아 있을 때는 슬리퍼 신고 있어."

"한동안 괜찮더니 또 그러는 거야?"

"새 구두를 신었더니 어김없이 그러네."

한호의 시선이 해란이 신고 있는 검정색 구두로 향했다. 항상 단정하게 무채색의 구두만 신다 보니 해란이 특별히 얘기를 하지 않으면 구두가 바뀌었는지 잘 알아차리지 못했다.

221

"언제 산 거야?"

"엊그제 택배 하나 와 있었잖아."

"아."

한호는 문 앞에 놓인 택배 상자를 자신이 들고 들어왔었다는 생각을 뒤늦게 해 냈다.

"참, 휴가 날짜 말이야."

"어맛!"

단말마의 비명에 한호와 해란의 시선이 동시에 돌아갔다. 자판기 앞에서 커피를 뽑고 있던 은영이 들고 있던 종이컵을 놓치며 뜨거운 커피가 발등으로 쏟아졌다.

"앗, 뜨거!"

소스라치게 놀라며 뒷걸음질 치는 은영이 비틀거렸다. 한호는 본능적으로 벌떡 일어나 은영을 부축했다.

"괜찮아요?"

커피가 쏟아진 왼쪽 발을 쳐다보며 그가 걱정스럽게 물었다. 하얀 피부가 금세 발갛게 변해 있었다.

"물집 잡히기 전에 일단 찬물로 좀 씻어 내야겠어요. 해란아."

갑작스런 상황에 넋 놓고 보고만 있던 해란은 그제야 정신을 차리며 구두를 제대로 신고 다가갔다.

"내가 여자 화장실 앞까지 부축해 줄 테니까 네가 좀 봐 줘. 병원 가 봐야 하는 거 아닌가."

"괜찮아요, 대리님. 제 부주의인 걸요. 아얏."

은영이 왼쪽 구두를 벗어 내며 다시금 인상을 찌푸렸다. 한호의 팔을 붙잡고 발을 절뚝거리며 걸음을 옮기는 은영을 바라보던 해란은 짧게 숨을 내쉬며 뒤를 따랐다.

설마 일부러 커피를 쏟은 건 아닐 거다. 제 몸에 상처를 내 가며 그러는 건 정상은 아닐 테니.

해란은 방금 전까지 제 발 뒤꿈치를 봐 주던 한호가 은영의 데인 발을 걱정하는 모습이 어쩐지 못마땅했지만 내색은 하지 않았다.

"됐어. 그만 들어가 봐. 필요하면 병원 보내든지 내가 알아서 할게."

해란은 여자 화장실 입구에서 한호를 먼저 보낸 뒤 은영을 따라 안으로 들어섰다.

은영은 청소 도구함 칸으로 들어가 대걸레 전용의 넓은 세면대로 긴 다리를 뻗어 흐르는 찬물에 발등을 씻어 냈다.

"괜찮니? 병원 안 가 봐도 되겠어?"

"네, 괜찮아요."

"연고는 발라야 할 것 같은데."

"괜찮습니다. 정히 안 되겠다 싶으면 말씀드릴게요. 죄송한데 제 자리에서 슬리퍼 좀 가져다주시면 안 될까요? 구두를 다시 신기는 어려울 것 같아서요."

해란은 은영의 얼굴을 빤히 바라보다 알았다는 듯 고개를 끄덕였다.

"참, 그런데 나한테 할 말이 뭐였니? 긴히 따로 불러냈을 정도면 중요한 말이었던 것 같은데."

"평가 보고서 잘 부탁드린다는 아부 좀 하려던 참이었는데, 다 망했지 뭐예요."

은영이 천진난만한 얼굴로 멋쩍게 웃었다.

"그뿐이니?"

"예? 그럼 뭐가⋯⋯."

"아니야."

괜한 상상은 하지 말자.

해란은 설마 은영이 한호가 휴게실에 있는 걸 알고 일부러 불러냈나 하는 생각을 잠시 하다 고개를 흔들었다. 이 모든 상황이 처음부터 다 짜인 자작극이라면 소름끼치게 무서우니까.

"하아. 내가 요새 생각이 너무 많아 그런 거겠지."

한숨을 내쉬며 화장실을 나서는데 불행하게도 신우와 마주쳤다. 못 볼 것이라도 본 사람처럼 재빠르게 방향을 바꿔 다시 화장실로 들어가려는데, 그가 스쳐 지나가며 한마디를 내뱉었다.

"구두 바뀌었네요? 예쁩니다."

✳   ✳   ✳

"오 대리님이랑 겹친다고? 그럼 아예 성수기 지나서 잡을까?"

해란은 한호와 함께 나란히 버스에서 내리며 아까부터 계속 이어지던 휴가 날짜를 논의했다. 서로 팀이 다르다 보니 같은 날짜를 잡기 수월한 편이었는데 이번에 유난히 날짜가 잘 맞지 않았다.

"그래. 일단 그렇게 잡아 볼게. 그나저나 엄마랑 아빠 깜짝 놀라겠다. 전화도 없이 찾아와서. 아마 엄청 좋아할 거야."

해란은 정임을 놀라게 할 생각에 신이 나 한호의 팔짱을 낀 채 가게로 향했다. 간만에 함께하는 퇴근길이어서 외식을 제안했는데, 한호가 기특하게도 신월동 어머니를 찾아뵙자고 해서 계획을 바꾼 터였다.

"아, 먼저 들어가. 빈손으로 갈 수는 없잖아. 아버님도 계실 텐데."

해란은 근처 마트에 좀 들렀다 가겠다는 한호를 뒤로하고 먼저 가게로 향했다.

"어서 오…… 어머나, 이게 누구야?"

보쌈 무생채를 만들고 있던 정임이 힘들게 허리를 펴며 일어서다 반갑게 달려 나왔다. 테이블 여섯 개가 전부인 작은 가게 안에 손님은 없었다.

"전화도 없이 웬일이야?"

"아빠는? 배달 가셨어?"

225

"응. 한호는 같이 안 왔어?"

"같이 왔어. 좀 이따 올 거야. 오늘도 한호가 오자고 해서 온 거야. 그런데 인건비 아끼는 것도 좋지만 직원도 없이 힘들지 않아? 주말에는 일손이 모자랄 것 같은데."

해란은 땀이 송골송골 맺힌 정임의 이마를 휴지로 닦아 주었다.

"어깨 아파서 고개도 잘 안 돌아간다며. 이런 건 아빠한테 해 달라고 해."

"내내 아빠가 하다가 배달 간 틈에 내가 잠깐 버무리고 있었던 거야."

정임이 그제야 장갑을 벗어 내며 의자에 몸을 앉혔다.

"배고프겠네. 보쌈 먹을 거지? 한호가 보쌈 좋아하잖아. 그러고 보면 그 본부장님도 족발 어지간히 좋아하나 보더라."

무심코 튀어나온 말에 해란이 의아한 얼굴로 쳐다보자, 정임이 황급히 입을 다물었다.

"언제 본부장님이 또 찾아온 적 있었어?"

"응? 아니, 그게……. 아휴. 비밀로 해 달라고 하셨는데. 사실 네 아버지하고 본부장님 술도 한잔 같이 했어."

해란은 이맛살을 찌푸리며 의자를 빼냈다. 정임 가까이 몸을 바싹 당겨 앉은 뒤 목소리를 낮춰 소곤거렸다.

"그게 무슨 말이야?"

"그러니까, 아휴. 본부장님이 회사로 족발 배달시킨 이후에 대여섯 번 정도 더 주문을 하셨어. 회사로 가져다주는 줄 알았더니 대명그룹에서 후원하는 보육원 아이들 가져다줄 거라고 하시면서 스무 개씩 가져가셨거든. 마음씨도 어쩌면 그렇게 고운지 모르겠더라. 그러다 한 일주일 전인가? 퇴근길에 족발이 생각나서 들렀다고, 혼자여도 괜찮겠냐고 하시면서 드시고 갔었어. 본부장님이 혼자 앉아 있는 게 어쩐지 신경 쓰였었는데 네 아버지한테 한잔하시겠냐면서 술을 권하더라고. 거절하기도 뭐하고 마침 손님도 없고 해서 잔 기울이다 보니 소주 두 병씩은 먹었지 뭐야."

"엄마, 내가 그러지 말라고 했잖아. 본부장님이랑 엮이지 말라고……."

"나도 그러려고 했는데, 본부장님이 너만 모르면 되는 거 아니냐고, 자기는 정말 일부러 팔아 주는 게 아니라 이 집 족발이 맛있어서 오는 거라는데 그걸 뭐라고 거절을 해. 게다가 그날 대화 나눠 보니까 사람 인성이 참 바르고 너무 괜찮더라. 어느 집 사위가 될지는 몰라도 자기 와이프 평생 손에 물 안 묻히고 호강시켜 주며 살겠다 싶은 게, 솔직히 부러웠어. 너 어렸을 때 그렇게 고생하며 자랐는데 여유 있는 사람 만나 손에 물 안 묻히고 살 수 있으면 좀 더 좋겠다."

"엄마."

정임은 못마땅해하는 해란의 손을 채 가 살며시 쥐었다.

"알아. 괜한 소리라는 거. 한호 두고 이런 소리 하면 안 된다는 것도. 그냥 잠깐 그런 생각을 했다는 거야. 어느 부모가 자기 자식 고생하는 걸 원하겠어."

"무슨 말이 그래? 내가 한호랑 결혼하면 고생한다는 거야? 우리 둘이 지금 얼마나 열심히 일하면서 돈 모으고 있는데."

"……그러니까. 남들처럼 똑같이 그렇게 아등바등하며 살겠지. 내 집 하나 마련하려고 쉼 없이 달려야 할 거고, 그러다 보면 어느새 엄마처럼 머리가 희끗해져 있겠지. 사람이란 게 때로는 참 간사해서, 제 분수에 맞지 않는 욕심을 부리게 되기도 해. 한호랑 너랑 지금처럼만 열심히 잘살았으면 좋겠다 싶다가도, 한편으로는 고생할 생각에 마음이 편치 않은 것도 사실이니까. 그나저나 어쩌다 얘기가 이렇게 흘렀나. 나도 주책이다. 결혼할 사람 있는 애 앞에 두고. 그냥 잠시 잠깐 그런 생각을 했다는 거니까 너무 서운해 마. 한호만 한 녀석 없다는 거 엄마도 알아. 그 녀석 봐 온 시간이 얼마인데. 그러니까 너희들 빨리 결혼해 버려. 그래야 다른 생각이 안 들지. 연애가 너무 길었어. 한호 배고프겠다. 보쌈 올려야지."

해란은 허리를 두드리며 힘없이 주방으로 향하는 정임의 뒷모습을 물끄러미 바라보았다.

자신이 다섯 살일 때 홀로된 어머니는 저가 고등학교 1학년인 열일곱이 되었을 때 지금의 새아버지를 만나 재혼을 하셨다.

나름 사춘기여서 새로운 가족 구성원에 적응하지 못하던 때에 처음 담배를 배우게 되었고, 그러던 와중에 고2가 되면서 담배 피우던 걸 한호에게 걸려 인연이 되었다.

새아버지와 좀처럼 거리를 좁히지 못하던 자신에게 한호가 다리 역할을 해 주며 부단히도 애를 썼고, 덕분에 새아버지와의 관계가 많이 좋아진 건 사실이었다.

해란은 정말 아들처럼 부모님에게 잘하는 한호를 떠올리다, 문득 구석진 자리에서 아버지와 함께 술잔을 기울였을 신우를 그려 보았다.

온갖 값비쌈으로 치장을 하고 이 좁은 족발집에서 소주를 마셨다니. 너무도 어울리지 않는 조합이었다. 그런데 처음으로, 그동안은 무작정 피하기 바빠 외면했던 그의 진심이 느껴지기 시작했다.

그가 뭐가 아쉬워서 이렇게까지 하는 걸까.

"어머니가 족발집을 하신다는 이유 하나만으로 먼 거리를 달려 포장해 갈 만큼 칭찬받고 싶은 건, 왜 그러는 겁니까?"

"하아."

해란은 세차게 고개를 내저으며 자리에서 일어났다.

"엄마, 나 진짜 내년쯤 결혼할까?"

한호는 열려져 있는 가게 유리문 밖으로 새 나오는 해란의 음성에 들고 있던 과일 상자를 놓치지 않으려고 힘을 주었다.

당당하게 남의 여자 친구를 넘보겠다, 선고한 사람이 버젓이 눈앞에 있는데도 할 수 있는 건 아무것도 없었다.

그가 차라리 대놓고 어떤 유혹 같은 걸 한다면 그걸 명분으로 내세워 미친 척하고 덤비기라도 해 볼 텐데, 그는 의외로 마치 모든 건 꿈이었던 것처럼 조용하기만 했다.

한편으로는 그래서 더 싫었다. 언제 무슨 일이 일어날까 조마조마한 하루하루가 폭풍 전야와도 같아 미치게 싫었다.

여느 때와 다름없는 생활을 하고 해란이 곁에 있음이 분명한데도, 뭔가 말로 표현할 수 없는 괴리감에 씁쓸해지고는 했다.

이런 불안감을 사랑을 나누는 걸로 해소하려고 하는 이상한 버릇이 생기기도 했다. 피곤하다는 해란을 붙들어 기어이 사랑을 나누고 나서야 불안감이 사라지는 기분이었다.

마치, '해란을 이렇게 만지고 느낄 수 있는 건 나뿐이야' 라며 스스로를 위안하는 것 같았다.

하지만 그런 자신의 모습을 발견할 때마다 찾아오는 자괴감이 때로는 너무 힘들어 지쳤다. 10년의 내공을 보여 주겠노라 큰소리쳤으면서 할 수 있는 건 겨우 이런 것뿐이라는게.

마음 같아서는 사직서를 내 버리고 해란의 손을 잡아끌고 나오고 싶었다. 그게 가장 확실하게 차단하는 방법 같았으니까.

해란의 어머니가 하신 말씀이 잘못됐다고는 생각하지 않는다. 딸 가진 모든 부모 마음은 다 같을 거라는 걸 안다. 조금이라도 더 나은 사람을 만나길 바라는 건 어쩌면 당연한 일이니까.

"한호 아니냐? 어쩐 일이야, 연락도 없이. 왔으면 들어가지 않고 뭐해."

한호는 배달을 다녀오는 길인 해란의 아버지에게 인사를 했다.

"일단 들어가자. 밥부터 먹어야지."

"아버님은 식사하셨어요?"

"오늘 네가 올 줄 알고 안 먹었나 봐."

한호는 평소처럼 웃으면서 가게 안으로 들어가 정임에게 인사를 건넸다. 정임은 여느 때와 마찬가지로 버선발로 달려 나와 웃으면서 반겨 주었다. 해란 역시 굶주린 배를 걱정해 주며 어서 앉으라고 의자를 빼 주었다.

그런데 이상한 일이었다. 익숙한 이 모든 광경이 어색하게 느껴졌다. 뭔가 불편하게 느껴졌다. 그래서…… 가슴속 깊은 곳에서 뭔가가 울컥 치솟았다. 그게 무슨 감정인지는 알 수 없었다.

"어머니, 죄송해요. 많이 서운하셨죠."

수원 어머니와 통화를 하는 해란의 얼굴이 당혹감으로 물들었다. 스스로가 한심해서 화가 다 날 지경이었다. 여태 한 번도 생신을 잊은 적이 없는데, 새카맣게 잊고 지나가 버린 게 뒤늦게 생각이 난 터였다.

―괜찮아. 생일 지난 지가 언제인데. 한호랑은 통화했었어. 서로 얼굴도 못 볼 정도로 네가 많이 바쁘다는 얘긴 들었어.

"정말 죄송해요, 어머니. 예, 조만간 꼭 찾아뵐게요. 예."

해란은 머리칼을 쓸어 넘기며 긴 한숨을 내쉬었다. 정말 아예 잊고 있었다. 둘 다 생신에 전화 한 통도 안 드렸으니 얼마나 서운해하셨을까.

해란은 점심시간인 걸 확인하고는 상권개발팀으로 향했다.

한호는 저보다 먼저 생각을 해 낸 모양인데, 어째서 자신에게 일러 주지 않은 것인지 의아했다.

평소의 한호였더라면 '이해란이, 너 뭐 잊은 거 없냐?' 하며 꿀밤 한 대를 먹였을 거다.

"정 대리님, 요새 살이 좀 빠지신 것 같아요. 다이어트하세요? 턱 선이 더 날렵해지셨어요."

"칭찬인 건가?"

"빙고. 더 멋있어지셨어요."

"그러고 보니 정 대리 진짜 살 빠졌네? 비결이 뭐야? 정열적인 사랑의 힘인가?"

해란은 다른 직원들과 섞여 나오느라 자신을 보지 못한 한호를 향해 알은척을 하려다 가만히 쳐다보기만 했다. 그러고 보니 살이 빠지긴 한 것 같았다.

"어? 이 대리네? 또 점심 같이 먹으려고 마중까지 나온 거야? 이거 솔로인 사람 서러워서 살겠나. 하여튼 유별난 커플이라니까. 지겹지도 않아?"

해란은 그제야 뒤를 돌아보는 한호에게 다가갔다.

"언제 왔어? 밥 먹으러 가자고 온 거지? 가자."

"그런데 왜 얘기 안 했어? 어머니 생신 말이야."

"아, 나도 잊었었어."

"전화드렸었다며. 나는 오늘 갑자기 생각이 나는 바람에 너무 놀라서 방금 전화드렸는데."

"생신 지난 지가 언제인데, 신경 쓰지 마. 우리 김 여사, 그렇게 속 좁지 않아."

"너무 죄송해서 그러지. 이번 주말에 시간 내서 수원 한번 다녀오자."

"이번 주는 힘들 것 같은데. 토요일, 일요일 다 결혼식 있어. 초등학교 동창 윤희하고, 군대 선임 재용 형하고. 같이 갈래?"

해란은 새삼 한호의 넓은 인맥에 혀를 내둘렀다. 워낙 사람 사귀기를 좋아하는 성격이라 그런지 고등학교 시절부터 어울리는 친구들이 참 많았었다.

자신은 마음 맞는 친구들하고만 가깝게 지내는 반면, 한호는 두루두루 다 연락을 하고 지내는 스타일이었다. 그중에는 여자 친구들도 여럿 있었다.

"그 사람들 다 챙기고 다니다가는 허리 휘청하겠어."

"……또 돈이야?"

해란은 짐짓 화가 난 듯 보이는 한호의 모습에 걸음을 멈추었다.

"넌 뭐든 다 돈으로 계산을 하는 거야?"

"아니, 난……."

"어떻게 매번 말끝마다 모든 게 돈이야, 넌."

"한호야."

"무슨 말인지 알아. 네가 볼 땐 또 쓸데없는 네 돈 쓰는 거겠지. 축의금 얼마나 하면 되겠어? 5만 원 정도씩만 하면 되나? 설마 그것도 많아?"

"……나라고 뭐 악착같이 살고 싶어서 그러는 줄 알아? 너한 달에 경조사비로 얼마나 들어가는지 모르지? ……나라고 그러고 싶어서 그러는 거 아니라는 소리야. 나도 이런 거 저런 거 따지지 않고 돈 쓰고 싶어. 나도 그랬으면 좋겠어."

"오호라. 웬일로 둘이 분위기가 이래?"

해란은 등 뒤에서 들려오는 오 대리의 목소리에 입을 다물며 다시 사무실로 향했다.

"싸운 거야? 별일이네. 둘이 싸울 때도 있어?"

"그런 거 아닙니다."

한호는 연거푸 한숨을 내쉬며 마케팅팀으로 향했다.

"적당히 좀 해라. 사내에서 너무 붙어 다니는 것도 보기 안 좋아. 이리 와. 나랑 밥이나 먹으러 가."

"어엇!"

지나가던 이 과장에게 목덜미가 잡힌 한호는 해란에게 말 한마디 붙이지 못하고 강제로 사내 식당으로 끌려갔다.

"저, 이 과장님, 잠시만요."

"쉬잇. 오늘 점심 한 끼 같이 안 먹는다고 어떻게 되는 거 아니잖아? 무슨 일인지 모르겠지만 좀 다툰 것 같던데, 여자들은 너무 오냐오냐 해 주면 버릇 안 좋아져. 가만 보면 매번 너무 져 주는 것 같아. 그러니까 이 대리가 기가 세지. 나중에 결혼하면 그거 골치 아프다."

울며 겨자 먹기로 이 과장을 따라 식판을 들었지만 마음이 좋을 리가 없었다.

한호는 모래알 같은 밥알을 억지로 몇 숟가락 뜨고는 서둘러 자리에서 일어났다.

해란이 아무래도 점심을 거를 모양인데 마음을 좀 풀어 줘서 데리고 와야 할 것 같았다.

해란의 말이 옳다. 해란이라고 그러고 싶어서 그러는 건 아니겠지. 좀 더 능력 있고 여유가 되는 놈을 만났더라면, 그렇게 악착같이 허리띠를 졸라매지 않았어도 됐을 거다.

"정 대리님, 벌써 다 드셨어요?"

한호는 이제 막 식당으로 들어서던 은영과 마주치자 간단히 알은척을 했다.

"아, 발은 좀 어때요?"

"괜찮아요. 아직 흉터가 조금 남아 있기는 한데, 아프지는 않아요."

"여자 발에 흉터 남으면 안 될 텐데. 앞으로는 조심 좀 해요. 아, 이 대리 아직 사무실에 있죠?"

"아뇨. 안 계신데요? 비상구로 나가시는 거 보긴 했는데."

한호는 아직 여유가 있는 점심시간을 확인하며 걸음을 빨리했다. 가끔 너무 스트레스를 받을 때면 옥상을 찾는 건 둘 다 똑같았다.

한호는 해란이 아마도 옥상으로 갔을 거라 여기며 엘리베이터를 타고 8층에서 내려 옥상까지는 비상구 계단을 이용했다. 아니나 다를까 옥상 문이 열려 있어 들어서려던 한호는 갑자기 들려오는 낯익은 음성에 멈칫했다.

"점심은 안 먹은 겁니까? 식당 안 내려가고 여기서 뭐하는 겁니까?"

난간에 기대 서 있는 해란의 곁으로 신우가 다가서는 게 보였다.

"아, 이제 먹으러 가려고요. 본부장님은 식사 안 하세요?"

"입맛이 별로 없어서. 식사 전인 것 같은데, 어서 내려가 봐요."

"저…… 본부장님."

끼이익.

해란이 신우에게 엄마의 가게를 찾아가지 말라고 말하려던 찰나 옥상 문을 연 한호가 나란히 서 있는 두 사람에게 다가갔다.

"찾았잖아."

한호는 신우를 향해 최소한의 예의를 갖춘 뒤 해란의 손목을 잡았다.

"이 대리가 아직 점심 전이어서요. 실례하겠습니다."

해란을 데리고 비상구 계단으로 내려온 한호는 아프다며 손목을 놓으라는 그녀의 말에 그제야 걸음을 멈추었다.

"일단 밥부터 먹자."

"생각 없어."

"하아. 내가 예민했어. 그러니까 밥은 먹어. 네가 점심 거르면 내 마음이 편하겠어? 화낸 거 미안해. ……미안하다고."

"너…… 그거 아니? 요새 너무 변한 거. 점심은 그냥 거를게. 지금 뭐가 들어가면 체할 것 같아. 그리고 오늘은 너 먼저 퇴근해. 영주랑 저녁 약속 생겼어."

한호는 손을 뿌리치며 비상구에서 나가 버린 해란의 빈자리를 바라보다 짜증스럽게 머리칼을 쓸었다.

모든 게 다 마음에 들지 않는다. 어느 것 하나 뜻대로 되지 않는다.

한숨을 내쉬며 비상구를 나와 사무실로 돌아간 그는 지갑을 가지고 사내 밖으로 나왔다. 이대로 해란이 굶게 놔둘 수는 없어서 위에 부담이 안 가게 먹을 수 있는 죽이라도 하나 사 올 요량이었다.

빠른 포장을 부탁한 한호는 20분 정도밖에 남지 않은 점심시간을 확인하며 바쁘게 걸음을 옮겼다. 엘리베이터에서 내려 마케팅팀 앞에 도착해 주위를 둘러보다 살며시 안으로 들어섰다.

"해란아, 잠깐 나와……."

한호는 데스크 위에 엎드려 잠이 들어 버린 해란을 가만히 바라보았다.

괜한 짜증을 내 점심만 굶긴 셈이다.

어쩐지 지금은 깨우지 않는 게 더 좋겠다는 생각이 들어 조용히 한쪽에 죽이 담긴 쇼핑백을 올려놓고 나왔다.

체하기라도 한 듯 가슴이 답답했다.

✳   ✳   ✳

해란은 버스가 오길 기다리는 많은 사람들 틈바구니 속에서 고개를 쏙 내밀었다. 이번에도 자신이 기다리는 버스는 아니었다.

〈해란아. 오늘 시간 되면 한잔할까?〉

한호와 말다툼을 하고 나서 사무실로 들어오자마자 영주에게서 온 문자였다. 마침 잘됐다고 생각하며 바로 약속을 잡았다.

날이 저물었는데도 꿉꿉한 걸 보니 여름은 여름인가 보다 생각하며 해란은 손부채질을 했다.

〈나도 오늘 저녁 민성이 좀 만나고 들어갈게.〉

해란은 한호가 보내온 문자를 생각하며 한숨을 내쉬었다. 점심시간을 이용해 쪽잠을 자고 일어나니 죽 전문점 쇼핑백이 하나 놓여 있었다.

아무런 메모가 있지 않아 단순히 한호가 두고 갔나 보다 생각을 하다, 문득 '설마 본부장님이 두고 간 건 아니겠지?' 라고 생각하는 자신을 보며 헛웃음이 나왔다.

'설마 나도 모르게 본부장님을 의식하고 있는 건가?'

생각이 거기에 머무르자 머릿속이 복잡해졌다. 해란은 점점 불어나는 고민거리에 이마를 짚었다. 오늘 집주인에게 부재중 전화가 와 있었는데, 생각해 보니 전세 계약이 다음 달이면 끝이었다.

"후우. 머리야."

빠앙.

또다시 시작된 두통에 머리를 부여잡고 있던 해란은 연달아 울리는 클랙슨 소리에 고개를 들었다.

"집에 가는 거 아닙니까? 버스 타는 방향이 다른 것 같은데요."

해란은 어느 날처럼 눈앞에 나타난 신우를 보며 황급히 주위 눈치를 보았다. 버스 정류장에 불법 정차를 하고 있으니 사람들이 모두 노려보고 있을 거라 생각했는데, 반대로 넋을 잃고 신기한 눈으로 차를 보고 있었다.

흔히 볼 수 없는 멋들어진 외제차는 어딜 가도 사람들의 시선을 끄는 모양이었다. 버스 운전기사 역시 클랙슨을 누르는 대신 신우의 차를 고개를 쭉 빼고 보고 있었다.

"근처면 타요. 태워 줄게요."

"아뇨. 전 괜찮습니다."

"그냥 타는 게 나을 텐데요. 탈 때까지 이러고 있을 셈이니까. 주위분들한테 민폐라는 생각 안 듭니까?"

해란은 다시금 고개를 쭉 내밀며 버스가 오나 쳐다보았다. 여전히 기다리는 버스는 보이지 않았지만 그냥 처음으로 도착하는 아무 버스나 타야겠다고 생각하는데 가까이서 그의 음성이 들렸다.

"해란 씨도 고집이 상당하군요?"

눈 깜짝할 사이에 해란의 코앞까지 다가온 신우가 손목을 잡아 이끌었다.

"내가 불쌍하지도 않아요? 눈길 한 번 안 주는 여자한테 어떻게든 관심 받아 보려 아등바등하는 모습이."

"엇! 보, 본부장님!"

해란은 이미 움직이기 시작한 차의 손잡이만 잡은 채 숨을 죽였다. 그가 고백을 한 이후 이렇게 한 공간에 단둘이 있는 건 처음 있는 일이었다.

"저 앞 버스정류장에서 내려 주세요."

"하아. 잠시뿐이잖아요. 차를 한잔하자는 것도 아니고, 술을 한잔하자는 것도 아니고, 그저 이 짧은 잠시의 이동 시간이라도 함께 있고 싶어서 핑계를 대는 건데, 그게 그렇게 힘듭니까?"

"……."

"내가 그렇게 부담스럽기만 합니까? 정말 그뿐입니까? 대답해 봐요, 이해란 씨."

❋   ❋   ❋

"해란아. 너 괜찮아?"

영주는 평소보다 금세 술이 취해 버린 해란을 난감한 얼굴로 쳐다보았다. 각자 먹고살기 바쁘다 보니 친구 얼굴 본 지도 꽤 되어 연락을 한 것인데 얼마 못 가 이리 취해 버렸다.

영주는 해란의 가방에서 휴대폰을 꺼내 한호에게 전화를 걸었다.

"어, 한호야. 나야, 영주. 해란이가 많이 취했는데 어쩌지? 네가 좀 와야 할 것 같은데. 아, 집 아니니? 시끄러운 거 보니까 너도 밖인가 보네. 그럼 내가…… 네가 오려고? 술 먹었다며 괜찮겠어? 어, 여기가 어디냐면……."

마침 근처라 다행이었다. 한호가 오길 기다리며 자리를 지키고 있던 영주는 슬슬 배 속에서 신호가 와 시간을 확인했다. 30분 안에 온다던 한호는 보이지 않고 배는 점점 아파 왔다.

별수 없이 영주가 화장실로 달려간 사이 한호가 머리칼을 휘날리며 술집 안으로 들어섰다. 테이블 위에 정신을 잃고 엎드려 있는 해란을 향해 한걸음에 달려온 그가 어깨를 흔들었다.

"해란아. 나야."

"으음……."

"해란아. 정신 좀 차려……."

"하아……. 영주야. 사실은 나…… 못된 애야. 나…… 못된 애였어."

한호는 혼잣말을 하듯 중얼거리는 해란의 말에 귀 기울이기 위해 몸을 가까이 했다.

"있잖아. 나 실은…… 나쁘지 않았던 것 같아. 좋은 외제차를 타고, 공주님 놀이를 하고, 만 원짜리 하나에 벌벌 떨지 않는 것도, 엄마 가게까지 신경 써 주는 것도……. 언제나 매너 있게 친절한 것도 모두 다…… 나는 내가 그게 부담스럽다고만 생각하는 줄 알았는데 아니었나 봐. 실은 이런 세상도 있구나, 신기하기도 했고…… 나와는 전혀 다른 세상에 사는 사람이 나를 좋다고 한다는 게 믿기지 않아서, 나한텐 한호가 있어서……. 그래서 멀리하고, 피하고 그랬는데. 그랬는데……. 영주야……. 나…… 어떡하지? 나 이러다 한호한테…… 한호한테…… 자꾸 미안해지면…… 어떡하지?"

해란의 곧은 콧대를 타고 눈물 한 방울이 툭 떨어졌다.

"하아……."

천천히 한숨을 내뱉은 한호는 느릿하게 눈꺼풀을 내려뜨렸다. 손가락이 매가리 없이 떨리는 것 같았다.

알고…… 있었구나. 이신우가 좋아하고 있다는 걸. 언제부터 알고 있었던 걸까. 왜 얘기하지 않았던 걸까. 아마 해란인 못난 남자 친구를 위해 그랬을 거다. 그게 위하는 거라고 생각했겠지. 처음엔 그랬을 거다.

한호는 감겨 있던 눈꺼풀을 다시 들어올렸다. 떨리는 손으로 해란의 눈물을 훔친 그는 가방을 챙겨 그녀를 부축했다.

"어? 한호야, 왔어?"

"어, 영주야."

"해란이가 뭐 속상한 일 있는 것 같던데, 혹시 싸웠어?"

"아, 응. 조금."

"웬만하면 참아. 네가 남자잖아."

"……그래. 그만 나가자."

해란일 부축해 택시를 탄 한호는 민성에게 문자를 남길 정신도 없이 곧바로 집으로 왔다. 어느 날처럼 해란일 침대에 뉘이고 가방을 내려놓는데, 자신도 모르게 그녀의 가방 안에서 휴대폰을 꺼내 들었다.

잠금장치가 되어 있지 않은 해란의 휴대폰을 손에 들고 통화 목록과 메시지를 훑어보던 한호는 순간 멈칫하며 허탈하게 웃었다.

"하하…… 하하하…….."

침대 옆에 털썩 주저앉은 한호는 고개를 떨어뜨렸다.

"내가 지금…… 뭘 하고 있는 거지? 내가 지금…… 내가 지금…… 해란일 믿지 못하고 있구나. 내가…… 내가 해란일……."

오랜 시간을 함께해 오며 서로의 휴대폰을 몰래 본 적은 단언컨대 단 한 번도 없었다.

그러지 말자고 약속을 한 게 아니었다. 그냥 너무 당연하게, 서로를 믿고 있음이 너무 당연했기에 그런 행동은 불필요했던 거다. 그래서 잠금 화면 같은 걸 해 놓은 적도 없었다.

그랬는데, 그랬는데 지금.

"내가…… 내가……."

삽시간에 눈시울이 뜨거워졌다. 목구멍까지 차오른 울음이 쉽사리 내려가지 않았다.

열 번째 속삭임

"이 대리님, 어제 술 좀 과하게 드셨나 봅니다."

해란은 옆에 앉은 준석이 슬그머니 고개를 내밀며 속삭이자 민망함에 얼굴을 붉혔다.

"술 냄새 나니?"

"약간요."

"후우. 내가 미쳤지. 술을 그렇게 마시고. 커피 한 잔 마셔야겠다."

해란은 엊저녁 기억을 되짚어 보려 애쓰며 휴게실 자판기로 향했다. 영주를 만나자마자 냅다 술을 들이마셨고, 필름이 끊기기 전 그녀에게 뭐라고 말을 한 것 같긴 한데 기억이 잘 나지 않았다.

"영주한테 전화를 한번 해 봐야겠네."

해란은 커피를 한 잔 더 뽑아 한호에게 향했다. 한호 역시 어제 민성을 만난다고 했으니 술을 마셨을 거였다. 아침에 눈을 떴을 땐 한호는 이미 출근 준비를 끝낸 후였다. 일찍 처리해야 할 일이 있다면서 먼저 나갔었다.

해란은 자리에 없는 한호를 기웃거리다 등 뒤에서 들려오는 이 과장의 음성에 깜짝 놀라 돌아섰다.

"정 대리 찾아? 외근 나갔는데 몰랐어?"

외근을 나갈 때면 항상 미리 말을 하던 한호였다. 해란은 미리 듣지 못했는데 갑작스럽게 잡힌 외근인가 하며 다시 발길을 돌리다 이 과장에게 커피를 내밀었다.

"과장님, 커피 한 잔 드세요."

"원래 정 대리 거지? 그런데 받아도 되나 몰라. 이러다 본부장님이 보기라도 하면 커피 심부름시킨 줄 알고 오해하실 것 아냐."

"그럴 리가요. 아무도 없잖아요. 받으세요."

이 과장에게 커피를 건넨 해란은 자리로 돌아와 한호에게 문자 하나를 남기려 휴대폰을 꺼내 들었다.

"어? 커피 벌써 드셨어요?"

해란은 은영의 목소리에 휴대폰을 다시 내려놓았다.

"아, 응. 그나저나 축하해."

미우나 고우나 이제는 어엿한 마케팅 부서 팀원으로서 한

솥밥을 먹게 되었다. 모두의 예상대로 무난하게 한 식구가 될 것이다.

"언제 술을 한잔하긴 해야 하는데……."

"아, 진짜요? 환영회, 뭐 그런 건가요? 와아, 신난다. 어제 한잔하긴 했는데, 정 대리님이 얘기하셨죠?"

해란은 눈꼬리가 슬쩍 올라갔다.

"그 술집 정말 괜찮더라고요. 안주도 저렴하고, 분위기도 좋고. 정 대리님이 왜 그렇게 얘기했는지 알겠더라고요."

"……아, 들었어."

"정 대리님한테 잘 먹었다고 인사드리려고 했더니 외근 나가셨다고 하더라고요. 오늘 혹시 회사 안 들어오실지도 몰라서 그러는데요. 대리님한테 감사했다고 좀 전해 주세요."

민성을 만난다고 했었는데, 어떻게 된 일이지?

해란은 도통 은영의 말이 이해가 가지 않았다. 설마 한호가 민성을 만난다면서 은영을 만나는 그런 짓을 할 리는 없었다.

한호에게 전화를 해 보았지만 역시나 받지 않았다. 턱을 괴고 곰곰이 생각에 잠겨 있던 해란은 민성에게 전화를 걸었지만, 그 역시 통화가 되지 않았다.

"뭐가 어떻게 된 일이야."

숙취 때문인지 두통이 또 밀려왔다.

자기가 그렇게 부담스럽기만 하냐는 신우의 질문에 네, 라는 대답을 했다. 그의 말이 끝나기가 무섭게 얘기했다.

부담스러울 뿐이라고, 이러지 않으셨으면 좋겠다고, 회사 다니는 게 불편하다고 나름은 쐐기를 박아 얘기했다.

"마치 미리 준비한 답변처럼 숨도 안 쉬고 얘기하는군요. 일부러 제 속내를 들여다보지 않으려는 사람처럼 말입니다. 실은 그게 아니라서, 실은 흔들리고 있어서, 일부러 더 그렇게 못을 박는 거라고 믿고 싶네요. 그만큼 나는 간절하니까."

"하아."
두통이 멈추지 않는다.

✳   ✳   ✳

해란은 밤 9시가 다 되어서야 도어록이 해제되는 소리가 들리자 데스크 위에 있던 하얀 종잇장을 서둘러 서랍 안에 넣었다.

사직서를 프린트해 놓긴 했는데 아직도 뭐가 현명한 건지 답이 나오지는 않았다. 신우와 함께인 게 이제는 위험하다는 걸 스스로 감지했다. 그렇다면 절을 떠나면 그만인 건데 그게 쉽지는 않았다. 저 하나 사직함으로써 한호도 자신도 모두가 편해질 수 있는 건데 그게 쉽지는 않았다. 갑작스럽게 밥줄이 끊기는 문제이니 고민이 상당했다.

퇴근해서 저녁도 먹지 않고 줄곧 사직서만 쳐다보고 있던 해란은 지친 얼굴로 들어서는 한호에게 다가갔다.

"늦었네. 저녁은?"

"먹었어."

"……피곤해 보인다. 얼른 씻어."

한호가 씻고 나올 동안 침대 위에 누워 천장만 바라보던 해란은 내리 한숨만 내쉬었다. 피곤에 찌든 한호의 얼굴을 보자니 은영의 얘길 꺼내기가 불편해졌다. 혹여 또 싸움으로 번지는 건 아닐는지.

이제는 무슨 말을 할 때 미리부터 싸움이 일어날 걱정을 하고 있다는 게 어쩐지 씁쓸했다.

"저녁은 먹었어?"

씻고 나온 한호가 머리칼을 털어 내며 물었다.

"아, 응. ……피곤하지?"

"조금 그러네. ……뭐 할 말 있어?"

"……어제 민성이는 잘 만났어?"

"응."

짤막한 한호의 대답에 해란은 더 이상 말을 잇지 못했다.

"마실래?"

냉장고에서 캔 맥주 하나를 꺼내 들던 한호가 그것을 내밀었다.

"아니. 어제 술 많이 마셨더니 별로 생각이 없네. 어제 넌 몇 시에 들어왔어?"

"너랑 비슷하게."

해란은 솔직히 자신이 몇 시에 들어왔는지 기억이 잘 나지 않았지만 물어보지 않았다.

"피곤하다."

해란은 젖은 머리를 말리지도 않은 채 침대 위로 쓰러지는 한호에게 곁을 내줬다. 벽을 향해 모로 누운 한호의 등이 오늘따라 왜소해 보였다.

"머리 말리고 자지 그래."

"괜찮아."

"일어나 봐. 머리 말려 줄게."

"피곤해서 그래. 정말 괜찮아."

해란은 그의 뒷모습을 가만히 바라보다 조용히 일어나 불을 껐다. 그리곤 아직 잠이 오지 않았지만 억지로 눈을 감았다.

"해란아."

나직한 한호의 음성에 해란의 눈이 번쩍 뜨였다.

"응?"

"……잘 자라고."

"……응. 너도."

한호는 한참이나 뜬눈으로 누워 있다 해란의 숨소리가 쌕

쌕거리는 걸 확인하고는 일어났다.

담뱃갑을 들고 베란다로 나간 그는 깊게 한 모금을 빨아들인 뒤 천천히 내뱉었다.

"후우……"

"해란아."

사실은 물어보고 싶어서 이름을 불렀다.

언제부터 알고 있었어? 왜 숨겼던 거야? 너 정말…… 그렇게 생각하는 거야? 결국 마음이…… 흔들린 거야?

하지만 결국 물어보지 못했다. 실은 비겁한 거다. 해란의 입에서 진짜로 그 말이 튀어나올까 봐 피하고 말았으니까.

'응, 미안해. 그 사람이 좋아졌어. 미안해, 한호야.'

생각해 본 적이 없다. 해란과 헤어진다는 건 생각해 본 적이 없다. 그래서 두려웠다. 해란의 얼굴을 똑바로 마주하기가. 그녀와 뭔가 진지한 대화를 나누기가. 그러다 해란의 진심이 토해져 나올까 봐. 그러면 정말로 헤어지게 될까 봐.

비겁하고 한심하다 손가락질 한 대도, 근본적 문제를 해결하지 않는 이상 이 불안한 관계가 언제까지 지속될지 알 수 없다는 걸 알면서도, 당장의 이별이 두려워 피하고 말았다.

술에 취해 진심을 쏟아 내던 해란의 말이 아직도 너무 선명하게 귓가에 남아서, 마치 오늘이 당장 마지막일 것 같아서 해란의 눈을 제대로 볼 수가 없었다.

점점 해란을 믿지 못하며 집착처럼 변해 버리는 자신의 모습도 두려웠다. 결국은 서로를 죽일 듯이 미워하고 원망하며, 그렇게 끝이 날까 봐. 이미 믿음이 흔들리기 시작한 오래된 연인의 결말이 과연 해피일 수 있을까. 서로 이미 예전과는 많이 달라졌다는 걸 알면서 모르는 척을 하면 그만일까.

한호는 다 타들어 간 담배를 비벼 끈 뒤 한참을 더 창밖을 바라보다 안으로 들어왔다. 그는 잠이 든 해란의 얼굴을 지그시 바라보다 속삭였다.

"해란아. ……해란아."

10년 동안 수없이 불러 온 연인의 이름이 어쩐지 낯설게 느껴졌다.

그래서 가슴이 저릿했다.

❋   ❋   ❋

"앉아요."

신우는 아침부터 자신의 집무실을 찾은 한호에게 앉기를 권유했지만 그는 고개를 가로저었다.

"그냥 서서 말씀드리겠습니다."

어쩐지 해란과 많이 닮아 보이는 한호를 물끄러미 바라보던 신우는 고개를 끄덕였다.

"할 말이란 게 뭡니까?"

"그만하셨으면 합니다, 이런 거."

한호는 고개를 들어 신우를 응시했다.

"그냥 좀 놔두십시오. 해란일 그냥 좀, 놔두십시오."

"그 말인즉슨, 해란 씨가 흔들리고 있긴 한가 봅니다."

"……놔두십시오, 그냥."

"해 보라면서요. 나한테 그러지 않았던가요? 자신감에 차서 그랬던 걸로 기억하는데, 벌써 백기를 드는 겁니까? 나는 아주 지루하리만큼 긴 싸움이 되리라 생각하고 있었는데요. 아무래도 10년의 세월이 독이 된 모양이네요."

한호는 숨을 고르며 평정심을 유지하려 애썼다.

"나도 얘기했었잖아요. 해란 씨에 대한 내 감정, 얕은 게 아닙니다. 10년이라는 세월에 너무 크게 의미를 두지 마요. 사람 인연은 함께한 시간이 결정하는 게 아니니까. 10년을 함께한 정 대리보다 내가……"

"사랑해 본 적 없으십니까?"

순간 말문이 막힌 신우가 움찔거렸다.

"있으셨다면 이러시면 안 되는 것 아닙니까. 본부장님도 아실 것 아닙니까. 제가 지금 얼마나 절실한지, 얼마나 불안한지, 또 얼마나……."

한호는 감정이 벅차올라 한 템포 쉬었다 입을 열었다.

"진심인지. 저는 해란일 사랑합니다. 그러니까……."

"나도 진심입니다. 나라고 지금 장난하는 것 같습니까? 하루에도 몇 번씩 마케팅팀 앞을 왔다 갔다 합니다. 왜요? 얼굴한 번 보려고요. 점심시간에 일부러 사내 식당을 갑니다. 왜요? 얼굴 한 번 보려고요. 나는 정 대리처럼 당당하게 같이 커피를 한잔할 수도, 밥을 먹을 수도 없으니까."

"어떻게 사람을 잘 겪어 보지도 않고 그 짧은 시간 안에 사랑이라 확신을 하는 겁니까?"

"첫눈에 반했으니까요. 첫눈에 반했습니다, 내가."

순순히 그러겠노라 할 사람 같았으면 애초부터 남의 여자를 탐내진 않았겠지. 사람이 사람을 좋아하는 건 일부러 어떻게 할 수 있는 일은 아니라지만 참 잔인하다.

한호는 슬그머니 주먹을 쥐었다.

"흔든다고 흔들린다면 그 사랑은 거기까지인 겁니다. 본인도 이미 인지하고 있기 때문에 불안한 것 아닙니까? 그래서 나를 찾아온 거고. 마지막 지푸라기라도 잡는 심정이었겠죠. 하지만 불행하게도 나 역시 같습니다. 그래서 정 대리의 청을 들어줄 생각이 없습니다. 그리고 잘 한번 생각해 보세요. 해란 씨입장에서도 누굴 만나는 게 더 좋은 건지를. 혹시 압니까? 실은 내게 오고 싶은데 정 대리와의 의리 때문에 못 오는 건지. 오래된 연인들 대부분이 그렇잖아요. 사랑보다는 의리로 옆에 있는 경우가 많잖아요. 아니던가요? 아무튼 지금은 내가 봐야할 업무가 있으니 그만 나가 주면 고맙겠습니다, 정 대리."

한호는 주먹이 부르르 떨리며 올라가려는 걸 간신히 참았다. 무슨 기대를 하고 신우를 찾아왔던 걸까.

한호는 더 무거워진 마음으로 본부장실을 나섰다. 강렬하게 내리쬐는 태양열만큼이나 가슴속에서 불이 났다.

"대리님!"

은영이었다. 한호는 썩 좋지 않은 낯빛으로 은영을 쳐다보았다.

"또 조은영 씨입니까? 마케팅팀은 이해란 대리 빼놓고는 다 한가한가 보죠?"

"뭐 안 좋은 일 있으세요? 오늘따라 까칠하시다. 화장실 다녀오는 길에 대리님이 보이기에 알은척한 거예요. 저도 일 열심히 한다고요. 참, 엊그제는 감사했어요."

한호가 별다른 반응이 없자 은영이 바로 말을 이었다.

"기억 안 나세요? 술 그렇게 많이 안 드신 것 같았는데? 대리님이 말씀하시던 그 술집에서 우연히 만났잖아요. 대리님도 친구분하고 계셨고, 저도 친구랑 같이 있었는데 우연히 만났잖아요. 합석하려던 찰나에 전화 받고 나가셔서 안 오셨잖아요. 그 친구분 재밌으시던걸요? 계산도 그분이 다 하셨어요. 감사하다고 좀 전해 주세요. 대리님이 다시 안 오셔서 금세 헤어진 게 아쉬웠어요. 다음에 또 그 친구분이랑 같이 한잔……."

"조은영 씨. 다음부터는 혹시라도 우연히 나를 만난대도 그러지 마요. 은영 씨가 그날 합석해도 되냐고 말하던 찰나에 전화가 오는 바람에 얘기를 제대로 못 했는데, 그러지 마요. 내가 불편하니까."

한호는 다소 격하게 쏘아붙이고는 바로 흡연실을 찾았다. 한바탕 폭풍이 휘몰아친 것 같아 은영은 그저 눈만 끔뻑거릴 뿐이었다.

✻　　　✻　　　✻

—집 어떻게 할 거야? 재계약할 거야, 이사 갈 거야? 빨리 얘기를 해 줘야 나도 집을 내놓든지 하지.

해란은 어제 집주인 아주머니와의 통화 내용을 떠올리며 한숨을 내쉬었다. 한호는 겉으로는 평소와 다름없어 보였다. 원래 성격대로 장난도 치고, 며칠 어두워 보이던 표정 역시 많이 밝아졌다.

한데 달라진 건 눈을 제대로 잘 마주치지 않고 뭔가 진지한 대화를 좀 해 보려고 하면 피한다는 거다. 어제 역시 얘기 좀 하자고 했는데 술을 잔뜩 먹고 늦게 귀가를 했었다.

—전화했었네?

민성과는 자신이 전화했던 다음 날 연락이 닿았다.

"아, 그날 한호 잘 만난 건가 전화했었어."

―한호 이 자식이 또 다 불었나 보네? 너 설마 한호 바가지 긁은 거 아니지? 야, 진짜 우연히 만나서 합석한 거야. 조은영이라고 했던가? 대학 후배라며. 엄청 미인이긴 하더라. 그 친구가 한호 좋아했었다는 거 너도 안다며? 너 너무 긴장 안 하는 거 아니냐. 하하.

"아…… 그래."

―그날 한호는 무슨 전화 받고 먼저…….

"나 좀 바쁘거든. 나중에 다시 통화하자."

워낙 허물없는 사이다 보니 별생각 없이 말을 전한 거라는 건 알았다. 해란은 주말 아침이라 아직 사경을 헤매고 있는 한호를 쳐다보다 먼저 욕실로 향했다.

달칵.

한호는 욕실 문이 닫히는 소리가 들리자 천천히 눈꺼풀을 들어 올렸다. 이마 위에 팔을 올려놓은 채 생각에 잠겨 있던 한호는 다시 욕실 문이 열리자 그제야 일어나는 척을 했다.

"벌써 씻었어?"

"벌써가 아니라 나도 늦잠 잔 거야. 시간이 몇 시인데. 12시 넘었어."

"아직도 술이 안 깨네."

한호는 일부러 가볍게 얘기를 던졌다. 일부러 장난을 더

쳤다. 분위기를 무겁게 만드는 게 싫었다. 해란이 그 틈을 타 진심을 얘기할까 봐.

"휴일인데 조금만 더 자자."

"오늘도 그냥 이렇게 보내게? 영화라도 보지?"

"영화 뭐 볼만한 게 있나?"

"찾아봐야지. 썩 안 내키는 거야?"

화장대 서랍에서 드라이어기를 꺼내던 해란이 다시 물었다. 한호는 팬티 한 장 걸치고 있지 않은 알몸으로 일어나 베란다로 향하며 불을 붙였다.

"보자."

"야, 야! 정한호! 내가 발가벗고 베란다 나가지 말라고 그랬지! 사람들이 보면 변태라고 오해한단 말이야!"

한호는 자신을 향해 날아오는 나이트가운을 뒤도 돌아보지 않은 채 팔만 뻗어 가볍게 잡아챘다.

"나이스 캐치."

담배를 입에 물고 가운을 걸친 한호는 일부러 짓궂게 웃으며 고개를 돌렸다.

"서당 개 3년이면 풍월을 읊는다고……."

그의 말끝이 흐려졌다. 계속 잔소리가 이어져야 할 그녀의 입은 곱게 다물어져 있었고, 대신 볼우물이 깊게 패 있었다.

이신우인가.

한호는 자조적으로 담배 연기를 길게 내뿜었다. 이젠 그녀

259

의 일거수일투족 모든 게 다 그와 연결이 된다. 점점 더……
믿지 못하고 있었다.

"애인이냐?"

한호는 대충 담배를 태우고 안으로 들어와 그녀의 휴대폰
을 넌지시 쳐다보았다.

"뭐래."

해란이 영주에게서 온 문자를 확인한 뒤 휴대폰을 내려놓
으며 머리칼을 말렸다. 한호 역시 더는 아무것도 묻지 않고
욕실로 향했다.

문이 닫힘과 동시에 메시지 알림음이 울렸다. 한호의 휴대
폰이었다. 해란은 잠시 망설이다 드라이어기를 내려놓으며
그의 휴대폰을 집었다.

〈선배니임~ 휴일인데 뭐하고 계세요? 설마 방콕하고 계신
건 아니시죠? 혹시 약속 없으시면 이따 저녁에 좀 뵐 수 있을
까요? 선배님 요새 기분도 별로 좋아 보이지 않고 제가 기쁨조
좀 해 드리려고요~ 그리고 저도 사실 술친구가 필요한데 딱히
생각나는 사람이 선배밖에 없어요오~ 지난번에 선배님이 데려
가 주신 그 술집 있잖아요. 거기 분위기 괜찮던데에~〉

은영이.

발신인의 이름이 그렇게 저장되어 있었다.

"아, 시원해."

한호가 샤워를 끝내며 욕실에서 나왔다. 휴대폰 메시지 알림음이 또다시 울렸고, 바로 확인을 한 그의 입매가 슬쩍 올라갔다.

〈한호야. 정아한테 연락이 왔어. 내일 한번 보잔다. 혹시 다시 만나자고 하는 걸까? 새삼 가슴이 다 뛴다. 만나면 무슨 얘기부터 해야 하지?〉

한호는 민성의 메시지를 확인한 뒤 뒤늦게 은영이 보낸 메시지를 확인했다.

얘는 도대체 성격이 좋은 거야, 생각이 없는 거야?

며칠 전에 그렇게 얘기를 했는데도 여전히 생글거리는 걸 보면 뭔가 유전자가 남다른 듯했다. 게다가 언제 저랑 술집을 같이 갔었다는 건지? 우연히 만난 거지.

한호는 답장을 할 가치도 느끼지 못해 그냥 무시했다.

"배고프다. 밥부터 먹을까?"

"……어제 집주인 아주머니한테 또 전화 왔어. 이 집 계약 만료 이제 한 달 남았는데 어떻게 할 거냐고. 연장을 할 건지, 이사를 갈 건지 알려 달라고. 이사 갈 거면 집 내놔야 하니까 오늘 중으로 결정해서 연락 달라고 하던데."

순간 어색한 정적이 흘렀다. 분명 결혼을 해서 아파트로 이사를 하기 전까지는 여기서 계속 살자고, 악착같이 돈 모으자고 했던 게 해란이었다. 그런데 지금 이런 질문을 한다는 건 어떻게 해석을 해야 할까.

예전 같았다면 물어볼 필요 없이 결정을 했겠지. 둘이 함께인 게 당연했으니까.

"아아, 일단 밥부터 먹고 얘기하자."

"그래. 그러자."

해란은 담뱃갑을 들고 베란다로 향했다.

뿌연 담배 연기를 폐부 깊숙이 빨아들인 뒤 천천히 내뱉으며 이마를 짚었다.

"여기 2층인데도 하수구가 잘 안 빠지는 것 같은데, 다른 데로 이사 갈까? 이사 비용이 아깝긴 하지만 가끔 냄새도 올라오는 것 같고."

"그래? 정 불편하면 해야지, 뭐."

"이사 가려면 미리 얘기해 줘야 할 거야. 주인아주머니가 극성맞잖아."

"네가 알아서 해."

또다시 모든 결정은 자신이 해야 한다. 한호는 잔소리가 듣기 싫어서 아예 뭐든 결정권을 자신에게 넘기는 것 같지만, 때로는 그게 너무 힘들고 지칠 때가 있었다.

재떨이에 담배를 비벼 끈 해란은 욕실에서 손을 닦고 나와 외출복을 골랐다. 평소처럼 편한 청바지를 손에 집던 그녀는 이내 다리가 훤히 드러나는 미니스커트를 꺼내 입었다.

"한호야. 나……."

"차에 시동 좀 걸어 놓을게. 천천히 나와."

해란은 눈도 제대로 마주치지 않고 바쁘게 차 키를 들고 나서는 한호를 물끄러미 바라보았다. 예전 같았으면 역시 스커트를 입어야 예쁘다며 엄지를 치켜들었을 거다.

해란은 다시 청바지로 갈아입고 애써 정성 들여 말린 머리칼을 질끈 묶었다. 가방을 챙겨 아래로 내려오자 한호가 또 담배를 태우고 있었다.

요새 부쩍 담배를 자주 태우는 그의 모습을 발견하곤 했다. 그만큼 뭔가 고민거리가 있다는 뜻일 거다. 자신처럼.

그래서 이대로는 위험할 거다. 대화가 필요할 거다.

"뭐 먹을까?"

그가 담배 연기를 짙게 내뿜으며 물었다.

"오늘 술이 한잔하고 싶네. 점심 간단히 먹고, 이따 술이나 한잔할래?"

"해란아. 나 어제 과음……."

"나랑 마신 거 아니잖아."

또 침묵이 흘렀다. 그가 담배를 비벼 끈 뒤 눈을 가리며 흘러내린 머리칼을 쓸어 넘겼다.

"나중에 한잔하자. 오늘은 내가……."

"할 얘기가 있어. 오늘 꼭 해야 할 얘기야. 아니면, 다른 약속이라도 있어?"

한호는 피곤하다는 듯 얼굴을 문질렀다. 해란의 말을 듣고 싶지 않았다. 염려하던 그런 날이 오늘일까 봐.

"……나중에 얘기하면 안 돼? 넌 도대체 무슨 말이 그리 하고 싶어 급한 거냐."

"그래서 안 된다는 거야?"

"하아. 이러지 말자. 나 너랑 싸우기 싫어."

"너 전에는 안 그랬어. 뭐든 내가 우선이었어. 그럴 때가 있었어, 우리도."

"……."

"한호야. ……그만하자, 이런 거."

한호의 얼굴이 미세하게 굳어 갔다. 결국은 오고 말았다.

"모든 게 다 예전 같지 않다는 걸 알면서 모른 척하는 거 이제 그만하자."

그는 여전히 아무런 말도 없었다. 그래서 해란은 화가 치밀었다. 어째서 왜 아무런 말이 없는 건지, 한 번이라도 붙잡아 주면 안 되는 건지, 무슨 변명이라도 한마디 해 주면 안 되는 건지.

"이렇게 싸우는 것도 지겹잖아. 앞으로 더하면 더했지, 덜하지는……."

"그래."

해란의 입이 다물어졌다.

"그러자. 그만하자, 이제."

햇볕이 따가워서 일거다.

한호는 머리칼이 눈을 가리게끔 흩뜨렸다.

흔든다고 흔들리는 것도, 흔들리는 연인을 제대로 붙잡아 주지 못하고 의심만 늘어 가는 것도, 어쩌면 모두 다 정말 사랑이 여기까지여서 그런 건 아닐까 하는 생각에 눈물이 나왔다. 10년이라는 그 긴 세월도, 결국은 어쩌지 못하는 게 있다는 생각에 눈물이 나왔다.

어쩌면 이렇게 헤어지는 게, 해란일 위해서 더 나을지도 모른다는 생각에 눈물이 나왔다.

더 추하게 집착하고 의심하기 전에, 그래서 우리가 만들어 갔던 어여쁜 추억들이 모두 다 퇴색되기 전에, 해란일 놓아 주는 게 맞는 건 아닐까.

사랑하기 때문에 헤어진다는 말 따위 다 개소리인 줄 알았다. 그게 남들 얘기일 때는 그랬다. 그땐 그랬다.

"……가라. ……보내 줄게."

열한 번째 속삭임

"이 대리님! 큰일은 아닌 거죠?"

해란은 출근하는 자신을 보자마자 쏜살같이 달려오는 준석을 기운 없는 얼굴로 바라보았다. 주말 동안 통 제대로 먹지도 못 하고 잠을 못 잤더니 컨디션이 제로였다.

"정 대리님 말입니다. 별일 아니신 거죠?"

"⋯⋯응?"

"아, 말씀하기 곤란하신 부분이면 죄송해요. 저는 갑자기 정 대리님이 사직서를 제출하신 게 너무 놀라서⋯⋯. 집안일이라고만 하시기에 무슨 큰일인가 걱정돼서요."

정말이구나. 현실인거구나. 한호와 헤어진 게.

해란은 아무런 말없이 자리에 앉아 가방 안에서 흰 봉투를 꺼내 조심스럽게 올려놓았다.

오랜 시간을 함께해 오며 위기가 있긴 했어도, 이별이라는 단어를 입 밖으로 내뱉은 적은 한 번도 없었다. 헤어지자는 말은 함부로 하지 말자고 약속이나 한 것처럼 서로 그런 적은 없었다.

그래서였을까. 자신의 입에서 먼저 나온 이별 이야기에 놀랄 겨를도 없이 바로 날아드는 한호의 대답에 잠시 정신이 멍했던 것 같다.

분명 먼저 이별을 입에 담은 건 자신임에도 불구하고, 한호가 그리 쉽게 동의를 했다는데 더 큰 충격을 받은 모순된 마음.

사실은 한호의 마음을 떠보고 싶었던 걸지도 모른다. 당연히 한호가 잡아 줄 거라 생각했겠지. 하지만 한호는 잡지 않았고, 사실 그 이후로는 모든 사고가 정지된 것처럼 머릿속이 그냥 새하얘지고 말았다.

차를 두고 그 길로 나갔던 한호는 밤늦게 집으로 돌아왔다. 알코올 냄새가 풍기긴 했지만 많이 마시지는 않은 듯 멀쩡해 보였다.

"너는 당장 가 있을 데가 마땅치 않을 테니 내가 내일 나갈게."

여느 커플들처럼 헤어지자고 하고 돌아서면 그만인 게 아니었다. 동거를 하고 있었으니 정리가 필요했다.

"……그래. 알았어."

그날 밤, 이게 정말 함께 보내는 마지막 밤일까 생각하며 뜬눈으로 날을 지새운 뒤 동이 트자마자, 한호는 정말 간단히 옷가지들만 정리해 짐을 쌌다.

아무것도 할 수 없었고, 아무것도 하지 않은 채 그저 지켜보기만 하는데, 박스 하나에 옷이 다 담길 정도로 단출한 그의 짐들을 보자니 괜스레 콧날이 시큰해졌다.

"해란아. 나 꼭 사고 싶은 청바지가 하나 있는데 사면 안 되냐?"

"청바지 있잖아."

"해란아. 슈브가 다 오래된 것 같은데 나 슈트 한 벌……."

"아직 다 멀쩡해."

옷장 안에 꽉꽉 채워진 옷들 중 한호 옷은 몇 벌 되지 않는다는 게 그제야 눈에 들어왔다.

간단히 짐을 꾸린 한호는 한숨을 크게 한 번 내쉰 뒤 고개를 들었다.

"……갈게. 잘 지내고…… 미안했다."

한호와 함께한 그 긴 시간이, 이렇게 한순간에 끝났다는 사실이 믿기지가 않았었다. 월요일, 출근을 하는 오늘까지도 그랬다. 회사에 가면 한호의 얼굴을 볼 테니까.

그래서 또 수많은 고민을 했다. 오늘 한호를 보면 얘기를 좀 하자고 해 볼까. 확실하게 서로의 마음을 확인하는 게 먼저이지 않을까. 충동적으로 너무 순식간에 이별을 결정한 건 아닐까.

"이 대리!"

해란은 갑작스런 음성에 화들짝 놀라며 사직서를 서랍에 넣었다. 상권개발팀 이 과장이 잠깐 보자는 손짓을 했다.

"이 대리는 알지? 도대체 무슨 일이야. 도대체 무슨 급한 집안일이기에 출근하자마자 사표를 제출하느냔 말이야. 본부장님도 그래. 직원이 사표를 냈다고 기다렸다는 듯이 바로 수리를 하나? 정 대리만큼 성실한 직원이 누가 있다고. 아이, 나 참. 월요일 아침부터 속상해서, 원. 왜 아무 말이 없어? 설마 이 대리도 무슨 일인지 모르는 거야?"

"……."

"며칠 전에 싸우는 것 같더니 아직도 냉전 상태인 거야? 아무리 그렇대도 애인이 사직서를 냈는데 이유를 모른다는

269

게 말이 되냐고. 자그마치 10년이나 사귀었으면서 이 대리도
너무하네."

이 과장이 혀를 끌끌 차며 뒤돌아 갔다. 밀려오는 두통에
이마를 짚으며 걸음을 옮기던 해란은 사무실에서 나오던 은
영과 마주쳤다.

"이 대리님, 괜찮으세요? ……얘기 들었어요. 그래도 서로
좀 참아 보시지, 함께한 시간이 얼마인데……."

뒤통수를 해머로 맞은 것 같은 충격이 온몸이 훑고 지나갔
다.

혹시나 했는데 역시였던 건가? 은영에게 벌써 우리가 헤
어진 걸 얘기한 건가?

"조은영 씨. 앞으로 내 앞에서 사적인 얘기는 꺼내지 마."

"아, 제가 괜한 오지랖을 떨었네요. 저는 걱정이 돼서……."

"걱정? 걱정이 된다고?"

해란은 발끈하며 뭔가 더 말하려다 이내 관두었다. 사실
은영에게 이렇게 신경질을 내는 섯노 웃긴 일일 거다. 아무
리 바람이 강하게 휘몰아친다 해도, 뿌리가 깊다면 흔들리지
않았을 일이니까.

그러니 사실 이별의 원인이 누구 때문이다, 원망하는 것도
우스운 일이다. 타인에게 책임 전가하려는 비겁한 행동일 뿐
이겠지. 나름 꽤 견고하다 여겼던 사랑의 뿌리가 10년이라는
긴 시간 동안 생각보다 많이 가늘어지고 약해져 있었다는 게

씁쓸할 뿐이다.

해란은 냉랭한 얼굴로 은영의 곁을 지나 제 자리로 돌아왔다.

두통이 점차 심해진다.

✳   ✳   ✳

"그래서 정말 한호랑 헤어지려고?"

해란은 빈 소주병이 느는데도 정신은 멀쩡한 게 이상하다고 생각하며 잔을 또 채웠다. 부부와 다름없던 커플이 헤어졌다 하니 영주 또한 믿기지 않는 모양이었다.

"그때부터 계속 사이가 별로였던 거야? 도대체 무슨 일로 싸웠기에 그래. 한호가 한눈이라도 팔았어?"

"……."

"설마 진짜 그런 거야?"

"……모르겠어. 한호도…… 나도…… 둘 다 뭐가 뭔지 모르겠어."

"그건 또 무슨 말이야."

"있잖아, 영주야. 실은……."

어렵게 입을 떼던 해란은 그 순간 어렴풋이 떠오르는 기억에 미간을 슬쩍 좁혔다.

"나 실은…… 나쁘지 않았던 것 같아. 좋은 외제차를 타고, 공주님 놀이를 하고, 만 원짜리 하나에 벌벌 떨지 않는 것도……."

"영주야. 내가 혹시 그날 너한테 그 사람에 대해서…… 얘기했었니?"

"그 사람? 누구?"

영주는 신우에 대해 전혀 모르는 눈치였다.

꿈이었던 건가.

해란은 한숨을 푹 내쉬며 소주잔을 비웠다.

한호는 민성이 집에 있는 걸까. 아마 그러겠지. 민성이 역시 혼자 지내니까.

"어, 이제 들어갈 거야. 알았어."

"남자 친구?"

"응. 요새 이렇게 피곤하게 전화를 해. 다른 짓거리 하는 것도 아닌데. 그러고 보면 너네는 진짜 대단해. 10년 동안 크게 싸우는 것도 본 적 없고, 2년 사귄 나도 권태기인데 어떻게 한 사람과 10년을 만났는지 신기하기도 하고……. 휴, 이제 와 이게 다 무슨 소용이겠느냐만 내가 다 안타까워서 그래. 나도 이렇게 속상한데 너는 어떻겠어."

해란은 희미하게 입술 끝을 올리며 마지막 잔을 따라 비웠다.

"가자."

영주를 먼저 보낸 뒤 택시에 오른 해란은 의자 깊숙이 몸을 기댔다. 여전히 복잡한 머릿속과 씨름하는 사이 집 앞에 도달한 그녀는 매가리 없이 택시에서 내렸다.

해란은 가방 안에서 담뱃갑을 꺼내 마지막으로 하나 남은 담배를 꺼내 입에 물었다.

"이해란, 알지? 돛대는 목에 칼이 들어와도 양보 안 하는 거."

"생색내는 거야?"

"그만큼 너한텐 뭐든 다 줄 수 있다는 거지."

담배 한 모금을 깊게 빨아들인 해란은 뿌연 연기를 천천히 내뱉었다. 담배 한 대에도 한호와 얽힌 추억이 한두 가지가 아니었다.

"후우……."

"해란 씨?"

벽에 기대 담배를 태우고 있던 해란의 고개가 돌아갔다.

"맞네요, 해란 씨."

해란은 왜 지금 신우의 얼굴이 보이는지 놀란 표정으로 의아해하다, 그의 시선이 자신의 손에 들린 담배로 향하자 황급히 휴대용 재떨이에 비벼 껐다. 서둘러 손을 휘휘 저어 연기를 없애 보던 해란은 순간 또 한호를 처음 만났던 고등학생 시절이 생각나 멈칫했다.

"어어, 이게 누구야."

모범생 반장 이해란이 문제아 정한호에게 담배를 몰래 피우다 걸리다니, 그땐 정말 죽고 싶은 심정이었다. 짓궂게 히죽 웃던 한호의 얼굴이 아직도 선했다.

"갑작스럽게 찾아와서 놀랐다면 미안해요."

해란은 가로등불 아래 훤하게 드러난 신우를 향해 살짝 고개를 숙여 보였다.

"여긴 어떻게……."

하나 마나 한 질문이었다. 사원 프로필에 집 주소며 뭐며 다 나와 있으니까. 그래서 한호는 동거를 들키지 않기 위해 신월동 엄마 집 주소로 전입신고를 해 놨었다.

"찾아올 수밖에 없잖아요. 해란 씨가 사직서를 제출했는데."

"……이게 뭡니까?"

"보시는 그대로입니다."

"이유가 뭡니까."

"쓰인 그대로입니다. 개인적인 사정입니다."

해란은 아무런 말없이 빤히 자신의 얼굴만 쳐다보던 신우를 떠올렸다. 이미 한호가 사직서를 제출한 터라 뭔가 묻고 싶은 게 있을 텐데도 그는 아무것도 묻지 않았었다.

자신도 사직서를 제출한 걸 안다면 직원들은 손가락질을 해 댈 거였다. 저래서 사내 커플은 안 좋은 거라며 수군거릴 거였다. 굳이 말하지 않아도 둘 사이에 문제가 생겨 퇴직한다는 걸 자연스레 알게 될 거였다.

"휴가 처리 하겠습니다. 며칠 좀 쉬다 나와요."

"아닙니다."

"그럼 그냥 이대로 퇴사하겠다는 겁니까? 해란 씨가 맡고 있던 업무 인수인계조차 하지 않고 이대로요?"

해란은 고개를 더 푹 숙였다. 애사심이라면 누구에게 뒤지지 않을 정도로 열심히 일한 곳이었다. 자신 역시 이런 식으로 끝을 맺고 싶진 않았지만 직원들의 시선과 질문 세례가 두려웠다. 그래서 남몰래 조용히 사직서를 제출한 터였다.

"제 생각이 짧았습니다. 죄송합니다. 그럼 일단 내일 출근해서 최대한 빨리 인수인계하고……."

"나는 정한호 대리와 해란 씨가 왜 동시에 사직서를 제출했는지는 궁금하지 않습니다. 내가 궁금한 건……."

해란은 조심스럽게 고개를 들었다. 눈이 마주친 신우가 한 걸음 더 가까이 다가왔다.

"해란 씨가 이렇게 도망치듯 사표를 내는 이유에, 나도 있는지가 궁금한 겁니다. ……아무렇지 않은 게 아닌 거죠? 해란 씨도 나에게 아무렇지 않은 게 아닌 거죠? 그래서 도망치는 것 아닙니까? 정말 아무렇지 않다면 도망칠 이유 따위 없잖아요."

"본부장님."

"조금은, 정말 조금은, 해란 씨도 내게 관심이 있는 거잖아요. 생각할 시간이 필요한 거라면 얼마든지 주겠습니다. 아까도 말했듯이 휴가 처리를 하든 병가 처리를 하든, 그건 내 권한으로 알아서 처리할 테니 사직서는 다시 거둬들여요."

신우가 흰 봉투를 해란의 손에 다시 쥐어 줬다.

"그리고 이건 오는 길에 해란 씨가 생각나서 산 겁니다. 부담 갖지 말고 받아 줘요."

그가 손에 들고 있던 쇼핑백 하나를 내밀었다. 해란이 선뜻 받지 않자 끈을 손목에 걸어 준 그는 푹 쉬라는 말을 남긴 뒤 멀어져 갔다.

"하아."

머리칼을 쓸어 넘기며 그 자리에 서 있던 해란은 집으로 들어와 쇼핑백 안에 들어 있던 상자를 열어 보았다.

메모지와 함께 들어 있는 건 금장으로 된 구두굽이 인상적인 화려하게 빛나는 검정색 하이힐이었다. 마치 다이아몬드 가루가 흩뿌려진 것처럼 반짝반짝 빛이 났다. 값비싼 제 몸값을 자랑하듯 눈부시게 반짝거렸다.

원래 신발 선물은 안 하는 거라는데, 나는 좀 다른 의미가 있습니다. 이걸 신고 내게 와 줬으면 하는 간절한 마음입니다.

해란은 조심스럽게 구두를 꺼내 전신 거울 앞에 서서 신어 보았다. 어떻게 발 사이즈를 알았을까 궁금할 정도로 꼭 맞았다.

"와아, 우리 해란이 각선미 봐라. 늘씬하다, 진짜. 끝내줘. 구두가 중요한 게 아니야. 결국은 각선미가 돋보여야 구두도 돋보이는 거지."

우스운 일이었다. 신우가 사 준 신발을 신었는데, 떠오른 건 한호의 음성이었다.

신발 사이즈는 발에 딱 맞았지만 마치 남의 것을 신은 것처럼 마음은 불편했다. 해란은 서둘러 구두를 벗어 원래대로 포장을 해 황급히 뛰쳐나갔다.

다행히 아직 출발하지 않은 신우의 차를 발견하고는 힘껏 달려가 창문을 두드렸다.

"하아, 하아. 이거, 이거 가져가세요."

해란은 가쁜 숨을 몰아쉬며 쇼핑백을 내밀었다. 바로 출발하지 않고 잠시 앉아 있던 신우는 갑작스런 상황에 놀란 얼굴로 차에서 내렸다.

"네, 맞아요. 인정할 건 인정할게요. 본부장님이 물으셨으니 대답은 해 드릴게요. ……맞아요. 한 번도 흔들린 순간이 없었다면 거짓말이겠죠. 제가 언제 그런 고급 외제차를 타 보고, 이런 값비싼 선물을 받아 보고, 돈 몇십 만 원쯤 우습게 쓰는 사람을 만나 보겠어요."

"해란 씨."

"제 말부터 끝까지 들으세요. 저와는 너무 다른 세상에 사는 본부장님이 신기했어요. 그런 분이 절 좋다고 하는 것 역시도요. 대체 내 어떤 면을 보고 그러실까 궁금했어요."

"……."

"생각해 보면 본부장님은 처음부터 제게 호의적이셨어요. 그래서 더 궁금하기도 했죠. 도대체 '왜?' 라는 물음표가 사라지지 않았거든요. 그건 지금도 마찬가지지만, 이제 그런 건 중요하지 않아요. 이런 선물은 제가 받아야 할 게 아니라는 걸 확실히 알았으니까요. 내일 회사는 나가겠습니다. 나가서 충분히 업무 인수인계 다 끝마치고 퇴사하겠습니다."

해란은 제 할 말만 끝마친 채 뒤도 돌아보지 않고 집까지 달려왔다.

"왜 이렇게 숨을 헐떡거려. 자, 천천히 한 모금씩 목 좀 축여."

한호의 음성이 귓가에 맴돌았지만 집 안은 텅 비어 있었다.

＊　　　　＊　　　　　＊

　뜨거운 가마솥 안에 들어가 있는 것처럼 몸에서 열이 났다. 오뉴월 감기는 개도 아니 앓는다는데 이상한 일이었다.

　해란은 돌덩이 같은 눈꺼풀을 간신히 올려 시간을 확인했다. 이미 출근 시간은 지나 있었다.

　오한까지 와서 부들부들 떨리는 몸을 일으켜 휴대폰을 찾았다. 준석에게 부재중 전화가 와 있었다. 일단 박 과장에게 전화를 했다. 갑작스런 결근에 대한 이유를 설명한 뒤 겨우 몸을 일으켜 한겨울 이불을 꺼내 덮는데 한호가 또 생각났다.

　"이마가 불덩이야. 안 되겠다. 응급실이라도 가자."

　"괜찮아. 무슨 감기 가지고 응급실까지 가. 자고 일어나면 괜찮아질 거야."

　끝까지 고집을 부리는 자신을 두고 혼자 나갔던 한호는 한 시간여 만에 돌아왔다.

　"하아, 하아. 약…… 하아. 약이라도 먹어."

어디까지 뛰어갔다 온 것인지 온통 땀으로 젖은 한호가 약
봉투를 내밀었었다.

해란은 이불을 머리끝까지 뒤집어쓰며 엉엉 울었다.

어쩌다 이렇게 됐을까. 어디서부터 잘못돼 버린 걸까.

울음이 쉽사리 멈추지 않았다.

※   ※   ※

신우는 출근 시간이 되었는데도 오지 않는 해란의 빈자리
를 바라보다 이내 회사를 빠져나왔다. 분명 어제 출근을 한
다고 했었다. 이유 없이 괜히 무단결근을 할 리는 없었다. 혹
시 어디가 아픈 건 아닌가 싶은 마음에 한걸음에 해란의 집
으로 달려갔다.

문 앞에 서서 벨을 누르려는데 통곡을 하다시피 울고 있는
해란의 음성이 새 나왔다. 선뜻 문을 두드리지 못하고 가만
히 듣고 서 있는데 문득 지난 어느 날이 떠올랐다.

어머니가 돌아가셔서 가슴을 치며 통곡하던 연우를 달래
주던 어느 날이.

해란의 울음소리가 마치 그날의 연우의 울음소리와 같았
다.

신우는 바르르 떨리는 손으로 얼굴을 감싸며 조심스럽게
발길을 돌려 차에 올랐다.

해란에게 선물했던 구두를 다시 돌려받고 집으로 돌아와 참 많은 생각을 했었다. 그리고 그 생각의 끝엔 아직도 연우의 그늘에서 벗어나지 못한 제 모습을 발견하고 말았다.

어젯밤, 사직서를 제출한 해란을 붙잡아 보려 한참 전부터 집 앞에서 기다린 터였다. 뒤늦게 도착한 해란이 반가워 다가가려는데 그녀가 가방 안에서 담뱃갑을 꺼내 들어 당황했었다.

그 순간엔 인지하지 못했던 한 가지를 뒤늦게 알아챘다. 해란이 담배를 피우는 모습을 본 순간 자신이 했던 생각이 무엇이었는지를.

'연우는 담배를 태우지 않았는데.'

당혹스러웠다. 처음엔 연우와 닮아서 해란에게 눈을 못 뗀 건 맞았지만, 차츰 분명 이해란이란 여자에게 매료되었던 것도 사실이었다. 한데 자신도 모르게 그런 생각을 했다는 것에 헛웃음이 나왔다.

인지하지 못했을 뿐, 자신은 아직도 해란에게서 연우의 흔적을 찾고 있었던 건 아니었을까 하는 생각에 머리가 아파 왔다. 그녀에게 선물했던 구두 역시 사이즈를 고민할 필요가 없었다.

"이걸로 주세요."

"사이즈는 어떤 걸로 드릴까요?"

"235."

한 치의 망설임도 없이 내뱉은 말이었다. 무의식적으로 연우의 신발 사이즈 그대로 샀다는 것 역시 당시에는 인지하지 못했다.

밤새 잠을 뒤채며 세차게 고개를 내저었다. 그런 게 아니라고, 연우에겐 미안하지만 지금 자신이 좋아하는 건 이해란인 거라고.

"하아."

신우는 피곤한 얼굴로 눈꺼풀을 내려뜨렸다. 한데 또 해란에게서 연우의 흔적을 찾고 말았다.

'나는 지금 해란이 아파서 달려온 게 맞는 걸까. 단지 그래서일까.'

혼란스러웠다.

신우는 지끈거리는 두통에 연거푸 한숨을 내쉬다가 해란에게 문자 하나를 보냈다. 그녀에게 휴식이 필요해 보이지만, 저 역시도 그랬다.

〈이신우입니다. 해란 씨 결근은 휴가로 처리하겠습니다. 그러니 무리하지 말고 이 김에 며칠 더 푹 쉬다 나오세요. 그리고 나서 다시 얘기해요.〉

＊　　　＊　　　＊

"벌써 맘마 다 먹은 거야?"

한호는 금세 밥그릇을 비운 채 꼬리를 살랑거리며 다가오는 말티즈 두 마리를 쓰다듬었다. 혼자 지내 적적하신 어머니와 4년째 동거를 하고 있는 녀석들이었다.

원래는 암컷 한 녀석만 키웠었는데 일을 다니시는 어머니가 없는 시간 동안 혼자 있는 녀석이 신경 쓰였는지 아예 수컷 한 마리를 더 분양받으셨다.

둘이 부부의 연을 맺고 낳은 새끼들도 여럿이었지만, 새끼들까지는 혼자 키우기 버거우셨던 어머니는 모두 분양을 하셨다. 그 당시 자신에게도 한 마리 데려가서 키워 보겠냐고 했었지만 해란의 반대로 거절을 했었다.

해란은 자식 키우는 것과 마찬가지로 사랑과 관심이 필요할 텐데 자신이 있느냐 물었다. 그저 보기 예쁘다고 데려다 키우는 거라면 반대라고, 대부분의 시간을 혼자 지낼 텐데 강아지를 위해서도 그건 아닌 것 같다고 했었다.

그러고 보면 해란은 늘 참 현실적이었다. 그래서 다소 냉정하다 싶을 때도 종종 있었지만, 결국 지나 생각해 보면 해란의 말이 다 맞았다.

"어, 현준아. 나 지금 수원에 있거든. 왔을 때 얼굴이나 한번 볼까 했지. 어, 휴가야. 해란이? 아니, 같이 안 왔어. 해란이랑 휴가가 안 맞아서. 시간 되는 녀석들은 다 같이 보자. 얼굴 본 지도 오래됐는데."

거실 바닥에 누워 말티즈 녀석들과 손장난을 치며 통화하는 한호의 입가에 모처럼 미소가 걸렸다. 중학교 때까지 수원에서 나고 자랐던 터라 죽마고우들은 다 수원에 있었다. 서울에 있다 보니 얼굴은 자주 보지 못했지만, 다 오랜만에 보아도 어색하지 않은 녀석들이었다.

대학교 1학년 때 해란과 함께 수원을 처음 내려왔을 때가 생각났다. 불알 친구들에게 해란을 소개하는 자리였는데 녀석들이 꽤 짓궂게 농을 치는데도 해란은 끝까지 웃는 얼굴로 친구들과 어울렸다. 그 후로 가끔 수원에 들를 때마다 해란과 늘 함께였기 때문에 친구들도 그녀를 허물없이 대했다.

서울에서 함께 생활하시던 어머니가 4년 전 다시 수원으로 내려가신다고 했을 때 사실은 고민을 했었다. 하지만 결국은 해란이 있는 서울에 남기로 했고, 어머니는 자신의 생각을 존중해 주셨다.

"이제 좀 씻자."

통화를 끝낸 한호는 윗옷을 벗어 바닥에 던지며 욕실로 향했다.

"또, 또! 내가 옷걸이에 걸어 놓으라고 했잖아."

욕실 문을 열던 한호는 멈칫하며 티셔츠를 주워 소파 위로 던져 놓았다. 샤워기를 틀고 세찬 물줄기를 맞고 서 있는데 사직서를 제출하던 그날 일이 떠올랐다. 자신이 내민 사직서를 말없이 응시하던 신우는 딱 한마디를 건넸었다.

　"내 뜻대로 해석을 해도 되겠죠?"

　자존심이 상했다. 결국은 네가 이긴 거다 인정을 하는 꼴이니 자존심이 상했다. 해볼 테면 해봐라, 흔들리지 않을 거라 자신했었는데, 겨우 몇 달 만에 10년의 세월이 무너졌다는 게 자존심이 상했지만 그게 현실이었다.
　결국 정한호는 이해란을 믿지 못했다. 해란이 역시 의리를 지키지 못했지만, 그래서 온갖 감정들이 샘솟았지만, 어쩌면 해란의 입장에서는 당연한 흔들림이 아니었을까 하는 생각이 들었다.
　자신이 해란이었어도 과연 굳건할 수 있었을까. 오히려 혼자 지켜 내기 힘들었다면 곁에 있는 자신이 꽉 붙들어 줬어야 했던 건 아니었을까.
　해란이 먼저 이별을 꺼냈다 해도, 꼭 그렇게까지 매몰차게 등을 돌릴 이유가 있었을까.
　해란일 위해서였다고 이유를 대 보지만 그건 핑계가 아닐까 하는 생각이 뒤늦게 들었다. 못난 자격지심에 용기가 없어 그냥 놔 버린 건 아니었을까. 이 모든 건 해란만 흔들리지 않으면 되는 일이라며 비겁하게 그녀에게 다 미루었던 건 아닐까.

사직서를 제출하고 속상한 마음에 혼자 술을 한잔했다. 날이 어두워지고 나서야 택시를 잡아탔는데 습관처럼 해란과 함께 살던 곳으로 와 버렸다. 기사님에게 다시 목적지를 얘기하려는데 골목 담벼락에 기대 담배를 태우는 해란을 발견했다.

잠시의 시간 동안 그냥 내릴까 고민하는데 신우가 보였다. 몇 마디 대화를 나누던 그가 선물로 보이는 쇼핑백을 해란에게 건넸다. 선물을 받아 든 채 집으로 들어서는 해란의 뒷모습을 보며 이내 다시 목적지를 변경해 묵고 있던 모텔로 향했다.

해란에게 이별을 고하고 민성의 집을 찾아갈까 생각해 보았지만 그렇게 되면 이별을 인정하게 되는 것 같아 찾아가지 않았었다.

헤어졌다고 입 밖으로 내뱉으면 그게 사실이 돼 버리니까.

어머니에게도 해란과 휴가가 맞지 않아서 같이 못 왔다고 둘러댄 터였다.

"하아."

한호는 까칠해진 얼굴을 문질렀다.

분명 해란과 자신은 이별을 했다. 언제까지 이렇게 둘러댈 수는 없을 거다. 시간이 좀 더 지나면 이별을 받아들이게 될까. 해란이 옆에 없다는 게 익숙해지는 날이 올까.

친구들을 만나면 술 한잔을 거하게 할 테니, 오늘은 잠을 좀 잘 수 있을 거다. 불을 끈 어두운 천장에 그려지는 해란일 오늘은 만나지 않아도 될 거다.

오늘은 그럴 거다.

✻   ✻   ✻

해란은 평일이라 그런지 그나마 인적이 드문 오이도 방파제 생명의 나무 전망대에서 멈춰 섰다. 매번 물이 빠진 갯벌만 보았었는데 오늘은 운이 좋은 것인지 찰랑찰랑 물이 차 있었다.

해란은 조명이 들어와 어여쁘게 빛나는 생명의 나무를 물끄러미 바라보았다. 인공 조형물이었지만 조명 때문인지 신비스런 느낌도 나고 제법 운치가 있었다.

몸이 아파 결근을 한 그날 저녁 간신이 정신을 차리고 나서야 신우가 보낸 문자를 확인했다. 듣던 중 반가운 소리였다. 하루 빨리 인수인계를 하고 마무리를 지어야 했지만 지금은 심신이 너무 지쳐 있었다.

다음 날 아침, 컨디션을 어느 정도 회복하고 나서 캐리어에 간단히 짐을 쌌다. 혼자 여행을 다녀 본 적은 없지만 지금은 그럴 필요가 있었다.

목적지는 따로 없었다. 그냥 발길이 닿는 대로 움직일 생각이었다.

운전이 능숙했다면 렌트카를 타고 편하게 다녔겠지만 그렇지 못한 관계로 대중교통을 이용해 여행지를 옮겨 다녔다. 버스를 타고, 전철도 타고, 기차도 타고. 다소 불편한 점들도 있었지만 오히려 혼자 여행하는 데는 안성맞춤이라는 생각도 들었다.

혼자 하는 첫 번째 여행지라고 찾아간 곳이 고작 강촌이었다. 대학 신입생 OT 때 왔었던 곳. 당연히 한호가 함께였었다. 두 번째 여행지 경포대 역시 한호와 함께했었으며, 세 번째 여행지인 안면도 꽃지해수욕장 역시 한호와 함께였고, 그리고 오늘 도착한 오이도 역시 어김없이 한호와 함께였다.

그래서 비식 웃음이 나왔다. 혼자만의 시간이 필요하다고 떠난 여행이면서도, 결국은 새로운 곳에 가 보지도 못하고 한호와 함께했던 익숙한 곳을 찾아 다녔다는 생각에 그냥 헛웃음이 나왔다.

"뭐하고 있는 거니, 나."

한참을 전망대에 서 있던 해란은 캐리어를 끌고 다니는 자신을 힐끔거리며 쳐다보는 사람들의 시선을 별로 개의치 않으며 걸음을 옮겼다. 밝은 불을 밝히며 줄지어 늘어선 수많은 횟집들 중 손님이 한 명도 없는 빈 횟집을 골라 들어섰다.

일행이 몇 명이냐는 질문에 혼자라는 대답을 한 해란은 구석진 곳에 자리를 잡았다. 주인아저씨 역시 캐리어를 힐끗 쳐다보았지만, 해란은 아무렇지 않게 회를 주문하며 담뱃갑을 꺼냈다.

　"여기 조개구이 소자 하나 주세요."

　해란은 고새 손님이 또 왔나 보다 생각하며 라이터를 찾기 위해 주머니를 뒤적거렸다. 사실 회보다는 조개구이가 더 당겼지만 혼자 먹기엔 양이 너무 많을 것 같아 회를 주문한 거였는데, 아무래도 그냥 조개구이로 바꿔야겠다 싶어 서둘러 일어서다 익숙한 얼굴을 발견했다.

　해란은 제대로 본 게 맞나 싶어 다시금 눈을 끔뻑거렸다. 담배를 입에 물고 불을 붙이던 남자와 눈이 마주쳤다.

　10년을 봐 왔던 너무도 낯익은 얼굴이 망막에 맺혔다.

열두 번째 속삭임

어색한 침묵이 흘렀다. 그저 며칠 떨어져 있었을 뿐인데도 거리감이 느껴졌다.

모르는 사이도 아니고 오랜 시간 함께한 연인이었던 사람들이 서로 다른 테이블에서 술잔을 기울인다는 게 불편해서 어째야 하나 고민하던 찰나, 한호가 먼저 입을 열었다.

"사장님, 여기 테이블 합칠게요."

"먹어."

한호가 살이 통통하게 오른 조개를 먹음직스럽게 구워 앞에 놓아 주었다.

"아, 응."

해란은 소주 한 잔을 넘기며 한입에 먹기 알맞게 잘라 놓은 조개를 집어 먹었다. 이런 상황에서도 맛은 있었다.

"……혼자 온 거야?"

한호가 여전히 조개를 구우며 무심하게 물었다. 합석을 했다는 것 자체가 혼자 온 증거였지만 해란은 고개를 끄덕였다.

"너는 여기…… 어쩐 일이야?"

"그냥. 갑자기 생각이 나서. 멀지도 않고."

"아, 그래. 요즘…… 어디서 지내? 민성이 집에 있어?"

"응."

내내 조개만 굽던 한호가 처음으로 고개를 들어 제대로 눈을 맞췄다. 오랜 시간 수없이 봐 온 눈빛인데도 뭔가 느낌이 달라 보였다.

"살이 좀 빠졌네."

"응…… 너도."

다시 또 침묵이 찾아왔다. 그렇게 말없이 소주 한 병이 비워지고 두 병째가 거의 비워질 때쯤, 한호가 다시 입을 열었다.

"곤란하지……? 나 때문에. 나 혼자 비겁하게 사직서를 내고 도망쳐 버렸으니, 혼자 남은 네가 힘들었을 거란 생각이 뒤늦게 들더라. 공공연한 사내 커플이었는데 무슨 일인가 싶어 다들 너를 붙들고 물었겠지."

한호가 소주 한 잔을 털어 넣었다.

"우연히 만난 오늘이 아니었다면 어쩌면 영원히 하지 못했을 말이었을지도 몰라. 술기운을 빌어 이런저런 진심을 털어놓고 나서, 결국 내일 아침 술이 깼을 때 후회할지도 몰라. 못난 내 속내를 왜 드러냈을까, 후회하겠지. ……그럼에도 불구하고 네 얼굴을 보고 있자니 하고 싶은 말들이 한꺼번에 목구멍까지 차올라. 사실은 그래."

"……해도 돼. 다 얘기해. 나도 실은 네게 하고 싶은 말이 있어. 나 역시 구차하고 못나 보일까 봐 표현하지 못했을 뿐, 사실은 나도 그래."

"해란아."

"……응."

그가 나지막한 목소리로 옅은 한숨을 토해 내듯 이름을 불렀다. 해란은 어쩐지 그 음성 하나에 한호의 마음이 다 묻어나는 것 같아 심장이 시큰해졌다.

"나도 마음은 그래. ……나라고 왜 그러고 싶지 않겠어. 나도 비싼 외제차에 너를 태우고 싶고, 장사 안 돼서 걱정스러운 어머니께 도움도 드리고 싶고, 네가 그깟 참돔 하나에 벌벌 떨게 하고 싶지도 않아. ……네가 그렇게 억척스러워진 게 나를 만나 그렇게 된 건 아닐까 자책도 많이 했고, 그래서 더 두 발로 열심히 뛰었어. 그런다고 뱁새가 황새가 되지는 않겠지만, 그래도 남들처럼은 살고 싶었어. 그냥 딱 남들처럼만. 그리 풍

요롭지는 못해도 특별히 부족함은 없이, 그렇게 남들처럼 평범하게 아이 낳고 오순도순 살고 싶었어. 그게 내가 열심히 뛰어 다니는 이유였고, 최선이었어."

해란은 테이블 아래로 두 손을 꽉 맞잡았다.

한호는 알고 있었구나. 오랜 연인이 새로움에 흔들리고 있다는 걸 진즉 먼저 알아차렸어. 당사자인 자신이 인지하기도 전에 한호는 알고 있었어. 그래서 그렇게 불안했던 거야.

"나는 어쩌면 안일하게 생각하고 있었던 것 같아. 네가 내 곁에 있는 게 당연하니까, 허리띠 졸라매며 열심히 돈 버는 건 당연하니까, 우리 같은 서민에게는 당연한 일이라며 어느 순간 안일해진 것 같아. 그래서 억척스러운 네가 안쓰럽기보다는 차츰 답답해졌고, 그래서 짜증이 나고 싸우게 되고……. 해란아. 나는 너 원망 안 해. 내가 그렇게 해 주지 못해서 그게 미안한 거지, 널 원망하지는 않아. 나라도 그랬을 거야. 어느 날 갑자기 백마 탄 왕자님이 나타났는데 나라도 그랬을 거야. 그게 정상인 거야."

해란은 울음이 목구멍까지 차올라 고개를 푹 숙였다.

"너…… 모르지? 내가 얼마나 못난 놈인지. 어느 날 내가 네 휴대폰을 몰래 보고 있더라. 혹시 그 사람과 따로 연락을 하고 있나 보려고 내가 네 휴대폰을 뒤지고 있더라. 내가 널…… 믿지 못하고 있더라. 실은 두려웠어. 자꾸만 변해 가는 내 모습이. 너를 붙잡고 싶은데, 붙잡아야 하는 건데, 사실 용기가 나지 않았어. 상대가 너무 거대하니까, 붙잡았는데도 소용이 없을까 봐. 그럼 너무 쪽팔리잖아."

한호가 일부러 가볍게 입매를 올리며 말을 이었다.

"사실 그런 의심들보다도 너를 잡아 주는 게 먼저였을 텐데, 내가 할 수 있는 건 모두 다 해 보고 그래도 안 되면 포기했어야 하는 건데, 내가 너무 용기가 없었어. 꼴에 남자라고 괜한 자존심에 화만 차오르고 의심하고……. 그래서 해란아. 이제는 그냥 내 마음 있는 그대로를 얘기할게. 나는 여전히…… 네가 필요해. 어디를 가든 누구를 만나든, 다 너와 함께한 기억뿐이야. 너와 함께한 10년의 기억들을 모두 다 지우고 살아갈 자신이 나는 없다."

해란의 뺨 위로 굵은 눈물방울이 후드득 떨어졌다.

"우리 사이가 예전 같지 않다는 건 인정해. 당장 다시 원래대로 돌아가자는 얘기가 아니야. ……시간을 좀 갖고 떨어져 있을 필요는 있어 보이니까. 다만 내가 네게 전하고 싶은 말은, 나는 언제나 그 자리에 있다는 거야. 한편으로는 어쩌면 이런 시간들이 주어진 게 오히려 다행일지도 모른다는 생각이 들어. 좀 더 서로의 존재에 대해 깊게 생각하게 되고, 소중함을 깨닫게 될 귀중한 시간이 될지도 모르니까. ……그럼에도 불구하고, 정말 만약에 다시 내게 돌아오는 게 힘들다면, 그때 보내 줄게. 그때는 보내 줄게."

해란은 아이처럼 손등으로 눈물을 훔쳤다. 한 자, 한 자 진심이 느껴져서 눈물이 나왔다.

"은영이…… 은영이는……."

해란은 간신히 바르르 떨리는 입술을 달싹였다.

"은영이 그 계집애…… 그 계집애는 어떻게 된 건데? 나도 그날 사실 네 휴대폰 봤어. 은영이 그 계집애가 만나자고 문자 보낸 거 봤어. 우리 헤어지던 날 얘기 좀 하자는 걸 네가 거절한 게 은영이 만나려는 건지 알았어. 그래서…… 그래서 더 화가 나서……. 나는 네가 변했다고 생각…… 흐어엉. 우리 헤어진 것도 다 알고 있던데……. 흐어엉."

"무슨 소릴 하는 거야. 내가 그럴 리가 없잖아. 그날은 혼자 술 마시다 온 거고, 사직서 내던 날은 은영이 마주치지도 않았는데. 설사 만났다 하더라도 내가 그런 얘기를 할 리 없잖아. 가슴 아픈데, 너와 헤어졌다는 게 믿기지 않을 만큼 너무 아픈데, 은영이를 돌아볼 여유 같은 게 어디 있겠어."

해란은 너무 기가 막힌 탓인지 눈물이 더욱 차올랐다. 한호는 여전히 변함이 없는데, 결국 잠시라도 흔들린 건 자신뿐이었다는 사실에 고개를 들 수가 없었다. 그렇게 믿음이 없는 거냐고 되레 나무랐으면서, 결국은 그의 염려대로 믿음을 주지 못했다는 사실에 면목이 없었다.

싸울까 봐 그랬다고, 그 당시엔 그게 배려라고 생각했지만, 사실은 이기적이었던 게 아니었을까. 일일이 한호에게 설명해야 할 것들이 머리 아파 그냥 피했던 건 아니었을까.

그가 의심이 늘어났던 건 어쩌면 당연했다.

"……미안해. 내가…… 내가……."

"알아. 힘들게 얘기할 필요 없어."

"내가 잠시…… 내가 잠시……."

"……알아. 다 알아."

"그래도 나는, 그래도 나는……."

"알아. 너에 대한 건, 그냥 다 알아. 다 알아, 해란아."

해란은 더 이상 말을 이을 수가 없었다. 결국 입 밖으로 토
해진 울음 때문에 말을 이을 수가 없었다. 그저 말없이 토닥
이는 한호의 위로를 받으며 그렇게 한참 동안을 목 놓아 울었
다.

"506호야. 문 잘 잠그고 자."

해란은 한호가 내미는 키를 받아 들며 같이 엘리베이터에
올랐다. 한호와 함께이면서 방을 따로 잡은 적은 처음인 것
같았다.

"함께이면 어떻게 될지 몰라. 이게 맞는 것 같다."

며칠 사이 한호가 많이 의젓해진 것 같다는 생각이 들었
다. 사실 고민했었으니까. 둘 다 술에 취했고, 한두 번 사랑
을 나눠 본 사이도 아니고, 습관처럼 서로의 몸을 탐하게 되

는 건 아닐까 걱정했었다.

아직 확실한 정리를 해야 할 게 남아 있는데 이 상태에서 한호와 사랑을 나누고 싶지는 않았다. 마치 몸이 그리워서 엔조이를 하는 일부 커플처럼 치부될까 봐 내키지가 않았었다. 하지만 한호가 어떻게 생각할지 몰라 머뭇거리고 있었는데, 마치 속내를 읽기라도 한 듯 알아서 해결을 해 주었다.

"오늘은 그냥 푹 쉬어."

"……응."

"내일은 서울 올라가는 거야?"

한호가 캐리어를 보며 물었다.

"응. 그래야지."

"같이 올라가."

"……응."

"푹 자. 전화해서 깨워 줄 테니까."

해란이 506호로 들어가는 걸 확인한 한호는 문손잡이를 한 번 잡아당겨 잘 잠겼는지 확인한 뒤 옆방인 507호로 향했다.

술기운에 쓰러지듯 침대 위에 누운 한호는 눈을 감았다. 정신을 똑바로 차리려고 얼마나 신경을 썼는지 머리가 다 아팠다.

휴가라며 찾아왔는데 수원에서 마냥 머물 수가 없었다. 취직을 해야 하고, 그러려면 면접도 봐야 하고 할 일이 태산이었다. 먹고살기 위해 또다시 사회로 뛰어들어야 한다는 게 슬프기도 했다. 연인을 잃은 슬픔에 빠져 있는 시간조차 사치인 게 현실인 것 같아서.

서울로 올라가기 위해 운전대를 잡는데 갑자기 생각이 바뀌었다. 서울에서 가까워 해란과 이따금씩 바람 쐬러 다녔던 오이도가 생각났다.

회를 좋아하는 해란 때문에 오이도나 소래포구를 정기적으로 다니고는 했다. 멀지도 않고 바람 쐬며 회 한 접시 먹기 딱 좋은 곳이어서 해란이 좋아했다.

뭔가에 이끌리듯 무작정 오이도로 향해 생명의 나무 전망대로 향했다. 운전을 해야 해서 원래는 바람만 좀 쐬다 갈려고 했었는데 막상 해란과 함께한 추억이 깃든 장소에 가니 소주 한 잔이 생각났다.

일행 없이 혼자이니 북적이지 않는 횟집을 찾았다. 멀리 캐리어를 하나 끌고 혼자 터벅터벅 걸어가는 여자의 뒷모습이 어쩐지 해란과 닮은 것 같아 피식 웃음이 나왔다. 해란일 리가 없는데 오늘도 여전히 그녀의 흔적을 찾는 자신이 한심했다. 그러면서 아무것도 하지 못하는 못난 자신이 한심스러웠다.

회를 시킬까 하다 남을 줄 알면서도 일부러 조개구이를 시켰다. 회뿐만이 아니라 해산물은 모두 다 좋아하는 해란은 조개구이도 참 좋아했었다. 사실 자신은 조개구이가 특별히 맛있는지 잘 모르겠는데 해란이 좋아하니 좋아하는 것처럼 했었다. 그래서 오늘 도대체 이게 뭐가 그리 맛있어 해란의 입이 귀까지 걸리고는 했는지 탐구 아닌 탐구를 좀 해 보고 싶었다.

생각이 거기에 이르자 또 한숨이 나왔다. 이제 와 이런 게 다 무슨 소용이라고, 이제 해란인 곁에 없는데.

씁쓸한 마음에 담배를 꺼내 물었다. 바람이 정면으로 불어와 고개를 살짝 틀어 불을 붙이는데 순간 눈을 의심했다.

우연찮게 해란을 만났다는 게 신기하면서도 한편으로는 용기가 생겼다. 이렇게 다시 만난 데는 이유가 있지 않을까. 이게 마지막 기회라는 확신이 들었다. 모가 되든 도가 되든, 일단 저질러 보자. 해란일…… 붙잡아 보자.

"후우……."

한호는 천천히 눈꺼풀을 올렸다.

신우는 여전히 불도저처럼 밀어붙이고 있는 것 같았다. 집 앞까지 찾아가 선물 공세를 하는 걸 보면, 그는 여전히 해란에 대한 마음이 변함이 없다는 뜻일 테니까.

돌아오기가 힘들다면 보내 주겠다고 얘기했지만, 그런 날은 오지 않기를 바라지만 만약 그런 날이 온다면 정말 쿨하게 해란을 놓아줄 수 있을까.

해란이 분명 다시 돌아올 거라 믿으면서도 '만약'이란 게 사람 마음을 참 힘들게 했다. 멋있게 얘기는 다 해 놓고 실은 아직도 자신 없는 겁쟁이일 뿐이다. 하지만 그럼에도 불구하고 해란이 없이 살아갈 자신은 더 없기에, 그저 묵묵히 그 자리에 뿌리를 내리고 버텨 보려 한다.

질투, 의심, 권태기라는 이름을 단 수많은 해충들이 갉아대며 방해를 한대도, 그냥 버텨 보려 한다. 심장이 두근거리는 정열적인 사랑은 아니더라도, 엄마 품처럼 포근한, 팔베개처럼 아늑한, 속삭임처럼 따사롭고 편안한 안식처는 되어줄 수 있음을 확신하니까. 우리는 서로에게 그런 존재임을 확신한다. 그 무엇으로도 대체 불가능한 사이라는 걸 믿고 있다.

이 잠시의 흔들림으로 더욱 견고해질 거라는 걸 믿고 있다.

한호는 불을 끄고 이불을 끌어 올려 덮었다.

오늘은 모처럼 편안히 잠들 수 있을 것 같았다.

*   *   *

"대리님, 휴가는 잘 보내셨어요?"

해란은 언제나 그렇듯 웃으며 자신을 반겨 주는 준석의 머리를 풀썩였다.

"어? 뭡니까, 대리님. 절 너무 동생 취급하는 거 아닙니까?"

"동생이지, 그럼."

"뭐 다 좋습니다. 대리님이 나오셨으니까. 사실 걱정했어요. 원래 휴가 날짜가 아닌데 사정이 생겨서 휴가를 앞당겼다는 소식을 듣고 내심 무슨 일인가 싶었거든요."

준석이 무슨 말을 하고 싶어 하는지 알았다. 한호도 그만둔 마당에 이게 무슨 상황인가 싶었겠지. 다른 직원들 역시 눈치를 보느라 물어보지 못할 뿐 다 같은 생각일 거라는 걸 안다. 아파서 하루 결근을 했던 사람이 갑자기 휴가를 이어 다녀왔으니 궁금한 게 많을 거였다.

"어머, 이 대리님!"

해란은 여전히 생글거리며 다가오는 은영을 향해 일부러 입매를 올렸다.

"잘 쉬셨어요? 걱정했어요."

"그러니? 고맙다."

"모닝커피 한 잔 드릴까요?"

"그럴래?"

은영이 사무실을 나가자 가만히 보고 있던 해란은 몸을 일으켜 뒤따라 나갔다. 자판기가 있는 휴게실이 아닌 화장실로 향하는 그녀의 뒤를 따른 해란은 손에 쥔 휴대폰의 녹음 버튼을 눌렀다.

"진짜 낯짝 두껍더라. 오늘 회사 나왔지 뭐야?"

아무도 없는 화장실 빈칸에 들어간 은영이 고맙게도 알아서 자폭을 시작했다. 해란은 굽 소리가 나지 않게 조심스럽게 걸음을 옮겨 휴대폰을 문 앞 가까이 댔다.

"대단해. 지 남자 친구는 회사를 그만뒀는데 저렇게 끝까지 남아 있는 거 보면. 헤어진 건 확실하거든. 내가 슬쩍 떠봤는데 바로 넘어오더라고. 표정 관리 안 되더라니까. 이제 어쩌긴 뭘 어째. 저 보기 싫은 계집애 나가게 만들어야지. 걔가 또 일은 잘해서 이미지가 좋은 편인데 내가 다 생각이 있어. 걔만 없으면 여긴 내 세상이야. 박 과장이며 오 대리며 남자라면 너 나 할 거 없이 침 질질 흘리면서 나 쫓아다니니까. 뭐? 그럼 한호 선배랑 사귈 거냐고? 아니, 그건 아니야. 생각해 보니까 10년 동안 다른 여자한테 몸 주고 마음 준 놈이 뭐가 좋다고 사귈까 싶더라고."

해란은 휴대폰을 쥔 손이 부르르 떨렸지만 심호흡을 했다.

차라리 한호를 진심으로 좋아해서 그런 악행을 저질렀다면 단 1%라도 이해 아닌 이해를 해 보겠다. 한데 저건 도대체 무슨 심보란 말인가?

"내 초기 목표 달성은 한 셈이니까 이걸로 끝인 거지. 어차피 회사도 그만둬서 볼일도 없는데, 뭘. 대학교 때부터 한호 선배 좋아했던 건 사실이지만, 그땐 이렇게 오래된 연인이 있는지 몰랐지. 게다가 감히 조은영을 두 번이나 물 먹였다는 게 자존심이 상해서 참을 수가 없네. 몇 년 만에 다시 만나서 진짜 설레고 좋았던 건 맞지만, 사람이 너무 한길밖에 몰라서 답답하더라고. 말 놓으라는데도 끝까지 거리를 두면서 존대를 쓰더라니까? 얼굴 좀 반반하고 허우대 멀쩡해서 좋아했더니 의외로 꽉 막혔어. 한 여자를 10년이나 지겹지도 않나? 아무튼 나 이제 나가 봐야 해. 커피 갖다 바치면서 웃는 얼굴 해야지, 또."

해란은 머리끝까지 차오르는 화를 누르며 먼저 화장실을 빠져나와 자리로 향했다. 두근거리는 가슴을 진정시키며 생각을 정리하는데 은영이 언제 그랬냐는 듯 생글거리며 다가왔다.

"대리님, 여기요."

"응, 잘 마실게."

해란은 은영이 꾸벅 고개를 숙이며 자리로 돌아가자, 뭔가 잊은 게 있는 것처럼 큰 소리로 은영을 불렀다.

"조은영 씨!"

출근을 한 모든 직원들의 시선이 쏠렸다. 해란은 휴대폰을 들고 자리에서 일어나 허리를 꼿꼿이 세우고 또각또각 굽 소리를 내며 걸어갔다.

"묻고 싶은 게 한 가지 있는데, 물어도 돼?"

"예? 아, 그러세요."

"얼굴 예쁘고, 몸매 받쳐 줘서 남자들이 줄지어 따르는 애들은 다 그러니?"

"예?"

"다 저만 쳐다봐야 하고, 저만 스포트라이트 받아야 직성이 풀리는 거. 괜한 연인 사이 갈라놓고 다니는 그런 짓 말이야. 다 그런 거냐고 묻는 거야."

직원들이 웅성거리기 시작했다.

"또 시작이네. 이 대리, 우리 조은영 씨 좀 그만 괴롭히지 그래?"

만년 대리 오 대리가 깐족거리며 다가왔다.

"오영석 대리님, 대리님도 정신 좀 차리세요."

해란은 말이 끝남과 동시에 녹음된 파일을 재생했다.

누가 들어도 명백한 은영의 목소리가 선명하게 들렸다. 직원들의 입이 턱까지 벌어지고 은영 역시 귀까지 시뻘게진 얼굴로 어쩔 줄을 몰라 했다.

"아니, 저 그게……."

"네가 그렇게 확신하니까 얘기해 줄게."

해란은 은영에게 한 걸음 더 다가가 단호히 얘기했다.

"우리 안 헤어졌어. 곧 결혼할 거야. 네가 뭔데 남의 연애사에 이러쿵저러쿵 말을 하고 다녀? 아무리 남 말하기 좋아하는 게 사람이라지만, 뭐든 정도가 있는 거야. 모든 남자들이 너 좋다고 쫓아다니니까 눈에 뵈는 게 없어?"

예상치 못한 상황에 당황한 기색이 역력한 은영이 슬그머니 가방을 쥐었다.

"어디 가니? 나 아직 안 끝났는데."

해란은 뒷걸음질 치는 은영을 향해 따귀를 한 대 세차게 날렸다.

"사람 마음 가지고 장난치는 거 아니야. 그래도 한호는 네가 대학 후배라며 낯선 이곳에서 힘들어할까 봐 진심으로 널 챙겼어. 한호가 그런 애야. 감히 입에 담지도 마. 그리고 명심하는 게 좋을 거야. 어느 회사 어디를 가든 그딴 식이면 꼬리는 밟히게 되어 있다는 걸."

거의 울상이 돼 버린 은영이 아무 말도 하지 못한 채 꽁지 빠지게 줄행랑을 쳤다. 아무리 낯짝이 두껍다지만 제 두 얼굴이 다 드러난 이런 상황에 버티고 있을 사람은 없을 거다.

순식간에 일어난 일에 숨을 죽이고 있던 직원들이 하나둘씩 입을 열었다.

"이야, 조은영 저거 완전 불여시였네."

"내 그럴 줄 알았어. 계집애가 생글거리는 게 마음에 안 들었어. 하여튼 남자들이란 저런 계집애가 뭐가 좋다고."

해란은 크게 심호흡을 한 번 했다.

"아침부터 소란을 피워 죄송합니다."

"아니야, 이 대리. 속 시원했어, 아주."

해란은 자리로 돌아와 살며시 손을 그러쥐었다.

아직도 뭔가 분했지만 모든 게 은영의 탓이라 할 수는 없음을 알기에 마음을 가라앉혔다. 헤어진 게 아니라고 했지만 헤어진 게 맞았으니까. 은영 같은 불여시에게도 흔들리지 않은 한호였지만, 자신은 달랐으니까. 그래서 더 퍼붓고 싶은 걸 참았다. 사실 그런 쓴소리는 스스로에게 해야 하는데 은영에게 화풀이를 한 것도 없잖아 있으니까.

해란은 아직도 은영의 얘기로 수군거리기 바쁜 직원들 틈을 지나 사무실을 빠져나왔다. 본부장실로 향하는 발걸음은 가벼웠다.

"오늘 저녁에 잠깐 시간 좀 내주세요."

신우는 해란의 얼굴을 빤히 바라보다 고개를 끄덕였다.

"그래요. 퇴근하고 1층에서……."

"아뇨. 밖에서 따로 뵐 필요는 없을 것 같고요. 비서실 직원 퇴근시키시면 제가 본부장님 집무실로 찾아뵙겠습니다. 잠시면 됩니다."

정중히 인사한 해란이 나가고 혼자 남은 그는 의자를 빙그르 돌려 창밖을 보았다. 해란이 출근을 했나 확인하려 마케팅팀을 갔다가 우연찮게 모든 말을 다 듣게 되었다.

조은영이라는 사원 따위 줄행랑을 치는 건 중요하지 않았다. 해란이 했던 말이 중요했다.

"우리 안 헤어졌어. 곧 결혼할 거야."

오늘 보자고 한 이유는 이미 들은 셈이다.

신우는 서랍 깊숙이 넣어 두었던 작은 액자 하나를 꺼냈다.

사진 속의 연우는 해맑게 웃고 있었다. 그 옆에 있는 자신도 행복하게 웃고 있었다.

처음 해란을 만났을 때가 떠올랐다. 마치 연우가 살아 돌아온 것 같은 착각에 빠질 만큼 닮은 해란에게서 눈을 뗄 수 없었다.

애인이 있음에도 불구하고 밀어붙였다. 놓치기 싫어서, 함께하고 싶어서, 처음은 연우의 흔적을 찾았지만 연우와 달리 쾌활한 그녀의 성격에 차츰 눈이 가고 귀여웠다. 소극적이고 내성적인 연우와는 성격이 판이하게 달랐지만 그래도 좋았다.

그래서 아닌 줄 알았다. 단지 연우와 닮아서 좋아하는 게 아닌 줄 알았다. 이제는 연우를 잊고 이해란이란 여자를 좋아하고 있는 거라 믿었다.

해란의 사원 프로필을 보며 정한호의 프로필도 함께 보았다. 그러다 한 가지 사실을 알게 되었다.

정한호의 집 주소가 신월동이었다. 신월동에서 여기까지 출퇴근을 하는 것도 거리상 무리지만, 그녀의 어머니 가게가 있는 동네와 같다는 게 우연치고는 이상하다는 생각이 들었다.

무엇을 확인하고 싶어서였는지 주소를 찾아갔다. 예상대로 그녀의 어머니 가게와 가까운 곳에 위치한 오래된 단독주택이 있었다. 뭔가 쓸쓸해지는 마음에 가게를 들렀는데 해란의 어머니가 하는 말을 본의 아니게 엿듣고 말았다.

"요새 애들은 뭐 먹고 사나 몰라. 해란이랑 한호 반찬 좀 해다 줘야겠어요. 내 몸 힘들다고 애들을 너무 신경 안 썼던 것 같네. 한호, 내가 담근 김치 좋아하는데 지난번에 가져간 건 다 먹었을 텐데. 그런데 여보. 요새 한호한테 안부 전화가 좀 뜸하지요? 해란이한테 했던 말 때문인지 괜스레 마음에 걸리네. 해란이도 요새 통 전화가 없고. 내가 괜한 말을 해서 둘이 사이 안 좋은 건 아니겠죠? 나도 참 어미가 돼 가지고 쓸데없는 소리나 하고, 둘은 이미 부부나 다름없는데. 아무래도 내년에 그냥 결혼시켜야겠어요."

동거를 하고 있을 거라는 생각은 전혀 하지 못했었다. 그냥 사귀는 것과 동거는 엄청난 차이로 다가왔다.

혼란스러웠다. 대체 이게 뭔지. 자신이 지금까지 뭘 한 건지. 10년을 사귀고 동거까지 하고 있는 연인 사이에 끼어서 뭘 하고 있었던 걸까.

감정에 충실했을 뿐이라고 변명을 해 보지만 스스로도 이건 뭔가 잘못됐다는 생각을 지울 수가 없었다.

해란을 좋아한 거라고 굳게 믿었었는데 아직도 연우의 흔적을 찾는 모습까지도, 모든 게 뭔가 뒤틀린 느낌이었다.

신우는 사진 속에서 웃고 있는 연우를 쳐다보다 액자를 쥔 손을 번쩍 치켜 올렸다.

"······하아."

결국 깨뜨리지 못하고 힘없이 팔을 떨어뜨린 신우는 입술을 깨물었다.

일그러지며 감기는 눈시울은 뜨거웠다.

＊　　　　＊　　　　＊

해란은 신우와 소파에 마주 앉기가 무섭게 사직서가 든 흰 봉투를 내밀었다.

"인수인계는 다 끝냈습니다. 퇴사하는 것에 대해서는 직원들한테 다 얘기하지는 못했고요. 고준석 씨한테만 퇴사하게 됐다고 얘기하고 제가 가지고 있던 마케팅 자료 모두 넘겼습니다."

신우는 묵묵히 듣기만 했다.

"여기저기서 날아올 질문 세계들이 겁이 나서 그런 것이니, 이렇게 서둘러 마무리를 하게 된 것을 양해 부탁드립니다. 그리고 그간 있었던 여러 일들에 대해 본부장님을 탓하지는 않을 생각입니다. 그래 봤자 다 지난 일이고, 저 역시 달다 쓰다 말할 입장은 아닌 것 같아서요. 다만 본부장님이 그동안 제게 하셨던 말과 행동들 모두가 진심이셨다면, 다시 한 번 정중히 제 생각을 말씀드릴게요."

"……."

"제가 가야 할 길에 잠시 안개가 뿌옇게 끼었던 건 사실이지만, 안개가 걷힌 그 길 끝엔 누가 기다리고 있는지를 깨달았어요. 모든 게 다 예전 같지는 않지만, 그래도 제가 붙잡아야 할 사람이 누구인지를 본부장님 덕분에 오히려 더 뼈저리게 알 게 된 것 같습니다."

해란은 잠시 가는 숨을 내쉬며 차분하게 말을 이었다.

"본부장님이 제게 그러셨죠. 사람 마음이 뜻대로 되는 게 아니라고. 그래서 한편으로는 본부장님의 그런 마음이 안쓰럽고 안타깝기도 했었던 게 사실이었습니다. 애인이 있는 여자에게, 그것도 부하 여직원에게, 그것도 제 마음 받아 주지 않는 그런 여자에게, 도대체 왜 모든 걸 다 가진 본부장님이 뭐가 아쉬워서 그러는 건지는 모르겠지만, 안타깝기도 했습니다. 머리로는 아니라는 걸 아는데도 가슴이 뜻대로 움직이지 않아서 힘들다는 그 말씀에……."

해란의 진심 어린 속내를 가만히 듣고 있던 신우는 품속에서 지갑을 꺼내 사진 한 장을 내밀었다. 이대로 그냥 입 다물고 있어도 될 일이었지만 이렇게나 진심으로 마지막을 고하는 해란에게 마냥 침묵으로 일관할 수가 없었다.

북한산에서, 연우와 함께.

뒷면에 적힌 메시지가 보이게 사진을 내민 신우는 천천히 앞면으로 돌리고 난 해란의 표정이 굳어지자 짙은 한숨을 내쉬었다.

"이게 지금……."

해란은 사진 속에서 해맑게 웃고 있는 여자의 얼굴을 뚫어지게 쳐다보았다. 신우와 함께 다정하게 웃으며 사진을 찍은 여자의 얼굴이 마치 자신인 것처럼 꼭 닮아 있었다. 한호가 보았더라도 백 퍼센트 이해란일 거라 착각할 정도로 닮아 있었다.

해란은 당혹스러운 얼굴로 신우를 응시했다.

"2년 전 생을 다한 내 약혼녀입니다."

해란은 지금 이게 무슨 일인가 싶은 마음으로 다시 한 번 시선을 내려뜨렸다. 그가 왜 처음부터 자신에게 호의적이었는지 이해가 갔다.

"결혼을 한 달 앞두고 사고가 있었어요. 지난 2년을 미친 놈처럼 살았습니다. 그러다 비로소 조금은 정신을 차리고 한국으로 들어온 거였고, 거기서 해란 씨를 만났어요. ……꿈인 줄 알았습니다. 연우와 너무 닮은 해란 씨를 보며 이게 꿈은 아닐까 했습니다. 마치 연우가 내게 웃어 주고, 말을 건네는 것 같아 심장이 두근거렸어요."

신우는 쓴웃음을 지으며 다시금 말을 이었다.

"이해란은 서연우가 아니라고 매번 되새겼습니다. 마음을 다잡아 보려 애썼습니다. 그런데 자꾸 눈이 가고, 해란 씨가 웃으면 나도 기분이 좋고, 점점 더 해란 씨에게 끌렸어요. 외모 빼고는 연우와 모든 게 다른데도 좋았습니다. 그래서 내가 이제 연우의 그늘에서 벗어난 줄 알았어요. 그래서 해란 씨가 연인이 있음에도 불구하고 어찌 보면 갑의 횡포를 부렸어요. 해란 씨와 함께이고 싶어서, 곁에 두고 싶어서 뻔뻔함으로 무장을 하고 밀어붙였습니다. 어쩌면 해란 씨를 만난 건 운명일 거라고 생각했으니까요. 연우를 잊게 해 줄 수 있는 유일한 사람일지도 모른다고, 나름은 절실했습니다."

신우는 하얗게 질려 있는 해란과 조심스럽게 눈을 맞췄다.

"그래서 치사한 짓을 했습니다. 정한호 대리에게 당당하게 얘기했습니다. 사실 그럴 주제도, 입장도 아닌데 떳떳하게 얘기했죠. 해란 씨가 좋다고, 그러니 막을 수 있으면 막아보라고, 한 남자의 자존심을 무참히 짓밟았습니다."

"하아."

해란은 어찔한 현기증에 이마를 짚었다. 한호가 왜 그렇게 예민하게 굴었는지 이제야 모든 퍼즐이 맞춰졌다.

한데 그것도 모르고, 그것도 모르고…….

"어느 날인가 정 대리가 나를 찾아와 부탁을 하더군요. 아니, 애원에 가까웠다고 봐야겠죠. 이제 그만 멈추라고, 제발 해란 씨를 그냥 좀 놔두라고 사정을 하더군요. 하지만 난 코웃음을 쳤죠. 여전한 갑의 횡포였습니다. ……그때 멈췄어야 했었는데, 뭔가 잘못됐다는 걸 그때 깨달았어야…….."

촤악.

해란은 테이블 한쪽에 놓여 있던 물병 뚜껑을 열어 그대로 신우의 얼굴 위로 흩뿌렸다. 신우는 갑작스럽게 뿌려진 물세례에도 놀라지 않은 채 지그시 눈을 감았다 떴다.

"아니면 말고 식으로 던진 돌멩이에 개구리는 죽어요."

"……."

"본부장님 같은 부류들은 개구리 따위 죽든 말든 상관없겠지만, 우리는 아니거든요."

"……."

"창피하네요. 겨우 이런 사람에게 잠시나마 마음이 흔들렸다는 게. 이해란이 겨우 이것밖에 안 되는 여자였구나, 실망스러워 어쩔 줄을 모르겠네요."

신우는 얼굴에 묻은 물을 닦을 생각도 않은 채 묵묵히 듣고만 있었다.

"겨우 이런 사람 때문에 우리 한호한테…… 한호한테……. 이제 한호 얼굴을 어떻게 봐야 할지 눈앞이 캄캄할 지경입니다."

"……미안합니다. 하지만 난 해란 씨를……."

"아뇨. 더 이상 아무 말도 하지 마세요. 더 듣고 있을 이유도 없으니까요."

해란은 후들거리는 다리로 간신히 몸을 지탱해 자리를 박차고 나왔다.

기가 찼다. 그리고 실망스러웠다.

10년을 늘 같은 자리에서 지켜 준 한호를 두고, 잠시나마 다른 생각을 했던 스스로에게.

정임에게 전화가 왔다. 해란은 아무렇지 않게 전화를 받았다.

—왜 이렇게 통화가 안 돼. 오늘 일 끝나고 반찬 좀 가져다 줄까 하는데…….

"엄마……."

—목소리가 왜 그래. 울어?

"엄마…… 나 이제…… 어떡해? 나…… 한호 얼굴을…… 어떻게 봐? 한호는…… 무슨 생각을 하며 나를 봤을까. 한호 가슴이…… 얼마나 문드러졌을까."

—해란아. 무슨 일이야.

"내가 한호였더라면…… 나는 나를 다신 안 볼 것 같아. 그런데 있잖아, 엄마. 한호가…… 한호가…….."

"나는 여전히…… 네가 필요해. 어디를 가든 누구를 만나든, 다 너와 함께한 기억뿐이야. 너와 함께한 10년의 기억들을 모두 다 지우고 살아갈 자신이 나는 없다."

해란은 더 이상을 말을 잇지 못했다. 아무런 말도 나오지 않았다.

열세 번째 속삭임

"못난 놈."

신우는 아버지인 이 회장 앞에서 매가리 없이 고개를 조아렸다. 아버지의 노하심을 이해한다. 자신이었어도 저 같은 놈이 아들이었다면 더했을지도 모르니까.

"내가 그렇게 처음에 뭐라고 했었냐. 마주치는 게 힘들다면 그 아이를 인사발령을 내 준다고 하지 않았냐. 이런 일이 생길까 봐, 네가 그 아이를 보면서 연우의 흔적을 찾을까 봐 내가 그랬던 거다."

"……죄송합니다."

"단순한 사고였다. 네 책임이 아니야. 도대체 언제까지 죄책감을 짊어지고 살 거냐. 연우를 닮았을 뿐, 그 아이는 연우

315

가 아니라는 걸 네가 더 잘 알고 있을 거다. 그런데도 사리분별 못 하고 멀쩡한 인재들을 내쫓은 꼴이 아니더냐. 누가 알까 무섭구나. 실적이 부진한 지점별로 탁월한 마케팅 전략을 내세워 한 달 사이 매출이 급상승했고, 그 주역이 이해란 대리라고 네 입으로 보고했었다. 상권개발팀 정한호 대리 역시 최단 기간에 대리를 단 인재라고 들었다. 성실하다고 평판이 아주 좋더구나. 네 사사로운 감정에 휩쓸려 인재를 놓친 꼴이니, 경쟁 업체로 입사라도 한다면…….”

“그래서 드릴 말씀이 있습니다.”

신우는 내내 아무런 말없이 꾸중을 듣고 있다 무겁게 입을 열었다.

“제가 다시 나가겠습니다. 아무래도 아직은…… 연우를 보낼 준비가 되지 않은 것 같습니다. 저를 해외 지사로 발령 내주십시오. 그리고 그 두 사람은 제가 다시 제자리로 돌려놓고 떠나겠습니다.”

“……못난 놈.”

말은 그리 해도 아비였다. 사랑하는 여자를 잊지 못해 아직도 방황하는 아들이 마냥 밉기만 한 건 아니었다. 안쓰럽고, 가엾고, 저걸 어쩌나 싶은 게 부모 마음이었다.

“네 나이가 벌써 서른셋이다. 도대체 언제까지 그러고 살 작정이냐. 이 기회에 차라리 다른 여자라도 만나 봐라. 네 짝으로 맺어 줄 며느리 감은 내가 찾아보마.”

"아뇨. 아직은 아닙니다. 조금만 더, 조금만 더 시간을 주십시오. 부탁드립니다, 아버지."

❋   ❋   ❋

"원래는 전세금 올려야 하는데, 결혼한다니까 사정 봐주는 거야."

해란은 집주인 아주머니와 1년만 계약을 연장하기로 하고 감사 인사를 건넸다. 전세금을 올려 달라는 아주머니에게 몇 달만 더 머물다 결혼을 해서 이사를 갈 거라며 간곡히 부탁을 드렸다.

1년 안에 결혼을 하게 될지 어떨지는 아무것도 정해진 것이 없었지만, 한호와 처음 동거를 하며 소꿉장난하듯 많은 추억이 깃든 이 집에서 이사를 간다는 게 어쩐지 내키지가 않았다.

한호 역시 다시 돌아왔을 때 새로운 보금자리보다는 우리의 흔적들이 남아 있는 익숙한 곳이 더 좋지 않을까, 혼자 생각한 터였다.

해란은 부동산에서 나와 이제 아침저녁으로 제법 쌀쌀해진 짧은 가을을 느끼며 옷깃을 여몄다. 사직서를 내고 백조 생활을 한 지도 벌써 한 달 가까이 지나가고 있었다.

정기적금 때문에 한 달이라도 펑크가 나면 곤란한데 이미

한 달을 허무하게 허비한 셈이었다. 그렇지 않아도 여행이다 뭐다 다니느라 한 달 평균 지출보다도 더한 지출을 했는데 새 직장에서 첫 월급을 타더라도 적금이며 카드값이며 메우려면 빠듯할 것 같았다.

"여보세요? 아, 네. 제가 이해란입니다. 아, 예. 감사합니다. 그럼 월요일부터 출근하겠습니다."

새 일터를 구하기 위해 세 번의 면접을 봤었다. 당장 돈을 생각한다면 일단 합격한 곳에 넙죽 인사를 하며 들어가야 맞았지만, 연봉이 맞지 않는다거나 여러 이유로 까다롭게 고르다 보니 취업이 녹록치가 않았다.

처음 면접을 봤던 중소기업에서 합격 통보를 받았지만 고민 끝에 거절을 했었는데, 두 번째 회사조차 또 거절을 하기엔 일자리가 시급했다. 대명그룹에 버금가는 경쟁사에서 다행히 경력직 채용을 하고 있어 어제 면접을 보긴 했지만 합격이 된다는 보장이 없었고, 대기업이다 보니 합격 발표 여부까지도 시일이 걸렸다.

"후우. 쉬운 일이 없구나."

해란은 한숨을 내쉬며 간단하게 장을 보기 위해 마트로 향했다. 여기저기를 돌아보다 냉동 코너 앞에 멈춰 선 해란은, 아직까지도 한호에게 한 번도 해 주지 못 했던 돈가스가 생각났다. 어린이 입맛이라고 놀리기는 했어도 내심 냉동 돈가스가 뭐라고 저리 좋아할까 마음이 쓰였었다.

그날 신우에게 물세례를 날린 뒤에 며칠을 같은 고민에 빠졌다. 당장 한호에게 달려가고 싶은 마음, 자신이 그럴 자격이 있는가에 대한 갈등이었다.

낯이 없었다. 한호가 겪었던 모든 일들을 다 알고 난 지금, 어떻게 그를 봐야 하나 자신이 없었다. 그냥 미안하다는 한마디면 되는 걸까. 웃으면서 달려가면 그만인 걸까.

저 역시 한호 없인 안 된다는 걸 이번 일을 계기로 더욱 깨달았다. 이해란 삶에 정한호가 얼마나 많은 부분을 차지하고 있었는가를 깊이 깨달았다.

그 생각은 지금도 변함이 없지만, 이번 일로 한호가 받은 상처의 크기가 너무 크지 않나 하는 걱정에 되레 용기가 나지 않았다.

남자 자존심에 금이 갔을 거고, 자격지심에 가슴을 치며 눈물 흘렸을 한호를 생각하니 너무도 죄스러운 마음에 고개를 들 수가 없었다. 게다가 영주와 통화를 하며 뒤늦게 그날의 기억이 떠올랐다.

"너 그날 너무 취해서 한호가 데리러 왔었어. 필름 완전 끊겼었나 보구나."

"한호가…… 왔었다고?"

그제야 희미하던 기억이 선명해지기 시작했다. 그리고는

너무 놀라 터져 나오는 비명을 막으려 입을 막을 수밖에 없었다.

자신이 지껄였던 모든 말을 들었던 건 영주가 아니라 한호였던 거다.

하룻밤 실수로 원나잇을 한 것보다도, 어쩌면 한호에게는 더 큰 배신감이 들었을지도 모를 상처였을 거였다.

그저 막막했다. 한호가 다시 자신에게 손 내밀기까지 그동안 얼마나 수많은 고민을 하고 혼자 상처를 다독였을까 가슴이 저릿했다.

앞으로 살아가며 이번 일이 자꾸 생각나지는 않을까. 한호에게는 영원히 지울 수 없는 상처로 남게 되는 건 아닐까. 그걸 다 감안하고도 한호는 손을 내밀었던 걸까. 혼자 다 묵묵히 묻어 두고, 짊어지고 가려고 그랬던 걸까.

해란은 다시 눈시울이 붉어지려 하자 고개를 내저었다. 눈이 또 퉁퉁 부으면 곤란했다. 냉동 코너에서 걸음을 옮겨 정육 코너로 향한 해란은 붉은빛을 띠는 고기들을 유심히 쳐다보나 이내 고개를 들었다.

"저기, 돈가스 만들려고 하는데요. 어떤 고기가 좋나요?"

"보통 등심을 많이 사용하긴 하죠. 육즙이 풍부하고 씹는 맛도 있고요. 안심은 기름기가 적고 부드럽고 연해서 아이들이나 여성분들이 더 선호하는 편이고요."

"음, 그냥 반씩 주세요."

해란은 고기를 구입한 뒤 한호가 좋아했던 음식 위주로 장을 봤다. 그동안은 잔소리하며 사 주지 않았던 것들도 모조리 카트에 담았다.

생각보다 장을 많이 봐서 손가락에 묵직한 끈 자국이 선명하게 날 정도로 낑낑대며 집으로 향하던 해란은, 눈에 익은 차 한 대를 발견하고는 멈칫했다.

차에 타고 있던 사람 역시 자신을 발견했는지 운전석 문을 열고 모습을 드러냈다.

해란은 자신 앞에 서는 신우를 잠시 쳐다보다 이내 다시 걸음을 옮겼다.

"잠시 얘기 좀 해요."

"할 말 없습니다. 이렇게 무턱대고 찾아오지 마세요."

신우는 가느다란 해란의 손목을 잡아채 돌려세웠다. 해란이 못마땅하다는 듯 슬쩍 미간을 좁히자 그가 손목을 살며시 놓았다.

"내 얼굴 쳐다보기도 싫겠지만 5분만 얘기 좀 해요."

"계속 이러시면 제가요. 그날 못다 한 얘기를 퍼부을 것 같거든요."

"해란 씨."

"먼저 가신 그분께는 죄송한 일이지만요. 나를 누구 대용쯤으로 생각하며 쥐고 흔들었던 본부장님을 생각하면요. 있죠, 제가요."

해란은 심호흡을 한 번 했다.

"됐습니다. 더 말하고 싶지도 않습니다."

"다음 주에 한국 떠납니다. 해외 지사로 발령 나서 뉴욕으로 갑니다."

신우는 옅은 숨을 내쉬며 해란 앞에 다시 섰다.

"나 하나 때문에 해란 씨며 정한호 대리며 괜한 사람들이 직장을 잃게 된 걸 다시 바로잡아 주고 떠나고 싶어요. 나와 매일 얼굴 보는 게 아니니 다시 돌아오……."

"끝까지 이기적이시네요."

해란은 장을 본 봉지를 바닥에 내려놓았다.

"결국은 조금이나마 본부장님 마음 편하고자 그러시는 거겠죠. 미안함의 대가를 치르고 싶어 그러시는 거겠죠. 묻고 싶네요. 뉴욕에서 평생 계실 건지."

"……."

"1년? 2년? 언젠가는 한국으로 오시겠죠. 언젠가는 다시 본사로 돌아오시겠죠. 회장님 아드님이시니까요. 그럼 그때 가서 또 본부장님과 매일 얼굴을 보며 회사 생활을 해야 하는데, 제가 그리 철면피가 되지 못해요. 감정 따위 아무것도 남지 않았다 해도 그건 아닌 것 같거든요. 본부장님을 볼 때마다 이번 일이 떠오르겠죠. 저보다도, 한호가."

"……."

"그래서 저는 대명그룹에 다시 들어가야 할 이유가 없습니다. 혹시 한호도 찾아갈 생각이라면 접으세요. 사과하겠다는 마음이 혹시나 있어도 접으세요. 그건 한호를, 저를 위하는 게 아니라, 그저 상위 1% 부류들의 여전한 갑질 밖에 되지 않으니까요."

해란은 다시 묵직한 봉지를 들었다.

"한호도, 저도, 대명그룹에 입사해서 좋아 방방 뛸 때가 있었어요. 정기적금 들어가며 전셋집 하나라도 마련하려고 아등바등하며 열심히 살아온 사람들에게, 본부장님이 무슨 짓을 저지른 건지 되도록 오랫동안 반성을 좀 하셨으면 좋겠네요. 본부장님 덕분에 저 역시 아주 오랜 시간을 그래야 할 것 같으니까요. 저만 그러는 건 억울하잖아요. 왜 항상 횡포는 갑이 부리고, 그 피해는 우리같이 힘없는 사람만 입어야하는지 억울하잖아요. 갑의 횡포에 휘둘린 저도 잘한 건 없지만, 그래서 제 자신이 너무 마뜩찮고 화가 나지만, 그래서 제가 본부장님한테 이런 말할 자격이 되는지는 모르겠지만, 그래도 한 말씀 더 드리고 싶네요. 앞으로 어느 누구를 만나게 되더라도 다시는 그러지 마세요. 누구를 닮아서, 누구의 흔적을 좇아 사람을 좋아하는 거, 그거 하지 마세요. 상대 여자를 위해서도, 본부장님 자신을 위해서도 이제는 그만 털어버리라는 말씀을 드리고 싶네요. 살펴 가세요."

신우는 돌아서는 해란을 향해 손을 뻗다 이내 슬그머니 내렸다. 멀어지는 해란의 뒷모습을 물끄러미 바라만 보던 그는 쓸쓸하게 입꼬리를 올렸다.

저래서 좋아했었지. 저렇게 야무지고 딱 부러지니까 좋았더랬지.

그녀를 대했던 모든 순간은 다 진심이었다. 무의식적으로 연우의 흔적을 찾았다고 해도, 그 모든 순간을 연우로 보았던 건 아니었다는 걸 믿으니까.

이제 와 이런 것들 아무 소용없지만, 그러기엔 너무 큰 상처를 남겼지만, 아마도 해란은 쉬이 잊히지 않을 것 같았다.

신우는 눈부시게 밝은 햇살이 쏟아지는 하늘을 슬쩍 올려다보았다.

오늘 해란이 했던 말들은 꽤 오랫동안 가슴속에 남을 것 같다.

❋   ❋   ❋

한호는 너무도 익숙하고 그리웠던 풍경에 잠시 걸음을 멈추고 바라보았다. 해란과 함께 사람들 틈에 끼어 치열하게 경쟁하며 만원 버스에 오르던 정류장도, 주인을 알 수 없는 자주 보던 동네 똥강아지도, 모든 게 여전했다.

해란과 오이도에서 만난 이후 떨어져 있던 시간은 오히려 평온했다. 좀 더 확실하게 해란의 존재를 새기게 됐고, 그동안 너무 쉼 없이 달려와 지쳐 있던 심신도 모처럼 편히 쉴 수 있는 유익한 시간이 되었다. 얼마 전 새로운 직장도 구했고, 해란과 다시 만날 날을 기다리며 오랜만에 드는 설렘도 좋았고, 어찌 보면 해묵은 때를 싹 벗겨 낸 것처럼 오히려 마음이 가벼웠다.

해란과의 추억 하나하나를 되짚어 보던 어느 날 문득 이런 생각이 들었다. 뭔가 중요한 한 가지를 놓치고 있었던 건 아닐까. 해란이 신우에게 흔들렸던 건, 단순히 그녀만의 탓은 아닌 것 같다고. 그저 단순히 백마 탄 왕자님이 나타나서 그랬던 것만은 아닌 것 같다고.

"한호야. 나 이 스커트 어때? 네가 나 스커트 입는 게 예쁘다며."

"응, 예쁘네."

"뭐야. 제대로 보지도 않고 예쁘대?"

"그냥 알아서 사."

"한호야. 우리 커플 티 살까? 내가 봐 둔 거 있는데……."

"무슨 닭살 돋게 커플 티야."

"이리 와 봐. 한번 보기라도……."

"난 싫다."

그랬다. 10년이라는 세월 동안 해란의 존재가 너무 익숙해지다 보니 저도 모르는 사이 그녀에게 많이 소홀해져 있었다는 걸 깨달았다. 나름은 챙긴다고 챙겼어도 놓치는 부분도 많았었다는 걸 깨달았다.

헤어지던 그날도 그랬다. 언뜻 보았던 해란은 분명 스커트를 입고 있었는데, 이제 와 생각해 보니 집에서 나왔을 때는 청바지를 입고 있었다. 어쩌면 해란은 그날 남자 친구가 좋아하는 예쁜 모습으로 데이트를 하고 싶었던 걸지도 몰랐다. 그걸 알아주길 바랐을 거다. 해란의 입에서 헤어지자는 말이 나올까 봐 오로지 그것만 신경 썼던 자신은 그 이외의 중요한 것들은 다 놓쳤던 거다.

그날 해란은 꼭 해야 할 얘기가 있다고도 했었다. 어쩌면 그날 위태로운 우리 관계를 어떻게든 되돌려 보려고 크게 용기를 낸 거였는지도 몰랐다. 헤어지지 않기 위해 먼저 손을 내민 거였는데, 오히려 역으로 자신이 헤어지자는 말을 이끌어 낸 셈은 아니었을까 자책이 들었다.

남자 친구의 무관심, 거기서 오는 외로움, 허전함, 그 순간을 파고들고 백마 탄 왕자님이 나타났으니 어느 여자가 흔들리지 않을 수 있을까 미안해졌다. 원인 제공은 제가 해 놓고 결과만 놓고 해란을 탓하는 건 비겁한 것 같았다.

〈어디쯤이야?〉

한호는 해란에게서 온 문자를 확인하며 다시금 걸음을 옮겼다. 집 앞에 도달하자 언제 맡아도 식욕을 돋우는 고소한 기름 냄새가 진동을 했다.

익숙하게 도어록을 해제하고 안으로 들어서던 한호는 난 리가 난 싱크대와 식탁을 쳐다보며 얼떨떨한 표정을 지었다.

"어, 왔어?"

혼자 분주하게 움직이던 해란이 뒤도 돌아보지 않은 채 알 은척을 했다.

"잠깐만 기다려 봐. 지금 막 돈가스가 아주 맛있게 튀겨지 고 있는 중이거든. 내가 언제부터 수제 돈가스 만들어 주려 고 했었는데……."

해란의 말끝이 흐려졌다.

"흐음……. 해란이 냄새."

한호가 뒤에서 허리를 감싸 안으며 해란의 목덜미에 고개 를 묻었다.

"뭐, 뭐야. 왜 이래."

"잠시만 이러고 있자."

"도, 돈가스 다 탄단 말이야."

"안 타게 건지면 되지. 아니면, 새삼스레 떨려서 옴짝달싹 도 못하겠나? 괜히 말도 더듬고."

"뭐래."

한호는 고개를 떼어 내 해란을 돌려세웠다. 눈을 제대로 마 주치지 못하고 괜한 머리칼만 귀 뒤로 넘기는 해란의 턱을 살

327

포시 잡아 올렸다.

"왜 나를 안 봐?"

"으, 응? 내, 내가 언제?"

"지금도 자꾸 시선을 피하잖아."

"그, 그랬나? 아닌데?"

해란의 말간 눈이 한호를 응시했다. 한호가 만족스럽다는 얼굴로 입술을 달싹였다.

"……보고 싶었어. 그 오랜 시간을 수없이 봐 왔는데도, 보고 싶었어."

해란의 눈시울이 고새 또 붉어졌다.

"내 곁으로 돌아와 줘서…… 고마워."

"……하지 마. 그런 말 자꾸 하지 마. 내가 더 미안해진단 말이야. 그렇지 않아도, 그렇지 않아도 너무 미안한 게 많아서 네 얼굴 똑바로 못 보겠는데……. 못 보겠는데……."

한호는 아이처럼 훌쩍이는 해란의 머리칼을 풀썩이며 고개를 내려뜨렸다.

사랑의 크기를 비교할 수는 없지만 더 사랑하는 자가 약자라는 말이 괜히 있는 게 아니듯이, 어쩌면 자신은 언제나 해란에게 약자일지도 모른다.

그러나 그게 나쁘지 않다. 굳이 사랑의 크기를 비교해야 한다면, 언제나 늘 자신이 더 사랑하는 쪽을 택하려 한다.

처음 해란을 좋아하기 시작했던 것도 자신이 먼저였듯이,

앞으로도 그냥 계속 이대로 해란을 더 사랑하고 싶다. 그래서 조금 서운한 일이 생겨도, 그래서 조금 가슴 아픈 일이 생기더라도, 그래서 조금 생채기가 나더라도, 그런 몫은 오롯이 제게로 돌리고 오늘보다 내일 더 해란을 사랑하고 싶다. 해란이 사랑받고 있음을 넘치도록 느낄 만큼 표현해 주며 사랑할 것이다.

"내가 좋다고 하잖아. 내가 네가 없으면 안 되겠다잖아. 그걸로 된 거야."

짭조름한 눈물 맛이 나는 키스는 그 어느 때보다도 설레고 짜릿했다.

"그래도 제대로 튀겨진 게 있어서 다행이야."

해란은 눈물겨운 상봉 덕에 모조리 다 태울 뻔했던 돈가스를 안도의 한숨을 내쉬며 쳐다보았다.

"이게 안심이고, 이건 등심."

한호는 감격스럽다는 듯 두 손을 모아 고개를 꾸벅 숙였다.

"잘 먹겠습니다."

"흠흠. 뭘 이 정도 가지고. 앞으로 돈가스 먹고 싶으면 얘기해. 냉동 돈가스 같은 거 사 달라고 하지 말고. 해 보니까 별것도 아니네."

"진짜? 내가 매일 먹고 싶다고 하면 어떡하려고?"

"으, 응? 매, 매일?"

해란이 진심으로 심각하게 고민에 빠지자 한호가 피식 웃
으며 볼을 살짝 잡았다.

"설마 그러겠냐. 먹자, 어서."

"소스까지는 만들지 못했어. 다음에는 소스도 만들어 볼
게."

"복 터졌네, 정한호."

바삭하게 튀겨진 돈가스를 크게 썰어 한입에 넣은 한호가
쓰러지는 시늉을 했다.

"와, 너무 맛있다."

"진짜?"

그가 양손 엄지를 척 들어 올렸다.

"이게 고기만 좋다고 다 맛있는 건 아니거든. 만든 사람
정성이 중요한 거지."

"흠흠. 뭐 그래도 고기가 맛있으니까……."

"아, 눈물 나려고 하네."

한호가 눈물을 참으려는 듯 눈 사이의 콧대를 지그시 눌렀
다.

"설마 울어? 아니, 돈가스 이게 뭐라고……."

"남자가 눈물이 헤프면 쓰나. 그만큼 감동이라는 거지."

한호가 짓궂게 웃으며 다시금 돈가스를 입에 넣었다.

"진짜 맛있다."

"많이 먹어. 참, 언제 민성이한테 술이라도 한잔 사야겠어. 아무리 친구라도 혼자 지내다 누가 들어오면 신경 쓰였을 텐데, 그동안 민성이 집에서 신세졌으니……."

"안 그래도 돼. 민성이 아무것도 몰라."

"우리 집 놔두고 민성이네서 지냈는데 민성이가 이상하게 생각 안 해? 말 안 했어도 눈치로……."

"이제 다 지난 일이니까 하는 얘긴데, 나 고시원에 있었어."

해란이 들고 있던 포크를 놓으며 의아한 얼굴을 했다.

"고시원……이라니?"

한호는 별거 아니라는 듯이 가볍게 얘기했다.

"그렇잖아. 민성이 녀석한테 가면 우리 일 알게 될 거고, 그게 싫었어. 입 밖으로 내뱉으면 그게 진짜 사실이 돼 버리니까. 너랑 헤어졌다는 게 진짜가 돼 버리니까."

"……."

"처음 3~4일은 모텔에 있다가 아무래도 돈이 만만치가 않아서 안 되겠더라고. 그래서 한 달 선불 내고 고시원에 들어갔거든. 뭐, 나쁘지 않았어. 잠만 자면 되는데……."

한호는 시무룩해지는 해란의 표정을 보고는 손을 휘휘 저었다.

"아아, 이런 얘기 그만하자. 내가 너 이럴까 봐 얘기 안 하려고 했던 건데 민성이 얘기 꺼내는 바람에. 자자, 어서 먹

자. 응?"

"나는…… 영주한테 얘기했단 말이야. 나는…… 그랬단 말이야. 네가 은영이한테 우리 헤어진 걸 벌써 얘기한 줄 알고 화도 나고 속상해서……."

"괜찮아. 친한 친구한테 그 정도 얘기도 못 하면 그게 친구야? 영주 만나서 다시 잘 지내는 거 보여 주면 되지 뭐가 문제야. 그리고 나는 남자잖아."

한호가 씩 웃었다.

"남자가 묵직한 맛도 좀 있어야지. 괜히 다리가 하나 더 달렸나?"

잠시 눈만 끔뻑거리던 해란의 입술이 늘어졌다.

"풉. 푸후후……."

결국은 웃음이 빵 터져 버린 해란이 목젖이 보일 만큼 웃어젖혔다. 상체를 슥 앞당긴 한호가 나직하게 속삭였다.

"하나 더 달린 다리 놈이 묵직한지 어쩐지 시험 한번 해 볼까?"

"푸후후. 뭐, 뭐? 지금?"

"응, 지금."

한호가 순식간에 의자에서 몸을 일으킨 뒤 해란을 낚아채 번쩍 안아 들었다.

"꺄아아! 하, 하지 마! 돈가스 마저 먹어야지!"

"너부터 먹고."

침대 위에 해란을 눕힌 한호가 잠시 물끄러미 그녀를 바라보았다. 더운 숨결이 코끝을 맴돌고, 서로를 향한 노골적인 시선 역시 뜨거웠다.

누가 먼저랄 것 없이 서로의 타액이 오가며 넝쿨처럼 혓바닥이 뒤엉켰다. 그가 빠르게 손가락을 움직이며 거추장스럽게 걸쳐진 옷가지를 벗겨 냈다.

그는 순식간에 알몸이 된 그녀의 말랑한 젖가슴을 거칠게 움켜쥐었다. 귓불을 할짝거리며 오른손을 아래로 내린 그가 도톰한 살점을 문질렀다.

"하웃……."

그녀가 몸을 살짝 비틀며 눈꺼풀을 내려뜨렸다. 그가 가운데손가락으로 꽃잎 사이를 벌려 부드럽게 위아래로 움직였다. 어느새 습해진 동굴 안에서 말간 샘물이 주르륵 흘러나왔다. 그가 미끈해진 살점을 점차 빠르게 문지르며 꼿꼿이 선 유두를 혀로 쓸어내리다 이로 지분거리며 강하게 빨았다 놓았다.

"하웃."

슬며시 몸을 아래로 내린 그가 그녀의 다리 사이에 머릴 박았다. 붉게 솟아오른 꽃잎을 빨아 물며 혀끝으로 빠르게 애무했다. 끊임없이 흐르는 애액을 한 방울도 놓치지 않겠다는 듯 다시금 혓바닥으로 애널부터 깊게 쓸어 올린 그가 젖은 입술을 달싹였다.

"그리웠어. 네가…… 많이."

그녀의 엉덩이가 흥분으로 들썩이며 뜨겁게 반응했다. 다리가 오므려지지 않도록 허벅지를 벌려 잡은 그는 아직도 갈증이 해소되지 않은 듯 더욱 격렬하게 혀를 놀렸다.

"하으응, 하앗!"

잠시도 움직임을 멈추지 않고 정신없이 몰아치는 한호에게 맥을 못 추던 그녀는 간신히 호흡을 가다듬으며 그의 손을 붙잡아 몸을 일으켰다. 달뜬 얼굴로 한호를 바라보다 그를 눕힌 해란이 허리춤에 올라탔다.

"한호야. 한호야……."

나직이 그의 이름을 읊조림과 동시에 엉덩이를 치켜든 그녀가 하늘을 향해 높게 솟은 단단한 남성에 꽃잎을 갖다 대며 살살 문질렀다. 귀두 끝에 미끈한 살점이 닿자 그가 아득한 신음을 흘리며 몸을 떨었다.

애액으로 질퍽해진 살점이 맞닿아 내는 마찰음이 청각을 자극히며 분위기는 더욱 고조되었다. 그는 팽창할 대로 팽창한 남성을 애태우듯 계속 비벼 대기만 하는 그녀를 야속하게 바라보다 골반을 힘주어 잡아 내리꽂았다.

"하윽!"

"하앗!"

성난 불기둥이 단번에 주름진 내벽 깊숙이 파고 들어왔다. 목을 뒤로 젖히며 눈을 반쯤 감은 그녀가 쾌감에 몸을 떨며 천천히 허리를 움직였다. 단단한 남성을 물었다 놓았다 하며 능숙하며 허리를 돌리자 그 역시 저릿한 전율에 눈을 질끈 감았다.

"하아, 하아."

점차 격렬해지는 움직임에 풍만한 젖가슴이 야하게 흔들 거렸다. 그는 손을 뻗어 젖가슴을 모아 쥐며 주무르다 손목 을 확 잡아당겨 그녀를 제 몸 아래로 뉘였다.

무릎을 꿇고 다리 사이로 자리를 잡은 그가 엉덩이를 바짝 잡아당겼다. 욕망으로 꿈틀대는 남성을 망설임 없이 좁은 동 굴 안으로 힘 있게 밀어 넣었다.

"하웃!"

뜨거운 남성을 쫀쫀하게 감겨 오는 내벽은 뜨거웠다. 단단 한 불기둥이 내벽을 문지르며 포인트를 찔러 올릴 때마다 뜨 거운 애액이 남성을 감싸며 끊임없이 흘러내렸다.

그의 등에 손톱자국이 선명하게 날 만큼 더욱 바짝 매달린 그녀가 엉덩이를 들썩이며 신열을 토해 냈다. 철썩이는 피부 마찰음이 점차 거세졌고, 서로를 탐하기에 정신없는 거친 숨 소리만이 공기 중에 떠다녔다.

한 몸처럼 붙어 격렬하게 움직이던 그가 남성을 빼내 그녀 를 옆으로 돌아눕게 했다. 그녀의 뒤에 똑같이 옆으로 누워 몸을 밀착시킨 그가 젖가슴을 움켜쥐며 애액으로 흥건한 내 벽 안으로 다시금 파고들었다.

"하아앗!"

아까보다는 좀 더 부드럽게 내벽을 자극하며 손을 앞으로 뻗어, 열에 달떠 불거진 클리토리스를 빠르게 애무했다.

"키스해 줘."

그가 몽롱하게 눈이 반쯤 감긴 그녀에게 속삭였다. 그녀가 고개를 뒤로 돌려 입술을 찾아 혀를 할짝거렸다. 뜨거운 숨결이 토해지고 타액으로 젖은 혓바닥이 뒤엉켰다. 더 이상의 말은 필요 없었다.

점차 달아오르는 그녀의 내부는 데일 듯이 뜨거웠다. 사랑으로 가득 찬 그의 욕망은 지칠 줄 모르고 고개를 더욱 쳐들었고, 여전히 남성을 꽉 물고 있는 그녀의 허리를 잡아 더욱 세차게 밀어붙였다.

"하앗, 하앗!"

한참을 한호에게 이끌려 희열에 젖어 있던 그녀가 그의 움직임이 잠시 느려진 틈을 타 몸을 일으켰다. 아직도 변함없이 성이 난 남성이 쑥 빠져나옴과 동시에 그의 몸을 바로 눕힌 그녀는 다리 쪽을 향해 허리춤에 앉았다.

"아흑!"

입을 벌린 꽃잎 사이로 남성을 가득 빨아 당기자 그가 바르르 몸을 떨었다. 그의 탄탄한 허벅지를 짚고 천천히 허리를 돌리던 그녀가 서서히 남성을 조였다.

"아아흑!"

질끈 감았던 눈을 뜬 그가 신열을 토해 내며 눈앞에 아른거리는 그녀의 뽀얀 엉덩이를 쓰다듬었다. 잘록한 허리가 능숙하게 돌아갈 때마다 주름진 내벽이 남성을 기분 좋게 압박했고, 그녀가 피치를 올릴 때마다 위아래로 빠르게 울먹이는 엉덩이는 정신을 다 혼미하게 만들었다.

"하아, 하아."

흔들거리는 검은 머리칼 아래로 마치 그림과도 같은 매끈한 몸매를 응시하던 그는 철썩거리며 강하게 밀착되는 엉덩이를 붙잡아 골 사이로 손가락을 넣었다.

"하아앗."

그녀가 순간 몸을 떨며 움찔거리자 그가 속삭였다.

"멈추지 말고 계속 움직여 봐."

그녀가 가쁜 숨을 토해 내며 허리를 다시 움직이자 그는 애액이 흘러내려 미끈해진 애널을 손가락으로 살살 문질렀다. 기운이 빠진 그녀 대신 엉덩이에 힘을 주고 튕겨 올린 그는 애널을 계속 문지르다 이내 그녀를 바로 뉘이고는 일어났다.

가로로 벌어진 그녀의 다리 사이에 십자가 모양이 되게끔 세로로 겹쳐서 자세를 잡은 그는 다시금 남성을 밀어 넣었다.

"하앗!"

다른 방향으로 내벽을 찔러 올리는 남성의 움직임에 그녀의 이맛살이 다 찌푸려졌다. 아랫배가 저릿하면서도 찌르르 온몸을 훑는 전율에 그녀의 헐떡임이 가빠졌다.

유연하게 벌어지는 그녀의 다리를 눌러 상체를 숙인 그는 더욱 빠르게 엉덩이를 움직이며 내리꽂았고, 가늘게 뻗은 다리를 빨아 물며 애무했다.

그녀가 몸을 부르르 떨며 거의 울 것처럼 절정에 다른 신열을 토해 냈다.

"하앗, 하아앗!"

그가 마지막 피치를 향해 거침없이 속도를 올렸고, 그녀 역시 엉덩이를 들썩이는 움직임을 빨리했다.

"하읏!"

"하아!"

내벽 끝까지 깊숙이 찔러 넣은 그가 몸을 떨며 그녀 위로 쓰러졌다. 가쁜 숨소리가 서로의 귓가를 간질였다.

"하아, 하아."

숨이 좀 잦아들 때쯤 고개를 든 그가 땀에 젖은 그녀의 머리칼을 쓸어 넘겼다.

"……사랑해."

"……응. 사랑이야. 사랑해, 한호야."

사랑의 속삭임은 언제나 정답이다.

마지막 속삭임

"에구머니나, 연락도 없이 여기까지 어쩐 일이야."

정임은 뜬금없이 가게 안으로 들어서는 한호를 발견하고
는 설거지를 하다 말고 뛰어나오며 손을 맞잡았다.

"어머니, 잘 지내셨어요?"

"나야 잘 지냈지. 그런데 살이 좀 빠진 것 같네. 어디 아팠
어? 그렇지 않아도 요새 통 연락이 없어서 걱정했었어."

정임은 뭔가 더 물으려다 이내 관두었다. 해란이 울면서
전화를 받던 날, 직감적으로 둘 사이에 문제가 생겼다는
걸 감지했다. 해란이 자세한 이야기는 아무것도 하지 않았지
만 알 수 있었다. 그래서 마음이 좋지 않았었다.

"해란이는? 혼자 왔어?"

"아, 네. 오늘은 저 혼자예요."

"웬 또 과일이야. 올 때마다 뭘 이런 걸 사 와. 그냥 오라니까."

"어머니, 아버지 과일 좋아하시잖아요. 아버님은 배달 가신 거예요?"

"응, 그렇지 뭐. 배고프지? 밥 먼저⋯⋯."

"어머니."

정임은 슬며시 제 손을 채 가 두 손으로 꼭 쥐는 한호를 의아하게 바라보았다. 가까이 의자를 당겨 앉은 한호가 차분하게 입을 열었다.

"제가⋯⋯ 해란이 많이 사랑해 주고 아껴 주겠습니다."

"녀석⋯⋯."

"생각해 보면 어머니께 참 감사한 일들이 많아요. 철없던 시절 패싸움하다가 파출소 끌려갔을 때도 직장 다니는 저희 어머니 대신해서 어머니가 오셨었고, 급성 맹장으로 병원에 실려 갔을 때도 어머니가 먼저 달려 오셨었고, 해란이와 같은 대학에 합격했을 때도 함께 기뻐해 주셨고, 제가 군대를 갔을 때도 그 먼 곳까지 해란이와 함께 면회도 오셨었죠."

정임은 어쩐지 콧날이 시큰해져 아무런 말없이 듣기만 했다.

"그렇게 해란이와 10년이란 시간을 어쩌면 당연하다는 듯 지내다 보니 제가 간과하고 있던 게 하나 있는 걸 깨달았어요. 어머니가…… 마냥 제가 마음에 들어서 그러시진 않았을 텐데. 딸이 좋다고 하니까, 그저 묵묵히 지켜봐 주신 건 아닐까. 부모 마음이 다 그렇듯 우리 딸 조금이라도 덜 고생시킬 사람에게 주고 싶으셨을 텐데, 그럴 욕심 부릴 새도 없이 제가 너무 일찍 그 자리를 차지해 버렸던 건 아닐까."

정임은 순식간에 붉어진 눈시울로 한호를 응시했다.

저 녀석이 언제 저렇게 철이 들었을까. 저 녀석이 언제 저렇게 철이 들어서 가슴 한구석에 묻어 놓았던 감정을 꿰뚫어 보듯 할까.

그래서 민망할 정도로, 그래서 미안할 정도로, 그 오랜 시간을 정말 가족처럼 함께한 녀석임에도 불구하고 부모라는 이름으로 한편으로는 욕심을 부렸던 이기적인 마음을 나무라는 것만 같았다.

"해란인 예쁘고, 똑똑하고, 얼마든지 더 조건 좋은 남자를 만날 수 있었을 텐데, 하필이면 홀어머니 모시는 외동아들에 가진 것도 별로 없는 저를 만나 이렇게 억척스러워지고 벌써부터 고생을 시키는 것 같아 제가 면목이 없습니다."

정임은 소리 없이 눈물을 닦았다.

"그런데요, 어머니. 제가 해란이가 없으면 안 되겠어요. 제가 해란이가 없으면 안 되겠어요. 해란이 놔주려고 해 봤는데요. 그게 잘 안 돼요, 어머니. 그래서 아무래도 해란이랑 평생 함께해야 할 것 같거든요. 제가 앞으로 더 잘할게요. 그러니까……."

"……이 녀석아."

정임은 잠긴 목으로 간신히 입술을 열었다.

"대체 얼마나 더 나를 창피하게 만들 셈이냐. 대체 얼마나 더 나를……."

뭐라고 표현할 수 없는 온갖 감정들이 한꺼번에 밀려들어 한동안 말을 잇지 못하던 정임은 이내 마음을 추슬렀다.

"수원 어머니 한번 뵙자구나. 날…… 잡자구나."

한호는 비로소 천천히 입매를 올리며 정임의 손을 더 꼭 쥐었다.

"감사합니다. 행복하게 잘 살겠습니다."

✳   ✳   ✳

성진식품 전략기획팀 사원증을 목에 건 한호가 시간을 확인하며 마케팅팀 앞에서 기웃거렸다.

"니 찾아?"

한호는 등 뒤에서 갑자기 들리는 음성에 화들짝 놀라며 돌아섰다. 해란이 손을 살짝 들어 흔들며 방긋 웃고 있었다. 그녀 역시 성진식품 마케팅팀 이해란 대리라고 적힌 사원증을 목에 걸고 있었다.

"점심 먹으러 가자고 들른 거지? 가자."

엘리베이터 앞에 나란히 선 두 사람은 금속 문에 비친 제

모습에 동시에 피식 웃음이 나왔다. 몇 달이 지났건만 다시 생각해 봐도 신기한 일이었다.

떨어져 있던 기간 동안 서로 나란히 대기업인 성진식품에 면접을 보았던 것도 모자라, 이렇게 같이 합격까지 했다는 게 믿기지 않았다.

"우리가 인연은 인연인가 보다. 그치?"

해란이 배시시 웃으며 그를 올려다보았다. 한호가 뒷머리를 쓰다듬으며 입매를 올렸다.

"게다가 근무 환경이 너무 좋아."

성진식품은 타사와는 크게 다른 점이 한 가지 있었다. 바로 사내 커플들이 많아 크게 눈치를 보지 않아도 된다는 점이었다.

이미 커플인 사람들이 이렇게 동시 입사를 한 적은 드문 일이라 처음엔 관심을 좀 받았었지만, 이내 그런 것들은 중요하지 않게 되었다. 자기 자리에서 제 몫만 확실하게 해낸다면 손가락질받을 일도, 뒷담화의 주인공이 될 일도 없었다. 직원들도 은영이 같은 부류는 없었고, 모든 게 다 흡족했다.

"청첩장 오늘 나오는 날이지?"

한호는 세차게 고개를 끄덕이는 해란을 귀엽게 바라보았다.

원래는 예비 신혼부부들이 모두 탐을 낸다는 5월로 예식 날을 잡고 싶었지만 이미 좋은 날은 예약이 다 꽉 차 있었다. 9월이나 10월 가을도 생각을 해 보았지만 꼬박 1년을 또 기다

려야 한다는 사실이 너무 멀게 느껴져 고심 끝에 좀 더 앞당
긴 3월로 날을 잡게 되었다.

10년이란 세월 동안 연애도 했으면서 결혼까지 1년은 왜
그리 멀게 느껴지던지 그냥 차라리 앞당기자는 쪽으로 의견
을 모았다.

오히려 결혼 비수기 때라 비용도 더 저렴했다. 아주 추울
때는 피했기에 하객분들이 움직이실 때도 크게 불편함은 없
어 보여 일석이조였다.

결혼식은 서울에서 하기로 하고, 수원에서 오시는 하객분
들은 버스를 대절하기로 했다.

모든 게 일사천리로 진행되고 웨딩 사진을 찍던 날, 긴 시
간 촬영으로 지칠 법도 한데 그저 마냥 좋았었다. 해란이 드
레스를 갈아입을 때마다 저절로 탄성을 내지를 정도로 매번
아름다움에 가슴이 설레었다. 드디어 우리가 긴 연애의 종지
부를 찍는다는 사실에 뭉클하기도 했다. 결혼이란 또 다른
시작이겠시만 자신이 있었다.

누구보다 서로 아껴 주고 사랑할 자신이.

"정이헌 팀장님이 청첩장 나오면 꼭 달라고 하시더라고.
이제 입사한 지 6개월도 채 되지 않아서 청첩장 돌리기가 좀
그랬었는데, 먼저 그렇게 말씀해 주시니까 감사하더라고."

"다 네가 잘해서 그런 거야. 일도 잘하고 예쁜 짓만 하는
데 정 팀장님이라고 별수 있겠어? 과묵하고 말씀도 별로 없

으신 분이 먼저 그럴 정도면 네가 인정받고 있는 거지."

"그런가?"

해란은 격하게 고개를 끄덕였다.

"아, 그나저나 신혼집 기대된다. 어렵게 구한 우리 새 보금자리."

한호는 결혼이라는 새로운 출발에 대한 기대로 부푼 해란을 흐뭇하게 응시했다.

지금이야 집을 구해 마음이 놓였지만, 그러기까지 정말 많은 시간을 투자하고 골머리를 썩었다. 결혼 전부터 충분히 예상은 하고 있었지만 서울 아파트 전셋값은 만만치 않았다. 모아 두었던 돈과 최대한 받을 수 있는 대출을 다 끌어모아 계산해 봐도 역부족이었다.

해란은 원룸 전세금에 함께 보탰던 자신의 돈을 내주며 대출도 함께 받자고 권했지만, 그래도 집은 남자가 마련해야 하는 게 당연하다 여겼다. 제 집 마련도 아니고 전세를 얻는 것뿐인데, 그것조차 해란에게 부담을 주고 싶지는 않았다.

어머니께 손을 벌리고 싶지 않아도 상황이 그럴 수밖에 없어 마주 앉은 어느 날, 어머니가 통장 하나를 내미셨다.

"그 돈으로도 모자라겠지만 내가 지금 해 줄 수 있는 전부구나. 네가 봐 둔 아파트 전셋값이 얼마나 모자란지 얘기해 주면, 이 집 담보로 대출을 받든 어떻게 좀 해 보자구나."

조심스럽게 펼쳐 본 통장 안엔 1억이 들어 있었다. 순간 눈물이 차올랐다. 1억이라는 돈을 어머니가 갑자기 마련하셨을 리는 없었다. 아마도 아주 오랜 시간을 준비해 오셨을 거라는 생각에 눈물이 앞을 가렸다.

하지만 그런 어머니의 노고에도 불구하고 서울에서 아파트 전세를 얻는 건 쉬운 일이 아니었다. 수원 아파트 담보 대출까지 받아 이것저것 끌어모아도 최대한 마련할 수 있는 돈이 2억 5천이었는데, 아주 오래된 아파트 정도 구할 수 있는 수준이었다.

쉬는 날이면 해란과 발품을 팔아 가며 수없이 집을 보러 다녔고, 회사에서 거리는 좀 있지만 김포 쪽에 24평 아파트 하나를 간신히 구했다.

계약서에 사인을 하고 나오며 누가 먼저랄 것도 없이 만세 삼창을 했다. 함께 고생한 해란에게 미안하다는 말을 하려던 찰나, 그녀가 먼저 입을 열었다.

"젊을 때 고생은 사서도 한다잖아. 우리 열심히 돈 벌어서 얼른 빚부터 갚아 나가자. 우리 둘 다 씀씀이가 헤프진 않으니까 금방 갚을 수 있을 거야. 그러니까 한호야. 너무 혼자 책임감 갖고 헤쳐 가려고 하지 마. 우리는 이제 부부가 되는 거잖아. 뭐든 함께하는 게 맞는 거잖아."

고마웠다. 그리고 미안했다. 그래서 더 다짐했다. 정말 많이 아껴 주며 행복하게 잘 살겠노라고. 지금 이 마음이 변하지 않도록 어여쁘게 살 거라고.

"참, 준석이 아침에 연락 왔던데. 청첩장 나왔냐고 물어서 그렇다고 했더니 자기가 대표로 청첩장 받을 겸 한번 보자고 하더라고. 그러고 보면 우리가 그래도 지금까지는 제법 잘 살아온 건가 봐. 전 직장 동료들이 이렇게 잊지 않고 결혼까지 챙겨 주는 것 보면. 박 과장님이며 이 과장님이며 다들 청첩장 기다리신다는 말을 듣고 뿌듯하면서도 찡하더라고. 요즘 사회가 그렇잖아. 같이 있을 땐 동료여도 돌아서면 바로 남이 되는 세상인데, 그래도 우리가 제법 잘 살아왔나 봐. 그렇지?"

한호는 다정하게 웃으며 고개를 끄덕였다.

"와, 오늘 메뉴는 카레네."

사내 식당 입구에서부터 진하게 풍기는 카레향에 해란의 입이 귀에 걸렸다.

"난 아마 치매는 안 걸릴 거야. 강황이 치매 예방에 좋다고 하잖아. 난 이미 먹은 걸로도 충분할걸?"

"좋단다."

해란의 눈매가 활처럼 휘었다. 한호는 그런 해란을 물끄러미 바라보다 귓가에 대고 속삭였다.

"사랑해."

점심시간에 사내 식당에서 식판을 들고 줄을 서며 사랑 고백을 하는 건 처음인 것 같았다. 목소리를 낮춘 해란 역시 까치발을 들며 귀엣말을 했다.

"응, 사랑이야."

눈이 마주쳤다. 동시에 미소가 걸렸다.

✻   ✻   ✻

"와아아!"

겨울 바닷바람이 꽤 세찬데도 해란은 아이처럼 마냥 폴짝거렸다. 그동안 결혼 준비를 하느라 심신이 지친 해란을 위해 바람을 좀 쐬게 해 주려고 온 것인데, 생각보다도 그녀가 너무 좋아하니 가슴이 다 뿌듯했다.

"입 찢어지겠다."

한호는 해란이 걸친 외투를 더 바짝 여며 주었다.

"제부도는 정말 오랜만이다. 스무 살 때 생각나네."

한호는 옛 생각에 잠긴 듯 희미하게 입매를 올리는 해란의 곁에 서며 함께 바다를 바라보았다. 고등학교 졸업식을 했던 10년 전 이맘때쯤, 해란과 처음으로 여행이라는 것을 했다.

그동안은 학생 신분이라 데이트라고 해 봤자 하굣길에 함께 분식이나 햄버거를 먹는다든지, 고3이 되어서는 머리를 맞대고 공부를 했던 게 전부였다. 해서, 졸업과 동시에 첫 여행지로 간 곳이 제부도였고, 그날 처음으로 몸으로 하는 사랑을 나누었다.

"풋. 생각해 보면 그땐 우리 진짜 순수했었던 것 같아. 서로 씻고 나오기는 했는데 어색함에 쭈뼛거리다가 결국은 조금 떨어진 채로 나란히 누웠었잖아. 서로 자지 않고 있다는 걸 알면서 자는 척을 한다는 게 그렇게 어려운 일인지 처음 알았었지. 괜스레 떨리는 마음에 도통 잠이 오지 않아 뒤척이는데 순간 손이 맞닿았어. 그 짧은 몇 초의 시간 동안 정말 심장이 터지는 줄 알았지 뭐야."

정말이지 아득한 옛 기억이었다. 한호는 살포시 해란의 손을 채 가 깍지를 껴잡았다.

"그렇게 처음 사랑이라는 걸 나누고 다음 날 아침 네 얼굴을 보는데 왜 그렇게 창피하던지. 온몸이 쑤시고 아픈 건 둘째 치고 부끄러워서 얼굴을 못 보겠더라고. 그런데 너는 너무 아무렇지 않게 평상시와 똑같아서, 실은 약간 서운하기도 했었어. 내 첫 순정을 네게 주었다는, 내겐 너무나 큰일이었던 일이, 남자인 네게는 별거 아닌 일이었나 싶어서."

한호는 슬며시 미간을 좁히며 그때의 기억을 좀 더 선명하게 더듬었다.

"아, 그래서 그때 네가 며칠 뾰로통했었구나? 나는 그날 이후 네가 왠지 화가 나 있는 것 같기에, 혹시 생각보다 나와 나눈 사랑이 별로여서 그런 건 아닌가, 나름 엄청 신경 쓰였었다고. 그래서 두 번째, 세 번째 사랑을 나눴을 때 여러 가지 시도를 해 보았더니 네가 변태냐면서 발로 차 버렸었잖아."

"푸후후. 그랬었나?"

"그랬거든. 나라고 왜 떨리지 않고 부끄럽지 않았겠어. 그런데 남자잖아. 수줍어서 내 눈도 똑바로 못 보는 너한테 나까지 똑같이 그래 버리면 네가 얼마나 더 부끄러울까 싶어서, 나름 안간힘을 내면서 얼굴에 철판 깔았던 거야. 너, 나랑 첫 키스 했을 때 기억나? 그때도 마찬가지였어."

"풋. 기억나지, 그럼. 그때 너 진짜 귀여웠었거든. 늦게까지 야자하고 집 앞까지 나 데려다줄 때마다 네가 괜히 헛기침하면서 분위기 이상하게 만들고 그랬었잖아. 집 근처에 오면 일부러 더 느리게 걷고, 헤어지기 싫어서 그런다는 걸 알면서도 모른 척을 했었어. 알은척을 해 버리면 넘으면 안 될 선을 넘을 것 같았으니까. 나도 헤어지기 싫었으니까."

"호오. 10년 만에 밝혀지는 이해란의 신심이네. 내숭이었군, 이해란도."

"여자는 누구나 다 내숭이 있는 법이야. 나라고 뭐 달랐겠어? 그날도 그랬었어. 네가 유난히 꼼지락거리며 헤어지기 싫은 내색을 했었지. 마음이 약해질까 봐 여느 날과 다름없이 냉정하게 돌아서서 대문 안으로 들어서려는데, 네가 내 손목을 잡아챘었지. ……풋. 정말 순식간이었어. 서로의 입술이 맞닿았다는 사실에 가슴이 쿵쾅거리고, 드라마에서 봤

350

던 것처럼 정말 손가락 하나 달싹할 수 없을 만큼 긴장으로 굳어지더라고. 내 입속에 음식물이 아닌 다른 것이 들어왔던 적은 처음이라 꽤나 당황했었지. 푸훗. 그때 생각하니까 지금도 닭살 돋는다. 놀라기도 했지만 정말 짜릿했었거든. 키스라는 게 이런 거구나……."

한호는 잡고 있던 손을 끌어당겨 해란의 입술 위로 고개를 내려뜨렸다. 미소를 머금으며 벌어지는 그녀의 입술 사이로 말캉거리는 혀를 넣어 부드럽게 애무한 그가 슬며시 입술을 뗐다.

"마치 열여덟 정한호가 된 기분이야. 심장이 다시 간질간질해지는 기분."

"동감이야."

해란의 말이 끝남과 동시에 누가 먼저랄 것 없이 서로의 입술을 찾았다. 매서운 바닷바람도 춥게 느껴지지 않았다. 누군가가 보고 있을지도 모른다는 타인의 시선도 부끄럽지 않았다.

감회에 젖어 모처럼 오랜 시간 키스에 몰입하던 두 사람은 약속이나 한 듯이 동시에 눈꺼풀을 들어 올렸다.

"혹시 같은 생각이야?"

해란이 입매를 올리며 물었다.

"아마도."

"풋. 배가 고파서 더는 키스도 못 하겠어. 열여덟 이해란에서 다시 스물여덟 이해란으로 돌아왔어. 아니지, 나 이제 한

살 더 먹은 거지?"

한호 역시 고개를 끄덕이며 웃어 젖혔다.

"한호야. 누가 그러는데, 10년이나 연애하고도 심장이 뛰면 그건 병이래. 그러니까 우리는 아주 정상적인 거야. 오히려 이렇게 잠시 잠깐이라도 설렐 수 있다는 건 우리가 남다른 건지도 몰라."

한호는 피식 웃으며 해란의 머리칼을 풀썩였다.

"여기까지 왔는데 오늘은 한잔할 거지?"

해란은 결혼을 앞두고 다이어트에 돌입해 술을 멀리한 지두 달째였다. 안 해도 된다는 한호의 말에도 불구하고 저녁은 바나나 하나와 삶은 달걀 하나가 전부였고, 매일 밤 운동도 게을리하지 않았다. 덕분에 한호까지 덩달아 본의 아니게 다이어트 중이라 그 역시 술은 오랜만에 입에 대는 거였다.

"회랑 조개구이 같이 나오는 코스로 먹을까 하는데."

강력한 유혹에 결국 해란은 무너져 내렸다.

"그래. 까짓것 내일부터 더 빡세게 운동하지, 뭐."

"음, 해란아. 그럴 바엔 그냥 먹지 말까? 난 지금도 힘든데 너 따라서 더 빡세게 하면……."

"고고!"

해란은 한호의 팔짱을 낀 채 힘차게 걸음을 옮겼다. 근사한 안주와 함께 오랜만에 술 한잔할 생각에 그녀의 입이 자꾸만 벌어졌다.

"오케이. 어차피 운동을 해야 한다면 나는 오늘 끝까지 달릴 거다. 말리지 마라."

"같은 생각이야."

결혼을 3주 앞둔 제부도의 어느 날 밤은 회 한 접시와 조개구이, 소주 한잔, 무엇보다 사랑하는 이와 함께여서 행복한 또 하나의 잊지 못할 추억으로 남을 것이다.

"우리의 찬란한 미래를 위해서, 건배!"

"건배!"

그리고 그 추억은, 살아가는 동안 수없이 닥칠 위기 때마다 우리를 구원해 줄 믿음으로 뿌리내릴 것임을 의심치 않는다.

✳   ✳   ✳

"5월의 신부가 가장 예쁘다더니 그것도 아닌가 보네. 3월의 신부가 더 예쁜 것 같은데?"

해란은 신부 대기실로 하나둘 찾아오는 친구들을 보며 쑥스럽게 입매를 올렸다. 어젯밤까지도 별로 실감이 나지 않았었는데, 막상 웨딩드레스를 입고 있으니 긴장이 되기 시작했다.

"계집애. 예쁘긴 진짜 예쁘다. 역시 여자는 피부가 하얗고 봐야 해. 어디까지가 웨딩드레스인지 구분도 안 갈 정도야. 완전 우윳빛 이해란이네. 한호가, 아니, 이제 한호 씨라고 해야지? 한호 씨, 너 웨딩드레스 입은 거 보고 완전 넘어갔겠는데?"

"그걸 말이라고요."

갑자기 뒤에서 들려오는 음성에 친구들의 고개가 한꺼번에 뒤로 돌아갔다. 180센티가 훌쩍 넘는 장신에 멋들어지게 걸쳐진 턱시도가, 마치 영화 시상식에라도 온 것 같은 착각을 안겨 주었다.

"우와. 누구 신랑인지 진짜 인물 난다."

"진심으로 듣겠습니다."

"그걸 말이라고요."

까르르, 웃음꽃이 피었다.

한호는 다시 보아도 입매가 절로 올라갈 정도로 어여쁜 오늘의 주인공에게 가까이 다가갔다. 그리 오랜 시간을 함께했음에도 불구하고 순백색의 웨딩드레스를 입은 해란의 모습에 그저 입이 벌어졌다.

"힘들지? 계속 곧게 앉아 있어서."

"응, 조금."

해란이 잠시 허리를 구부정하게 하며 숨을 내쉬었다.

"후우. 얼마나 꽉 조이는지 숨도 잘 못 쉬겠어. 다이어트 안 했으면 들어가지도 않았을 뻔했어."

웬만한 몸매 종결자가 아니라면 소화하기 힘든 머메이드라인 웨딩드레스가 해란의 몸매를 뽐내고 있었다. 처음엔 골반까지 붙었다가 퍼지는 세미 머메이드라인 웨딩드레스를 선택할까 했었지만, 해란은 평생 한 번뿐인 결혼식 날인 만큼 좀 더 과감하게 자신의 취향대로 선택을 했다.

드레스 특징상 풍성한 볼륨감이 없어 다소 허전해 보일 수가 있다는 단점이 있었지만, 이를 보완해 주기 위해 드레스 뒷부분에 길게 천이 늘어져 있어 오히려 더 단백하면서 세련미가 강조돼 보였다.

시스루 레이스 사이로 언뜻 비치는 풍만한 가슴골과 항아리를 연상케 하는 굴곡 있는 힙 선 아래로 쭉 뻗은 각선미는, 시선을 어디다 둬야 할지 모를 정도로 섹시했다.

"예쁘다, 정말."

"오늘만 벌써 몇 번째 하는 말인지 알아?"

"볼 때마다 예쁜 걸 어쩌겠어."

"닭 털 그만 날리고 신랑은 나가 보지 그래요? 밖에서 찾는데."

친구의 핀잔 아닌 핀잔에 머리를 긁적인 한호는 아쉬운 발걸음으로 신부 대기실을 나섰다. 끊임없이 몰려드는 하객들과 일일이 인사를 나누며 이어지는 사진 촬영에 지칠 법도 하지만, 해란의 얼굴에선 미소가 떠나질 않았다.

"신부님, 이제 2층으로 이동하겠습니다."

해란은 결혼식 도우미의 손을 잡고 몸을 일으켰다. 가슴이 조금씩 더 쿵쾅거렸다. 해란이 모습을 드러내자 에메랄드홀 하객뿐만 아닌 다른 하객들까지도 시선을 주었다. 오늘 결혼식이 있는 이 웨딩홀의 모든 신부들을 통틀어 머메이드라인

웨딩드레스를 입은 건 해란뿐이었다. 그만큼 몸매가 받쳐 주
지 않으면 선택하기 힘든 드레스였다.

"신부가 진짜 예쁘네."

"그러게 말이야. 어쩌면 몸매가 저래. 허리가 한 줌이야."

소곤거리는 사람들의 말이 해란의 귀에까지 들려왔다. 설
핏 입매를 올린 해란은 결혼식의 꽃답게 2층에서 리프트를
타고 내려올 예정이었다.

해란은 아직은 조명이 꺼져 있어 어두운 2층에서 아래를
내려다보았다. 이미 식은 시작되었고, 사회자가 신랑 입장을
외쳤다. 하객들의 엄청난 환호 속에 한호가 늠름하게 걸음을
내딛었다. 해냈다는 듯이 주먹을 불끈 쥐는 세리모니까지 하
는 여유를 부리며 걸어 나가는 한호를 보고 있자니 그렇게 믿
음직스럽게 느껴질 수가 없었다.

"자, 이제는 고대하고 고대하던 시간이 되겠습니다. 오늘
의 주인공, 신부! 입장!"

순식간에 웨딩홀 불이 암전되며 화려한 핀 조명 하나가 해
란을 비췄다. 동시에 너 나 할 것 없이 탄성이 쏟아졌다. 그
야말로 눈부시게 아름다운 해란이 수줍게 웃고 있었다.

그때 갑자기 익숙한 발라드 음악이 흐르며 한호가 마이크
를 손에 쥐었다. 해란도 몰랐던 사실인지 깜짝 놀란 얼굴로
한호를 응시했고, 그는 두 손으로 마이크를 꼭 쥔 채 감미로
운 목소리로 노래를 불렀다.

그래도 사랑이라서

나는 널 잊을 수가 없어서

나란 놈이 그래

나란 놈은 너뿐이야

한호의 눈빛에서 노랫말과 같은 진심이 느껴져 해란은 콧날이 시큰해졌다. 짧게만 느껴졌던 서프라이즈 러브송이 끝나자 우레와 같은 박수갈채가 쏟아졌다.

부러움의 시선을 한 몸에 받으며 리프트에서 내려온 해란은 만감이 교차하는 마음으로 새아버지의 손을 잡고 천천히 걸음을 옮겼다. 한호와 가까워질수록 감정이 벅차올라 가슴이 다 뭉클해졌다.

생각보다는 짤막했던 주례사가 끝나고 양가 부모님께 인사를 드리는 시간이 왔다. 좋은 날이니까 울지 말자고 다짐을 했건만 이 시간만큼은 어쩔 수 없는 듯했다.

한호 역시 어머니께 인사를 드리며 눈시울이 붉어졌고, 해란도 마찬가지로 이미 눈물샘이 터져 버린 정임의 흐느낌에 결국은 눈물이 고이고 말았다.

"행복하게 해 줄게."

한호는 해란의 눈시울을 닦아 주며 낮게 속삭였다. 슬며시 웃으며 고개를 끄덕인 해란이 간신히 마음을 추스르고 모든 식은 예정대로 진행이 되었다.

부케는 영주가 받기로 되어 있었는데 엉뚱하게도 신랑 친구 측에 서 있던 준석에게 떨어져 한바탕 웃음보가 터졌다. 길고 긴 사진 촬영까지 다 끝내고 폐백까지 마친 후엔 서둘러 옷을 갈아입었다.

"비행기 시간은 여유가 있는 거지?"

해란은 토요일이라 차가 많이 밀리지 않을까 걱정하며 시간을 확인했다. 예식이 끝나고 바로 발리로 신혼여행을 떠나기로 되어 있었다. 신혼 여행지를 두고도 고민을 참 많이 했었다. 평생 한 번뿐이니 돈이 좀 들더라도 더 가고 싶은 곳을 가자는 마음과, 무리하지 않고 좀 더 저렴하게 다녀올 수 있는 곳 중 고민을 했었다.

무난하게 푸켓이나 세부를 생각했었지만 마음은 발리가 더 가 보고 싶었다. 한데 한호가 그런 고민을 알아차리고는 몰래 발리로 계약을 해 버렸다.

"계집애, 오늘 너무 예뻤어. 부럽다. 조심히 잘 다녀와. 허니문 베이비 기대해도 되지?"

해란은 친구들의 배웅을 받으며 쑥스럽게 웃었다.

한호 친구들이 준비한 웨딩 카가 멋들어진 자태를 뽐내며 대기 중이었다.

"돌아와서 연락할게. 오늘 고마웠어."

차에 올라 친구들에게 손을 흔든 해란은 세단이 움직이고 나서야 숨을 길게 내뱉었다.

"결혼식 요거 보통 일이 아니네."

"다리 아프지? 공항 가는 동안 좀 쉬어. 어차피 차 밀려서 시간 좀 걸릴 거야."

"한호야. 우리 이제 부부네?"

한호가 해란의 손을 끌어다 살며시 쥐었다.

"그러게 말이야. 이제 여자 친구가 아니라 와이프인 거네."

"그럼 우리 호칭도 바꿔야 하나? 이름을 계속 불러서 그게 편한데 아무래도 바꿔야겠지?"

"음, 아마도? 어른들 계실 때 실수할 수도 있으니까."

"음……. 여보? 자기야? ……으아악! 미치겠다, 닭살이야."

해란이 팔을 문지르며 발을 동동 굴렀다. 한호 역시 동감하는지 난감한 얼굴을 했다.

"그래도 고쳐야 하니까 노력은 해 보자."

"과연 고칠 수 있을까? 너 한번 해 봐, 한호야."

해란이 고개를 쑥 빼며 한호의 얼굴을 쳐다보았다.

"흠흠. 그걸 꼭 지금 해 봐야 해?"

"응. 나도 했잖아."

한호는 쉽게 떨어지지 않는 입술을 어렵게 달싹였다.

"자, 자기야? 여, 여보?"

동시에 웃음보가 터졌다. 한호 역시 못 견디겠다는 듯 닭살에 몸을 떨었다.

"우리 큰일이다. 어쩌지?"

"별수 없지. 신혼여행 기간 동안 연습해 보자. 여행 다녀
와서 인사드리러 갔을 때 '야, 너' 할 수는 없잖아."

해란은 한호의 말에 수긍하다 아직은 쌀쌀한 바람을 느끼
며 창문을 내렸다.

"하아. 바람이 차서 그렇지, 날씨는 좋다."

"아직 추워. 감기 걸릴라, 창문 닫아."

"한호야. 우리 잘 살자."

창밖을 내다보던 해란이 나직이 속삭였다. 한호는 쥐고 있
던 해란의 손등에 입을 맞췄다.

"여부가 있겠습니까."

"하아, 좋다."

해란은 지그시 눈을 감으며 희미하게 웃었다.

그동안 서로 수없이 나누었던 모든 사랑의 속삭임들, 결국
너에게 전하고 싶은 말은 한 가지뿐이다.

'누구보다 널, 무엇보다 널.'

"사랑해. 사랑해, 한호야."

우리의 연애는 이제부터가 시작이다.

"준비 다 했어?"

해란은 아침부터 분주하게 왔다 갔다 하며 마지막으로 백을 챙긴 뒤 시간을 확인했다. 한호 역시 서둘러 슈트에 팔을 끼워 넣으며 현관으로 달려 나왔다.

"이리 와 봐. 넥타이 비뚤어졌다."

바쁜 와중에 한호의 넥타이를 다시 바로잡아 매 준 해란은 신발장에서 그의 구두를 꺼내 놓아 주며 저 역시 구두를 신었다.

"굿. 가자."

김포로 이사를 온 뒤 아침 풍경은 대부분 비슷했다. 차 밀릴 걸 계산해 여유 있게 준비를 시작하는데도 늘 출근 시간이 가까워지면 이리 야단법석이 났다.

비로소 차에 오르고 나서야 한바탕 전쟁을 치른 가쁜 숨을
몰아쉴 수 있었다.

"지각은 면하겠지?"

"응, 특별히 차가 더 밀리지만 않는다면."

"오늘 인턴 한 명 새로 들어오는 날이라 지각하면 곤란한
데."

"걱정 마. 지각 안 해."

"아, 밥그릇 물에 담가 놓고 왔어야 했는데. 퇴근하면 다
말라비틀어져 있겠네. 그럼 설거지하기 힘든데."

"내가 하면 되지. 알면서 괜히 그러지?"

"으흥."

한호는 피식 웃으며 손을 끌어다 잡았다. 둘 다 직장 생활
을 하다 보니 집안일을 분담해서 하기로 의견을 모았다. 해란
이 주방 일과 세탁을 맡아 하는 대신 청소는 자신이 도맡아
하기로 했었다. 그렇게 정해 놓으니 싸울 일도 없었고, 오히
려 서로 알아서 도와주게 되는 일이 더 많았다.

콧노래를 흥얼거리며 같이 설거지를 하며 장난도 치고, 빨
래를 털어 널면서도, 대청소를 같이하면서도, 틈만 나면 웃음
꽃이 피었다.

그래서인지 굳이 말을 하지 않았는데도 아파트 주민들이
신혼부부인지를 다 알았다. 요즘은 옆집에 누가 사는지 얼굴

조차 모르고 지내는 경우가 빈번하다지만, 해란과 자신은 마주치는 단지 주민마다 인사를 건넸다.

처음엔 웬 낯선 사람이 인사를 하나 이상하게 쳐다보던 주민들도, 몇 달이 지난 요즘은 먼저 알은척을 해 주었다. 음식을 나눠 먹을 정도로 친하게 지내는 이웃들도 생겼다.

젊은 사람들이 참 예의도 바르고 열심히 산다며 응원을 해 주시는 할머니도 생겼고, 아이 생기면 봐 주겠다는 아주머니도 생겼으며, 그렇게 느리지만 조금씩 우리만의 영역을 넓혀 가며 새로운 삶에 적응해 나가는 시간이 행복했다.

때로는 예상치 못한 문제에 속도 상하고 사소한 일로 다툴 때도 있었지만, 살아가며 대화를 나누는 게 얼마나 귀한가를 몸소 겪었던 경험을 되새기며, 하루를 마감하는 잠자리에 들기 전엔 항상 그날 있었던 이런저런 이야기들을 나누었다. 그리고 그 이야기들 중엔 담배에 관한 이야기도 있었다.

해란은 어차피 임신을 하면 금연을 해야 하니 이 기회에 담배를 끊어야겠다는 나름 큰 결심을 세웠다. 해란의 금연을 돕기 위해 집에서는 베란다에서도 담배를 피우지 않는 걸로 약속을 했고, 해란은 용케도 잘 참아 내며 현재 금연 3개월째에 접어들고 있었다.

금단현상 때문인지 사탕 같은 단것을 자꾸 찾아 결혼식 때보다 살이 조금 붙었다는데 사실 티는 잘 안 났다. 워낙 가만히 있지를 못하고 바지런을 떠는 성격이라 그런지 살이 찔새가 없다고 봐야 했다.

"참, 그런데 어제 한 말 진심이야? 힘들 텐데."

"일단 시도는 해 보려고."

한호는 결심을 다지듯 운전대를 잡은 손에 힘을 주었다. 어제 해란과 간단히 술을 한잔하며 자신 또한 금연을 하겠노라 선언을 했다.

실패할 거라 예상했던 해란이 3개월이나 잘 참아 내고 있는 것을 보며 느낀 것도 있었고, 훗날 태어날 아이를 위해 아빠도 금연을 하는 게 더 좋을 것 같아서였다. 해란도 아이를 생각해서 어렵게 담배를 끊었는데 자신이 계속 피운다는 건 옳지 않은 것 같았다.

"나 금연에 성공하면 소원 한 가지 들어줄래? 그러면 진짜 이 악물고 할 것 같아."

해란은 손쉽게 고개를 끄덕였다. 금연이란 게 보통 힘든 일이 아니었다. 괜히 금연한 사람을 보고 독하다고 하는 게 아니다.

"아이 갖자."

"으, 응?"

"나 금연에 성공하면 아이 갖자고."

태평스럽던 해란의 표정이 짐짓 심각한 얼굴로 변했다. 새로운 직장에서도 이제 자리를 잡았고 아이는 좀 더 늦게 갖길 원했다. 바짝 일을 더 해서 빚을 어느 정도 청산하려는 계획이었다.

"어차피 당장도 아니고 시간이 걸릴……."

"좋아. 대신 금연으로 인정하는 기간을 정하자. 1년."

"1년이나?"

"체내에 축적된 니코틴을 좀 뺄 시간이 필요하지 않겠어?"

그럴듯한 핑계였다. 한호는 역시나 해란을 당해 낼 수 없다는 듯 혀를 내둘렀다.

"1년 금연에 성공하면 그때 아이 갖자."

"성공 못 하면?"

"원래 약속했던 대로 3년 후에. 그래 봤자 서른둘이야. 서른둘이면 그리 노산도 아니야, 요즘엔."

"기필코 성공하겠어."

한호는 의지를 불태우며 눈을 반짝였다.

"쉽지 않을걸?"

"두고 봐라."

해란은 설핏 웃으며 기지개를 힘껏 켰다.

"하아. 출근할 때마다 매번 느끼는 거지만 참 좋다. 사람들 눈치 봐 가며 따로 들어가지 않아도 되고, 마음 놓고 같이 출근해도 된다는 게 이렇게 좋은 건지 몰랐네. 결혼 진즉 할 걸 잘못했나 봐."

"같은 생각이야."

"으흥. 그렇지? 어? 내가 좋아하는 노래다. 볼륨 좀 높여 줘."

라디오에서 흘러나오는 노래를 흥얼거리며 여느 날과 다름없는 활기찬 하루를 시작한 해란은, 다행히 늦지 않게 회사에 도착해 서둘러 엘리베이터에 올랐다.

업무상 서로 교류가 잦은 전략기획팀과 마케팅팀은 같은 층에 있던 터라 해란은 한호와 함께 내려 각자 부서로 들어섰다.

해란은 마주치는 직원들마다 어김없이 웃는 얼굴로 인사를 건네며 제자리에 앉았다.

"자, 오늘도 시작해 볼까?"

출근길에 들었던 노래를 흥얼거리며 커피 한 잔으로 하루를 시작하려는데 팀장님의 음성이 들렸다.

"오늘 새로 인턴 들어온다고 미리 얘기했었죠?"

무심코 고개를 들던 해란의 눈이 휘둥그레졌다.

"안녕하세요. 조은영이라고 합니다. 앞으로 잘 부탁드립니다."

눈웃음치며 생글거리는 얼굴이 많이 낯이 익었다. 한동안 멍하게 있던 해란은 살다 보니 이런 우연이 다 있다며 이내 흥미로운 얼굴로 몸을 일으켰다.

허리를 꼿꼿이 세우고 다가간 해란은 아직 자신을 발견하지 못한 은영을 향해 손을 내밀었다.

"반가워요, 조은영 씨."

"네, 반갑습…… 헉!"

은영이 저도 모르게 질겁을 하며 뒷걸음질을 쳤다. 해란은
더욱 방긋 웃었다.

"앞으로 잘 지내 봐요."

"아…… 저…… 제가 생각해 보니…… 이 회사는 제가 몸담
기엔 너무나 큰……."

주위 눈치를 보던 은영은 걸음아 나 살려라 삼십육계 줄행랑
을 쳤다. 다들 영문을 모르는 얼굴로 황당해하는데 해란만 속
으로 고소한 웃음을 흘렸다.

'그렇지. 네가 사람이면 나랑 같이 일 못 하지. 어떻게 내
얼굴을 보겠어. 제 두 얼굴을 다 봐 버린 사람인데.'

"아, 너무 아쉽네요. 긴장을 많이 했나 봐요. 저리 낯가림이
심해서야 어디 사회생활 제대로 할 수 있으려나 모르겠네?"

해란은 안타깝다는 얼굴로 어깨를 으쓱이며 자연스럽게
자리로 돌아왔다.

씨익.

저절로 콧노래가 나왔다.

"조은영, 너는 그 놀부 심보 못 고치면 평생 면접만 보다 끝
날 거다. 외모만 믿고 까부는 것들이 제일 재수 없어. 흥."

해란은 새치름한 얼굴로 혼잣말을 하며 노트북을 부팅했
다.

"이 대리 오늘 기분이 좋나 봐?"

해란은 고개를 돌리며 싱긋 웃었다.

"네, 저야 언제나 기분 좋은 하루죠."

그녀의 미소는 찬란하게 빛났다.

"어떻게 그런 우연이 다 있어? 그렇지?"

해란은 저녁 식사 후 과일을 깎아 거실 테이블에 내려놓으며 쉴 새 없이 떠들었다.

"그러고 보면 외모 덕은 꽤 보는 모양이야. 대기업에 잘도 들어오는 것 보면. 여기서 나를 안 만났더라면 또 그렇게 여우짓 하면서 뒤통수 후려치고 다녔겠지. 이젠 또 어느 기업을 하이에나처럼 어슬렁거리며 눈독을 들일는지. 멀쩡하게 생긴 얼굴로 왜 그러고 다니는지 모르겠어."

"과일이나 먹자. 은영이 얘기 자꾸 해서 뭐해. 정신 건강만 해로워."

한호는 배 하나를 집어 해란의 입에 넣어 주었다.

해란으로부터 은영의 진짜 얼굴에 대한 이야기를 듣고 난 후 사실 많이 놀랐었다. 깍쟁이 같아 보이긴 해도 본성은 나쁘지 않은 후배라 여겼었는데 실망스러웠다. 왜 해란이 날을 곤두세우며 못마땅해했는지 뒤늦게 이해가 가며 미안하기도 했다.

은영이 그렇게 꽁지 빠지게 도망치고 난 이후, 우연히 스치며 만난 적이 한 번 있었다. 자신을 보고는 그대로 굳어 버린 은영에게 한마디를 남겼었다.

"조은영. 네가 여자인 걸 감사히 여겨라. 남자였으면 지금 한 대 날아갔을 테니까."

한데 이렇게 또 성진식품 인턴으로 들어와 마주쳤다는 얘기 듣자니 새삼 서울 바닥이 참 좁구나, 하는 생각이 들었다. 은영을 만났을 때 해란이 얼마나 놀랐을까 싶으면서도, 해란일 보고 기겁을 하며 도망쳤을 은영일 떠올리니 피식 웃음이 나오기도 했다.

해란의 말마따나 멀쩡하게 생겨서 왜 그러고 다니는지 이해가 가지도 않고, 한편으로는 안타깝기까지 했다. 훗날 나이가 들어 생각해 보면 과거의 제 모습이 창피스러워 고개도 못 들고 다닐 텐데, 왜 그런 짓을 할까 싶었다.

"하암. 퇴근하자마자 배가 고파서 밥부터 먹긴 했는데 이젠 또 졸리네. 씻고 자야 하는데."

해란이 배 조각을 오물거리며 어느새 밤 10시가 다 되어가는 시간을 확인했다. 출근 시간은 9시였지만 교통 체증 때문에 서두르다 보니 매일같이 6시에는 일어나야 했다. 그러다 보니 취침 시간 또한 자정을 넘긴 적이 거의 없었다.

"그나저나 어때? 죽을 맛이지?"

해란은 평소와 다르게 끊임없이 과일을 집어 먹는 한호를 골리듯 쳐다보았다. 금연 1일 차 앞에서 3개월 차는 그야말로 대선배였다.

"아직까진 견딜 만해."

"괜히 애쓰지 말고 어제 술김에 그랬다고 시인하지 그래. 없던 걸로 해 줄게."

"어쩐지 내가 실패하길 바라는 것 같지만 난 성공할 거다."

"그게 그렇게 쉬운 일이 아니라니까. 나도 지금 얼마나 참고 있는 건데."

해란이 찌뿌듯한 몸을 일으켜 욕실로 향했다.

"씻게?"

"응. 슬슬 졸려."

욕실 앞에 옷을 벗어 놓은 뒤 안으로 들어선 해란은 물 온도를 맞추며 콧노래를 흥얼거렸다.

쏴아아.

샤워기 아래에 서서 몸을 적신 그녀는 바디 폼을 짜내 충분한 거품을 만들었다.

"같이 씻자."

막 샤워볼을 팔에 문지르던 그녀는 등 뒤에서 들리는 음성에 고개를 슥 돌렸다. 자신처럼 알몸이 된 한호가 욕실로 들어서며 샤워기 아래에서 몸을 적셨다.

"무슨 바람이 불어서?"

"이해란 바람?"

서로를 마주 보며 피식 웃은 두 사람은 솜사탕과도 같은 풍성한 거품으로 온몸을 덮어 나가기 시작했다. 황홀할 정도로 부드러운 거품 덕분에 미끈거리는 살갗이 닿을 때마다 저절로 유두가 꼿꼿이 서고, 남성 역시 하늘 높이 고개를 쳐들었다.

그는 미끄러질 듯 보드라운 살갗을 어루만지다 이내 벽을 향해 그녀를 돌려세웠다. 뒤에서 몸을 바싹 밀착시킨 채 젖가슴을 주무르자 그녀 역시 몸을 비틀며 뜨거운 숨결을 내뱉었다. 거품으로 인해 아찔할 만큼 보드라운 살결은 말로 표현할 수 없을 정도의 짜릿함을 선사했다.

그는 더욱 힘차게 고개를 든 남성을 그녀의 엉덩이 골짜기를 따라 위아래로 문질렀다.

"하읏……."

단단한 남성은 여전히 엉덩이 사이를 비벼 댔고, 젖가슴을 주무르던 손은 어느새 아래로 내려가 예민한 살점을 문지르고 있었다.

그가 그녀의 귓불을 깨물며 할짝거렸다. 그녀는 천천히 몸을 돌려 마주 보며 섰다. 높게 솟아오른 남성을 적당히 힘주어 잡은 채 귀두에서 뿌리 끝까지 밀어 올렸다 빼내기를 반복하자 그가 슬며시 몸을 떨었다.

거품으로 인해 더욱 부드럽게 표피를 자극하며 움직이는 손길 때문에 평소와는 다른 쾌감이 온몸을 훑었다. 그의 반응에 좀 더 과감하게 손을 놀린 그녀는 남성의 뿌리를 지나 음낭을 쓰다듬으며 엉덩이 사이로 손가락을 넣어 애널을 문질렀다.

"하읏……."

그녀가 주름진 애널을 부드럽게 비벼 댈 때마다 남성이 더욱 꿈틀대며 고개를 쳐들었다. 그가 못 참겠다는 듯 그녀의 손목을 잡아당겼지만, 한발 앞서 샤워기를 틀어 몸을 덮고 있던 거품을 씻어 낸 그녀가 욕실 바닥에 무릎을 대고 앉았다.

눈앞에 보이는 단단한 남성을 잡아 귀두 끝을 혀로 살짝 건드리자 그가 바르르 몸을 떨었다. 그녀는 능숙한 혀 놀림으로 남성을 핥다가 목구멍 끝까지 남성을 집어삼키며 놓아주기를 반복했다. 천천히 고개를 앞뒤로 움직이다 점차 피치를 올리자 그가 아득한 신음을 토해 내며 그녀의 머리칼을 쥐었다.

"아윽, 하아."

한참을 혓바닥으로 남성을 유린하던 그녀가 고개를 뒤로 빼냈다. 여전히 거대한 남성이 쑥 빠지며 감겨 있던 그의 눈이 떠졌다. 그녀의 팔을 잡아 일으켜 세운 그는 벽으로 밀어붙여 한쪽 다리를 잡아 올렸다. 그녀의 다리 사이가 벌어진 상태에서 몸을 밀착시킨 그가 잔뜩 성이 난 남성을 어두운 통로 깊숙이 밀어 넣었다.

"하윗!"

천천히 뒤로 빼내다 다시 한 번 강하게 찔러 넣자 그녀가 팔을 목에 감으며 매달려 왔다. 하지만 그는 서두르지 않으며 느긋하게 허리를 움직였다. 그가 피치를 올리지 않으며 애태우듯 내벽 안을 노닐자 그녀가 야하게 엉덩이를 들썩이며 더욱 몸을 밀착시켰다.

"하아……. 애태우지 마."

벌어진 그녀의 입술 안으로 혓바닥을 넣어 점막 곳곳을 휘젓던 그가 어느 순간 힘차게 허리를 박았다.

"아읏!"

비명과도 같은 신열을 토해 낸 그녀의 고개가 뒤로 젖혀졌다. 그는 서서히 속도를 올리며 내벽 끝까지 찔러 올리기를 반복했다. 수증기로 인해 뿌예진 욕실 안의 공기가 더워지며 헐떡이는 숨소리 역시 더욱 커져 갔다.

"하아, 하아."

"하앗! 하앗!"

그가 잡고 있던 그녀의 다리를 내려놓으며 벽을 보게끔 자세를 바꾸었다. 그는 조금의 망설임 없이 그녀의 엉덩이 사이로 깊숙이 남성을 꽂았다.

"흡!"

탐스러운 뽀얀 엉덩이 사이로 단단한 남성이 빠르게 들어갔다 나왔다 하며 철썩거렸다. 그가 밀어붙이는 힘에 의해 그녀의 젖가슴이 벽에 짓눌렸다.

"아아앗!"

그는 여전히 허리를 움직이며 그녀의 상체를 떼어 내 아래를 향해 지그시 눌렀다. 벽을 보며 서 있던 그녀의 허리가 아래로 굽어짐과 동시에 엉덩이는 하늘을 향해 치켜졌다.

그로 인해 선홍빛 애널이 밝은 불빛 아래 환하게 드러나자 그가 그곳을 엄지로 살살 문질렀다. 뜨거운 그녀의 안으로 힘차게 남성을 꽂아 넣던 그가 순간 검지 하나를 애널 안으로 쑥 집어넣자 그녀가 흠칫하며 몸을 떨었다. 허리의 빠른 움직임만큼 손가락 역시 내벽을 자극하며 문지르자 그녀가 절정에 다다른 교성을 내뱉으며 바닥에 털썩 주저앉아 버렸다.

"하아, 하아."

오르가슴에 젖어 눈이 풀려 버린 그녀가 몸을 떨며 숨을 몰아쉬었다. 아직도 쉬이 가시지 않는 전율에 정신을 못 차리는데 그가 아직 멀었다는 듯 그녀의 손목을 낚아채 일으켰다.

"안 되겠다. 여긴 너무 좁아."

그가 타월을 꺼내 그녀의 몸에 두른 뒤 번쩍 안아 들어 욕실 안을 빠져나왔다. 수증기로 인해 더운 욕실 안에 머물다 나와서인지 잠시 공기가 차게 느껴졌지만, 그는 몸을 움츠릴 새도 없이 그녀를 또다시 달궜다.

침대에 누워 그녀의 뽀얀 엉덩이가 보이게끔 얼굴 위로 앉힌 그는 거칠게 엉덩이 사이를 벌렸다. 뜨거운 계곡 사이를 혓바닥으로 쓸며 고개를 파묻어 애무하자 그녀 역시 허리를 숙여 단단한 남성을 입으로 물었다. 한호의 혀 놀림이 정교하게 빨라질수록 많은 양의 애액이 그의 입속으로 흘러들어 왔다. 그녀 역시 더욱 빠르게 고개를 아래위로 움직이며 남성을 입에 물고 애무했다.

"하웃, 하아."

서로의 은밀한 부분을 입으로 애무하던 두 사람은 더 이상은 못 참겠다는 듯 누가 먼저랄 것도 없이 다시 몸을 돌렸다.

그녀를 침대 위에 뉘여 다리를 넓게 벌린 그는 애액으로 미끈거리는 내벽 안으로 다시금 남성을 밀어 넣었다. 그녀의 발목을 각각 잡아 브이 자가 되게끔 올려 세운 그는 빠르게 허리를 움직였다.

"하아, 하아."

금세 달아오른 열기로 그녀의 뺨엔 다시 홍조가 돌았고, 달뜬 숨결이 가쁘게 쏟아졌다. 금슬 좋은 부부의 신혼 밤은 그 후로도 오랫동안 뜨겁게 달아올랐다.

새벽 6시가 되기 무섭게 눈을 뜬 해란은 여기저기 쑤시는 몸을 간신히 일으켰다. 어젯밤 불같은 사랑을 나눈 후 녹다운이 된 제게 한호가 했던 말을 떠올린 그녀는 고개를 내저었다.

"금단현상인가? 성욕이 멈추질 않아."

이제 금연 1일 차일 뿐이었다. 10년을 연애하고 결혼한 지 6개월이 된 커플이 아직도 이렇게 뜨겁게 사랑을 나눈다고 한다면 누구라도 믿지 않을 거였지만 사실이 그랬다.

해란은 슬립 위로 카디건 하나를 걸친 뒤 주방으로 향했다.

아마도 둘 다 살이 안 찌는 이유는 사랑의 힘인 것 같았다.

그녀는 뻑적지근한 몸을 두드리며 커피 한 잔을 내려 방으로 가져갔다. 암막 커튼을 치자 이른 아침 햇살이 따스하게 방 안을 비췄고, 커피 잔을 든 해란은 침대 끝에 걸터앉았다.

"셋 안에 일어나면 모닝커피가 기다리고 있어. 하나, 둘, 세엣……."

"흐아암. 굿모닝."

간신히 눈꺼풀을 들어 올린 한호가 향긋한 커피향에 코를 킁킁거렸다.

"하아, 좋다."

"그러니까 말이야. 늘 그렇듯 시작은 이렇게 여유가 넘치는데 항상 바빠진단 말이지. 나 먼저 씻고 아침상 차릴 테니까 커피 한 잔 마시면서 정신 좀 차리고 있어."

"이리 와 봐."

해란에게 커피를 받아 협탁 위에 올려놓은 한호는 그녀의 허리를 잡아당겨 뒤에서 끌어안았다.

"하아, 좋다. 연애를 그렇게 오래하고 동거도 했었는데 결혼은 또 다르네. 친구 녀석들은 결혼을 한 순간 행복 끝, 불행 시작이라던데 나는 아닌 것 같아."

"우리도 오래 못 갈지 몰라. 친구들 얘기 들어 보면 아이 생기는 순간 육아 전쟁 시작이래. 그래서 신혼은 즐길 수 있을 때 마음껏 즐겨 두라고 하더라고. 커피 한 잔으로 하루를 시작하는 여유 같은 거 찾아볼 수 없을 거라고."

"흐음. 그렇다면 그런 의미에서……."

그녀의 엉덩이 위로 욕망으로 불거진 남성이 느껴졌다. 해란은 화들짝 놀라 일어서며 몸을 떨어뜨렸다.

"내가 얘기했었지? 모닝 사랑은 안 된다고. 지난번에 지각할 뻔했잖아. 게다가 어제 그렇게 사랑을 나눴는데 안 피곤해? 난 온몸이 다 쑤시고 기운 딸려 죽겠어."

"건강하다는 증거인 걸 어쩌겠어."

해란은 한호의 이마에 약하게 꿀밤 한 대를 먹였다.

"오늘 아침은 밥 말고 토스트로 때우자. 괜찮지? 깜빡하고 현미를 안 불려 놨어."

"여부가 있으려고. 아침 안 차려도 된다니까 그래."

"울 엄마가 그러는데 남편 아침상은 꼭 차려 주라더라. 그래서 웬만하면 그건 지키려고 하는 거야."

워낙 둘 다 아침을 안 먹는 버릇을 들여서 결혼 초기엔 오히려 아침을 먹는 게 힘들었다. 한데 새벽 6시부터 일어나 분주하게 준비를 하고 회사에 도착하면 전과 다르게 배꼽 알람 시계가 일찍 울렸다. 그래서 간단하게라도 조금씩 입에 대다 보니 6개월이 지난 지금은 안 먹으면 허전할 정도가 되었고, 아침을 먹는 게 왜 좋다고 하는지 알 것 같았다.

해란은 콧노래를 부르며 식빵을 굽고 달걀프라이에 치즈 한 장, 얇은 햄까지 올려 먹기 좋게 반으로 잘랐다. 그리고 모닝커피 후 아직도 침대 속에서 못 빠져나오는 한호를 끌어다 식탁 의자에 앉혀 아침을 해결하고 나서야 욕실로 들어갔다.

빛의 속도로 샤워를 하고 화장을 하는 해란의 눈은 쉴 새 없이 시간을 체크했다.

"출발 10분 전."

"오케이."

재빠르게 화장을 마친 해란은 한호가 머리를 말리는 동안 다시 주방으로 향했다. 식탁 위에 그냥 있을 접시를 담가 놓기 위해서였는데 한호가 이미 다 담가 놓은 터였다.

가스부터 주방 상태를 꼼꼼히 살피고 난 후 그제야 옷을 챙겨 입은 해란은 먼저 쪼르르 현관으로 향했다.

"빠진 거 없지?"

"오케이."

늘 그렇듯 한호의 넥타이를 다시 잡아 주고 구두를 신은 해란이 힘차게 손을 앞으로 뻗었다.

"오케이, 고! 오늘도 달려 봅시다!"

두 사람의 얼굴에 아침 햇살만큼이나 따사로운 미소가 걸렸다.

에필로그
이야기 둘

"이럴 수가."

해란은 임신 테스트기에 선명하게 그어진 붉은 줄 두 개를 멍하니 쳐다보았다. 설마했는데 역시였다. 정말로 임신을 해 버렸다.

악착같이 1년 금연에 성공한 한호는 정확히 1년이 되는 날 무지막지하게 덤벼들었다. 피임도 하지 않은 채 밤새 얼마나 괴롭히던지 아침에 다리가 다 후들거렸었다. 그리고 그날로 부터 정확히 6주 뒤인 오늘, 생리를 하지 않는 게 이상해서 테스트기를 사 왔다.

해란은 아랫배에 가만히 손을 대 보았다.

이 배 속에 우리의 아이가 있다는 말인가?

처음엔 그저 당혹스럽던 마음이 점차 편안해지며 이내 미소가 번졌다.

'한호와 나의 아이. 우리 사랑의 결실.'

해란은 조심스럽게 욕실에서 나와 테스트기를 들고 한호에게 향했다. 저 대신 설거지를 하고 있던 한호가 고무장갑을 빼내며 다가왔다.

"어디 탈났어? 화장실에 왜 그렇게 오래 있어."

"나…… 어쩌지?"

"왜, 어디 많이 아파?"

한호가 걱정스럽게 해란의 안색을 살폈다. 잠시 뜸을 들이던 해란은 손에 쥐고 있던 테스트기를 슥 내밀었다.

"나…… 엄마가 돼 버렸어."

선명한 붉은 두 줄을 보며 그제야 사태 파악을 한 한호는 주먹을 불끈 쥐고 강력한 세리모니를 날렸다.

"나이스!"

"까아아!"

해란을 번쩍 안아 빙그르 돌던 한호는 뒤늦게 안전을 생각하며 그녀를 내려놓았다. 해란은 입이 귀까지 걸려 내려올 줄을 모르는 그를 보며 피식 웃었다.

"그렇게 좋아?"

"응. 그렇게 좋아."

한호는 아직은 홀쭉한 해란의 아랫배에 손을 대 보았다.

"신기해. 이 속에 우리 아이가 생겼다는 게."

"나도 신기해. 기분이 이상해."

"내일 병원 같이 가 보자."

"응. 어머님도 이 소식 들으시면 기뻐하시겠다."

"장모님, 장인어른은 안 그러시겠어? 양가 모두 잔치 분위기겠지. 지금 당장 전화드릴까?"

"내일 병원 다녀와서. 이왕이면 초음파 사진 들고 찾아뵈는 게 더 좋지 않을까?"

"좋은 생각이야."

한호는 한껏 입매를 올리며 해란의 뺨을 감쌌다.

"지금 사랑하고 싶은데."

그의 입술이 막 맞닿으려던 찰나, 해란이 눈을 번쩍 뜨며 고개를 내저었다.

"안 돼. 의사 선생님이 초기엔 조심해야 한다고 부부 관계 자제하라고 했어. 안정기에 접어들 때까지는 안 돼."

"흐음. 정말? 그게 언제까지인데?"

한호가 눈빛을 반짝이며 채근을 했다.

"아무래도 안 되겠다. 당분간 접근 금지야."

해란이 뒤돌아서 방으로 들어가자 한호가 엄마 닭을 쫓는 병아리마냥 따라왔다.

"아니, 왜? 이렇게 좋은 날, 그런 가혹한 소리를 함께 들어야 해?"

"같이 있으면 네가 나 덮칠까 봐 무서워서 안 되겠어. 그러다 우리 아이 잘못되기라도 하면 어쩔 건데?"

해란이 아랫배를 감싸며 물었다. 한호는 마땅히 할 말을 찾지 못한 채 풀 죽은 얼굴로 수긍의 뜻을 비쳤다.

"알았어. 네가 허락할 때까지 안 덮칠게. 그러니까 접근 금지는 풀어."

"분명 약속했다."

해란은 다시 표정을 풀며 팔을 벌렸다.

"뭐, 키스는 괜찮아. 딱 거기까지만."

순식간에 해란을 낚아채 침대 위에 올린 한호는 싱긋 웃으며 입술을 찾았다. 지그시 아랫입술을 빨아 문 그가 이내 살며시 놓았다.

"아무래도 안 되겠다. 자제 못 할 것 같아. 그런데 나 벌써부터 아이한테 밀리는 거야?"

"응, 그런 거야."

"이래서 결혼한 친구들이 아이가 생기면 찬밥 신세 면하지 못한다고 그런 거구나."

"아이 빨리 갖자던 게 누구더라?"

"그땐 거기까지 생각을 못 했지."

"그래서 후회돼?"

한호는 고개를 내저으며 해란의 손을 잡았다.

"그럴 리가. 얼마나 바라던 순간인데. 나는 정말 우리 아이한테 좋은 아빠가 되어 줄 거야. 엄하기보다는 친구처럼 편안한 그런 아빠. 내가 아버지 사랑을 받아 보지 못하고 커서, 과연 생각대로 좋은 아빠가 되어 줄 수 있을지는 잘 모르겠지만, 어린 시절 홀어머니 밑에서 자라 오며 늘 동경해 왔던 아버지의 모습 그대로이고 싶어. 손잡고 목욕탕도 같이 가고, 길거리에서 같이 아이스크림도 먹고, 목마도 태워 주고, 엄마 몰래 용돈도 주고. 그냥 내가 받아 보지 못 했던 아버지의 사랑을 내 자식에게만큼은 온전히 다 쏟아 주고 싶어.”

해란은 괜스레 콧날이 시큰해져 투덜거렸다.

“무조건 아들 낳아야겠네.”

“응?”

“손잡고 목욕탕 가고 싶다며.”

“아, 얘기가 그렇게 되나? 내 어릴 적 바람을 대입해서 말하다 보니. 난 딸이든 아들이든 상관없어.”

“아들 낳아 줄게. 흠흠. 손잡고 목욕탕 가게 해 줄게.”

“풋. 그게 마음대로 되냐.”

“간절히 원하면 이루어질지니.”

한호는 해란의 손을 더 꼭 쥔 채 입술에 베이비 키스를 했다.

“난 네가 더 소중해. 아들이든 딸이든, 엄마 덜 힘들게 하는 녀석이 환영이야.”

한호는 사랑이 가득 담긴 눈으로 해란을 응시했다.

앞으로 열 달 동안 우리의 아이를 정성 들여 품어 줄 사랑스런 아내가 바로 눈앞에 있다. 보고 또 봐도 보고 싶은, 사랑하고 또 사랑해도 더 사랑하고 싶은 아내가.

"앞으로는 설거지도 하지 마. 빨래도 내가 다 할게."

"정말?"

"응. 아무것도 하지 마. 우리 아이를 품고 있다는 것 하나만으로도, 너는 충분히 위대한 일을 하고 있는 거니까."

기대가 된다. 새로운 식구를 맞을 준비를 하는 열 달의 시간이 얼마나 행복할지, 얼마나 짜릿할지.

몇 번이고 말해도 모자란 진심을 오늘도 내뱉는다.

"사랑해. 고마워."

"응애에에."

주말 아침의 평온한 일상이 깨지는 순간이었다. 해란은 모처럼 꿀잠을 자는 한호가 깰까 벌떡 몸을 일으켜 로운을 안아 들었다.

"쉬잇. 아빠 주무시잖아."

품에 안기기가 무섭게 울음을 그친 로운을 데리고 거실로 나온 해란은 약간은 서툴게 젖을 물렸다. 배가 고팠던 것인지 허겁지겁 젖꼭지를 빨아 무는 로운을 바라보는 해란의 눈빛엔 사랑이 넘쳤다.

로운이 태어나기 전 이름을 두고 고민을 하다 한호가 슬기로운, 이로운의 뜻으로 '정로운'이라고 이름을 짓는 게 어떠냐고 툭 말을 던졌는데 느낌이 좋았다. 양가 부모님들 역시 특이하면서도 좋은 뜻을 가진 이름이라며 좋아하셨다.

출산 휴가 90일 중 출산 후 남은 기간은 45일이었다. 그중 30일은 지났고 보름 후엔 다시 직장으로 복귀를 해야 하는데 그 때문에 걱정이 이만저만이 아니었다. 아직은 로운이 너무 어리고 자신이 돌봐야 하는데 그렇게 되면 직장을 그만둬야 하니 보통 문제가 아니었다.

한호는 저가 더 열심히 뛰어다닐 테니 육아에만 전념하라 하지만 그게 말처럼 쉬운 일은 아니었다. 입은 하나 더 늘었는데 둘이 벌다 혼자 버는 건 타격이 클 테니까. 적금까지 붓는 건 꿈도 못 꿀 거다.

할 수 없이 아이를 맡긴다 해도 그것 또한 걱정이었다. 시어머니도 일을 다니시는 데다 수원에 계시고, 친정 엄마 역시 일을 하니 아이를 맡아 달라 할 수도 없었다.

그렇지 않아도 산후 조리를 한답시고 신월동 집에서 근 한 달을 머물다 김포로 돌아 온 지 이제 3일밖에 되지 않은 터였다. 그 기간 동안 엄마가 저를 챙기느라 가게도 제 시간에 못 나가고 해서 새아버지가 두 배는 더 가게 일에 매달려야 했다.

천생 아이를 봐줄 베이비시터를 써야 하는데 알아보니 비용도 만만치 않았다. 하지만 그걸 주고도 일을 나가는 게 경제적으로는 더 나으니 사실 이렇게 고민해 봤자 결론은 나와 있었다.

"로운이 또 벌써 깬 거야?"

해란은 까칠한 얼굴로 방에서 나오는 한호를 응시했다. 산후 조리를 하느라 한 달 동안 떨어져 있으면서 2~3일에 한 번꼴로 신월동을 들리느라 고생을 한 데다, 김포로 돌아온 3일 동안 새벽녘마다 단잠을 깨우는 로운이 덕에 제대로 잠을 못 자고 출근을 한 터였다.

"주말인데 늦잠도 못 자고 깨 버렸네."

"나는 괜찮은데 해란이 네가 걱정이지."

한호는 몸을 푼 지 한 달 사이 살이 쪽 빠져 버린 해란을 안쓰럽게 바라보았다. 그녀의 어깨를 감싸며 곁에 앉아 젖을 빨고 있는 로운의 볼을 툭 건드린 그가 짧게 숨을 내쉬었다.

"녀석. 엄마 잠 좀 자게 해 주지."

"아무래도 나를 닮아 먹성이 좋은가 봐."

"젖은 잘 나와?"

"응. 다행히."

"젖 먹이고 가서 좀 누워. 내가 젖병도 소독해 놓고 다 할 테니까."

"주말인데 쉬지도 못 하고 어떡해."

"내 걱정은 말고 몸조리나 신경 써."

"그러고 보니 한가롭게 모닝커피 마시던 시절이 언제였나 싶네. 친구들 말이 다 맞았어."

한호 역시 긍정의 뜻으로 고개를 끄덕이며 해란의 머리를 쓰다듬었다.

"앞으로가 더 힘들 텐데 우리 해란이 어쩌나."

"나는 그래도 엄마니까 괜찮은데 보름 후에 떨어뜨려 놓을 생각하니까 마음이 안 좋아. 1201호 아주머니 있잖아. 엊그제 집에 돌아오던 날 단지 앞에서 잠깐 만났는데 아이 맡길 사람 없으면 진짜 자기가 돌봐 준다고 하시더라고. 어차피 낮에 집에 혼자 계시고 할 일도 없으시다면서. 아예 낯선 사람 구하느니 아는 분께 맡기는 게 더 나을 것 같긴 하거든."

"하아. 직장 다니면서 퇴근하면 아이도 봐야 하고, 네가 몸이 열 개가 아닌 이상 힘든 일이야. 나는 네가 그냥 집에 있었으면 좋겠는데."

"자기 마음은 알아. 고맙게 생각해. 그런데 다들 그렇게 살아. 요새 맞벌이 안 하는 부부가 어디 있어. 괜히 미안해하지 마."

해란은 혹여 한호가 자신을 탓할까 염려하며 싱긋 웃었다.

"이따 아주머니한테 한번 올라가 봐야겠어. 정말 해 주실 수 있느냐고. 어? 로운이 고새 잠들었다."

해란은 조심스럽게 젖을 빼내며 로운을 토닥였다. 쌔근거리며 잠이 든 로운을 확인하고는 머리를 높게 해 아기 침대에 눕힌 해란은 그제야 허리를 폈다.

"이리 와."

한호가 해란을 끌어당겨 앉히며 어깨를 마사지했다.

"아, 시원해."

"저녁에 또 해 줄게."

"졸려. 잠 와."

스르륵 눈이 감기는 해란을 뉘인 한호는 그녀가 로운에게 했던 것처럼 토닥였다. 금세 숨소리가 깊어지며 잠이 든 해란을 물끄러미 바라보던 한호는 그녀의 이마에 입을 맞추고는 거실로 나왔다. 해란이 잠든 동안 조용히 집 청소를 하고 젖병도 삶고, 빨래도 돌렸다.

맞벌이를 해야 하는 해란에게 미안한 마음을 이렇게라도 대신할 수 있다면 얼마든지 할 수 있었다.

두 시간 가까이 쉴 새 없이 몸을 움직이다 조심스럽게 방문을 연 한호는 아직 단잠에 빠져 있는 아내와 아들을 한참 동안 바라보았다.

사랑하는 가족을 위해서라도 더욱 열심히 일을 해야겠다는 생각이 들었다.

다시 방문을 닫고 나와 그는 양가 부모님께 전화를 드렸다. 제 부모들 역시 더 힘든 환경에서 우리를 낳아 길러 주셨을 테니, 정말 잘해 드려야겠다. 얼굴 한 번 비추고 전화 한 통 하는 게 어려운 것도 아닌데 현실에 치이다 보면 그런 것들조차 잊고 살 때가 많았다.

"예, 장모님. 해란이 지금 자요. 예, 너무 걱정 마세요."

전화를 끊음과 동시에 로운이 칭얼대는 소리가 들렸다. 번개처럼 달려간 한호는 해란이 깰까 숨을 죽이며 로운을 안아 거실로 나왔다.

그가 엉덩이를 토닥이며 제법 익숙하게 로운을 안고 속삭였다.

"로운아. 아빠가 미안해. 우리 로운이 너무 일찍 엄마 품에 떨어뜨려 놔야 해서. 그 대신 아빠가 돈 열심히 벌게. 우리 로운이 부족한 것 없이 다 해 줄 수 있게. 로운아. 엄마, 아빠 마음 알지? 언제나 로운이한테 전하고 싶은 말은 딱 한 가지뿐이야. 엄마, 아빠가 정말 사랑하고 있다는 거. 우리 로운이 정말 사랑한다는 거."

다시 잠이 든 로운이 배냇짓을 했다. 한호는 예뻐 죽겠다는 듯 볼에 입을 맞추며 비볐다.

빠듯한 현실 속에서도 숨을 쉴 수 있는 건 아마도 이 때문이지 싶었다. 사랑하는 가족들이 있기에 목표가 생기고 꿈이 생기는 것 같았다.

아들을 품에 안은 아빠의 마음만큼은 평온했다.

✱   ✱   ✱

"로운아. 할머니 말 잘 듣고 있어야 해?"

해란은 출근 시간에 맞춰 집에 온 1201호 아주머니께 로운을 건넸다. 처음엔 마음이 아파 발길이 떨어지지 않더니 현실에 익숙해진 지금은 지각할 일을 더 걱정하게 되었다.

"아주머니, 그럼 오늘도 부탁 좀 드릴게요. 고생 좀 해 주세요."

"애가 순해서 보기도 편해. 걱정 말고 출근들 해."

"혹시 무슨 문제 있으면 꼭 전화 주시고요."

한호와 함께 후다닥 지하 주차장으로 내려온 해란은 차에 오르면서도 시간을 확인했다.

"로운이 오늘따라 젖을 오래 먹는 바람에 10분이나 늦어졌어. 얼른 출발하자."

차에 올라타기 무섭게 노트북을 부팅한 해란은 오늘 있을 회의 자료를 다시 한 번 꼼꼼히 검토했다. 엊저녁 늦게까지 한호가 로운을 봐 줘서 그나마도 밀린 일을 마칠 수 있었다.

"후우. 오케이."

"신제품 홍보 자료야?"

"응. 오늘 팀별로 홍보 콘셉트 발표 회의 있거든."

해란은 노트북을 덮으며 하품을 했다. 한호는 해란의 손을 끌어다 손등에 입을 맞췄다.

"우리 해란이 고생이네."

"우리 한호도 고생이지."

눈이 마주친 두 사람은 동시에 입매를 올렸다.

"나는 있잖아, 한호야. 우리가 아직도 이렇게 이름을 불러 준다는 게 너무 좋은 것 같아. 남들이 볼 땐 어떤지 몰라도 나는 너무 좋아. 여자들은 특히 아이가 생기면 누구 엄마가 이름이 돼 버려서 자기 이름은 병원이나 가야 불린다는데 그거 너무 슬프잖아. 그래서 나는 네가 앞으로도 내 이름을 많이 불러 줬으면 좋겠어."

"그게 뭐 어려운 일이라고. 알았어, 해란아."

해란은 기분 좋게 웃으며 창문을 내렸다.

오늘도 어김없이 또 똑같은 하루가 시작되지만, 이 똑같은 하루에 서로가 함께 있음으로 특별한 하루가 된다.

그래서 지금 이대로가 너무 행복하다.

그래서 우리가 함께인 건 언제나 정답이다.

"그럼 오늘도 활기차게 시작해 볼까?"

보너스

　신우는 레스토랑 입점 문제로 김포 아울렛을 찾았다가 낯익은 얼굴에 걸음을 멈추었다.

　뉴욕에서 2년을 머물다 한국으로 다시 돌아온 지 6개월째였다.

　유모차를 끌고 사이좋게 나란히 걷고 있는 커플은 분명 자신이 아는 얼굴들이었다. 봄 햇살을 맞으며 도란도란 이야기를 나누는 커플은 누가 봐도 행복해 보였다.

　신우는 새삼 과거 자신의 행동이 낯부끄러워 고개를 숙였다.

　저렇게 평범한 행복을 일구며 사는 커플에게 정말 못할 짓을 했었다.

언제고 진심으로 사과를 전하고 싶었지만, 그마저도 갑의 횡포라는 해란의 말이 오랫동안 가슴에 남아 많은 생각을 하게 했다.

"아, 지연 씨."

잠시 옛 생각에 잠겨 있던 신우는 휴대폰 진동이 울리자 전화를 받았다.

한국으로 돌아와 제일 먼저 한 일이 연우의 흔적이 남아 있는 물건들을 모두 정리하는 거였다.

사진 한 장 남김없이 모두 정리를 하고 아버지의 뜻에 따라 선을 봤다. 지연 씨는 예쁘고, 참하고, 분에 넘칠 정도로 좋은 여자였다.

"아, 그래요. 내가 6시까지 데리러 갈게요."

사랑하는 사람을 잃은 힘든 시기에는 다시 또 누군가를 사랑할 수 있을까 의심을 품게 되지만, 결국 사람은 사람으로 잊히게 돼 있다는 말이 거짓은 아닌 것 같았다. 지연 씨와 데이트를 하며 다시 웃게 되고, 점점 더 그녀에게 반하게 되니까.

신우는 멀어지는 커플의 뒷모습을 물끄러미 바라보다 이내 반대 방향으로 걸음을 옮겼다.

자신은 자신의 길을 가며 그 안에서 행복을 찾을 것이다. 삶이 다 똑같지는 않다고 해도, 결국 행복해지고 싶은 건 다 같으니까.

그래서 더 이상은 과거에 얽매이지 않고 앞만 보고 전진할 것이다.

사랑한다면 그들처럼.

그렇게 지금의 행복을 놓치지 않기 위해 전진할 것이다.

— *fin*

제가 지금까지 꽤 여러 작품을 선보이며 단 한 번도 쉽게 쓴 글은 없었지만, 이번 글은 유난히 애를 먹었던 작품이었습니다. 매번 한 작품을 끝낼 때마다 걱정을 달고 살긴 했지만, 이번 녀석들은 연재 때부터 참 속을 썩였습니다.

많은 관심에도 불구하고 고민이 늘어만 갔고, 해서 연재 중단도 생각을 해 보다가 응원에 힘입어 용케 완결을 본 글입니다.

재벌 아닌 남주, 이번이 처음은 아닙니다. 제 전작인 '아주 특별한 프러포즈'에서는 여섯 살 아이까지 있는 강력계

말단 형사 이혼남이 남주였으니까요. 그에 비하면 한호는 양호한 편이라 할 수도 있겠지만 남주, 여주 모두를 현실적인 캐릭터로 잡다 보니 독자님들 반응 또한 그만큼 더 현실적이지 않았었나 싶습니다.

사실 이 글은 어느 정도 일부는 실화라고 봐도 무방합니다. 그래서 더 답답하다고 여기실 수도 있을 겁니다. 은영이 캐릭터도 제가 실로 사회생활을 하다 만났던 부류들 중 한 명이었거든요. 제삼자에 의해서든 아니든, 오래된 연인들일수록 그만큼 많은 위기가 찾아오고는 하지만, 그게 무엇이 되었든 타인의 이야기일 때는 쉽게 나오는 답도 막상 내 일이 되어 보면 어리석은 행동을 하기 일쑤더라고요.

우리 한호, 해란, 신우 역시도 각자 모두 잘했다고는 볼 수 없겠지만, 그들의 입장에서는 그럴 수도 있지 않나 공감을 이끌어 내고 싶었던 게 제 바람이었습니다.

제가 그렇게 외치는 '현실적으로'를 끝까지 대입시켰다면, 어쩌면 이들의 사랑은 이별로 끝나는 게 어울릴지도 모르겠습니다. 하지만 우리가 함께하는 건 언제나 정답이라는 이들의 사랑을 찢어 놓고 싶지 않았고요. 그래서 어쩌면 이 글은 지극히 현실적이면서도 한편으로는 지극히 판타지적일 수도 있겠다는 생각을 해 봅니다.

그저 우리네 이웃 어딘가에 살고 있을 것만 같은 해란이와 한호 이야기에 같이 웃고, 울어 주셨다면 더 바랄 게 없겠습니다.

　　제 열두 번째 작품을 함께하게 된 봄 미디어 모든 관계자 여러분께 감사를 전합니다. 특히 부족한 글을 정성 들여 교정 봐 주신 정수경 팀장님, 머리 숙여 감사를 드립니다.
　　항상 친절하시고, 배려해 주시고, 꼼꼼하게 봐 주신 교정 덕분에 제가 배운 것도 많습니다.
　　좋은 인연에 감사드리며, 정말 수고하셨습니다.

　　이것저것 일일이 나열할 수는 없지만 고민 많은 나의 가족들.
　　제가 지난번 작가 후기에도 언급을 한 것 같은데 아직은 고진감래를 몸소 느끼지 못했지요? 그래도 우리 믿어 봐요. 포기하지 않고 묵묵히 버티고 견디다 보면, 결국은 웃을 수 있다는 걸 조금 더 믿고 기다려 봐요.
　　나의 절친들 경희, 나래, 미순, 지현, 향미.
　　책을 열 권을 넘게 냈는데 매번 이름 넣는 것이 민망해서 빼 버렸는데, 책 사면 후기부터 본다는 그대들의 말에 다시 또 민망한 일을 한다.
　　친구 글이라고 의리로 읽어 줘서 고맙다. 물론 후기만 읽고 정작 책은 안 읽는 누구누구는 찔리겠지만^^ 아이들 보느라 바쁜 그대들의 삶을 존중한다. 하하.

그대들이 있어 내 삶에 웃을 일이 많아. 그대들에게도 내가 그런 존재였으면 좋겠다.

특히 향미야. 이번엔 네게 특별한 고마움을 전하고 싶다. 내가 다시 이렇게 탄력 받아서 글을 쓸 수 있게 된 이유에 네가 기여하는 바가 컸다. 몸이 안 좋아 오래 글을 놓고 있었을 때 네가 내게 전한 말들 진심으로 고마웠고, 그 덕분에 느림보인 내가 올해는 두 권이나 출간을 하는구나. 의지를 북돋아 주는 데 함께 기여한 희열이에게도 고마움을 전한다.

그리고 홍예. 같은 글쟁이라 내 마음 백 퍼센트 이해해 줄 사람이 그대뿐이다 보니 늘 너를 귀찮게 하는 것 같다. 휴대폰이 뜨겁게 몸살을 앓을 정도로 오랜 푸념을 들어 줘서 매번 고맙다. 그리 멀지 않은 곳에 살면서도 얼굴을 자주 못 보는 게 늘 미안하고 그래.

그리고 알지? 나는 아직도 그대의 글을 기다리고 있어.

주인공들 괴롭히는 낙으로 사는 못된 주인 만나 늘 고생하는 우리 녀석들.

특히 울 한호, 나는 그대를 무척이나 애정해. 일반적인 남주로서는 부족한 게 많을지 몰라도, 나는 그대의 열렬한 팬이야. 내가 해란이길 수없이 바라 왔을 정도로.

　그대들이 만들어 가는 추억들이 믿음으로 뿌리내릴 것임을 믿어 의심치 않아. 나 또한 그대들처럼 살아가기 위해 노력할게. 모두 다 고생했다. 토닥토닥.

　마지막으로 이 지겨운(^^;) 작가 후기까지 정독해 주신 우리 독자님들.

　매번 감사하다는 인사를 드리지만, 사실 그것만으로 제 마음을 표현하기엔 부족합니다.

　좋은 소리보다는 쓴소리가 많아 상처 받고 좌절할 때도 있었지만, 결국 모두 관심에서 비롯된 거라 여기며 감사히 생각하고 있습니다.

　제가 늘 하는 말이지요?

　저와 처음 만나시는 분들, 또는 구면이신 분들 모두, 오늘 저와의 만남이 나쁘지 않으셨다면 다음에 또 뵙기를 간절히 바랍니다.

　사랑합니다.

──눈부신 비상을 꿈꾸며, 문언희 드림.